# Lisa St Aubin de Terán

# Hüter des Hauses

Roman

Aus dem Englischen von
Ebba D. Drolshagen

Insel Verlag

Titel der Originalausgabe: *Keepers of the House*


Erste Auflage 1996

Druck: Friedrich Pustet, Regensburg
Printed in Germany

*Für Jaime Terán*
*und Benito Mendoza*

Wenn die Hüter im Hause zittern, und sich krümmen die Starken, und müßig stehen die Müller, weil ihrer so wenig geworden sind, und finster werden, die durch die Fenster sehen ... wenn man auch vor Höhen sich fürchtet und sich scheut auf dem Wege; wenn der Mandelbaum blüht, und die Heuschrecke beladen wird, und alle Lust vergeht (denn der Mensch fährt hin, da er ewig bleibt, und die Klageleute gehen umher auf der Gasse); ... muß der Staub wieder zu der Erde kommen ...

Prediger Salomo 12,3-7

# PROLOG

## I

Lydia Sinclair war knapp siebzehn, als sie auf dem Besitz ihres Mannes in den Anden ankam, und vom ersten Tag an spürte sie, daß sie dort hingehörte. Niemals zuvor hatte sie gespürt, daß sie irgendwo hingehörte. Sie konnte sich erinnern, wie sie zum Spielen hinausgeschickt worden war, mit fünf Jahren, an einem Tag, als ihre Familie gerade in London umgezogen war. Ihre Mutter und ihre Halbschwestern ordneten Möbel und Bücher, während sie sich an einem Abflußrohr festhielt, leicht hin- und herschwang und einigen Kindern in der Nähe beim Spielen zusah. Da begriff sie, daß sie nicht wie die anderen war. Sie sagte es sich den ganzen Morgen vor: »Ich bin anders, ich bin anders, ich bin anders.« Der Gedanke begleitete sie wie ein Kloß im Hals, bis sie auf die Hacienda La Bebella kam, wo sie dachte: »Hier gehöre ich hin.«

Der erste Tag ging vorüber in einem Nebel aus Moskitostichen und Hitze sowie einem Schwarm neuer Gesichter. Die Landarbeiter und Besucher sahen sie in ein bodenlanges Kleid gewandet und mit breitkrempigem Hut, und sie staunten über ihre Ähnlichkeit mit den hochgewachsenen Frauen, die vor ihrer Zeit in dem Tal gelebt hatten. Die Kinder lachten ein wenig über ihre Fremdheit und Körpergröße, aber die Alten erkannten in ihr eine Erscheinung der Vergangenheit und waren voller Hoffnung auf das, was sie würde tun können.

Die Landschaft mit ihren schattigen grünen Hügeln und den Frangipani-Blüten, die spitz aus den höher gelegenen Felsen hervorstachen, gefiel Lydia und erregte sie. Ihr Haus mit seinen Bögen, Balkonen und den gigantischen

Zedernbalken, die die Decke eines jeden Zimmers überkreuzten, glich einem baufälligen Palast. Ein Teil des Hauses kauerte wie ein Hase am Berg; der andere öffnete sich zum Fluß, dem Momboy. An den heißen Nachmittagen lag sie in einer alten bestickten Hängematte. Sie hatte, wie so vieles, ihrem Schwiegervater gehört, der, achtzehn Jahre nach seinem Tod, überall im Haus gegenwärtig war. Es war eigentlich sein Haus, und von ihrem Mann sprach man immer als von »Don Alejandros Sohn«. Sie selbst war anfangs Doña Lydia, wurde aber bald la Doña, als gäbe es keine andere; und außerhalb ihres eigenen Zimmers war ihr Name nie wieder zu hören.

Der gesamte Besitz war sehr vernachlässigt, als sie ankam, doch nach den ersten Monaten, in denen ihr Ehemann Diego sich um die Führung der Hacienda kümmerte, lernte sie rasch, Ordnung in die Dinge zu bringen. Diegos Ringe unter den Augen und seine Tränensäcke waren größer geworden und geblieben, seine Neigung, bei jeder Gelegenheit zu schlafen, wurde durch eine neue Funktionsstörung der Nieren verstärkt, die Benito mit einem Getränk behandelte, das er selbst aus der wilden *ñongue*-Pflanze braute. Zu Pferd oder in hohen Stiefeln durchs Gras schreitend, kontrollierte Lydia die Felder wie ein Offizier seine Truppen. Ihr Adjutant war ein großer Truthahngeier mit dürrem Hals, der ihr in blinder Verehrung überallhin folgte. Er hieß Napoleon, wegen seiner militärischen Pose. Der Vogel war das Geschenk eines exzentrischen Freundes ihres Mannes, er hatte ihn ihr in einem unansehnlichen Jutesack überreicht und gesagt:

»Nehmen Sie ihn, Doña, er wird sich bald an Sie gewöhnen.«

Sie hatte den Sack geöffnet, der Vogel war herausgeflattert und hatte sich im Gebüsch hinter dem Haus versteckt. Als sie sich bückte, um ihn hochzuheben, hatte sein gebogener schwarzer Schnabel in tödlicher Umklammerung ihr Handgelenk umfaßt.

»Halten Sie ihn fest, Doña«, hatte der Mann gerufen, »er will Ihnen nicht wehtun.«

Sie hatte mit dem Schmerz gekämpft, während ihr das Blut von der Hand tropfte. Dann hatte Napoleon losgelassen, und keiner von beiden hatte gewußt, wer wen hielt. Der Geier war an ihrem zweiten Tag eingetroffen; am dritten Tag kam ein Greis namens Natividad angehumpelt, um ihr zu sagen, daß seine einzige Tochter ihn wegen eines Mannes mit einem Esel verlassen habe und daß er nun allein leben würde. Lydia hatte darauf nichts zu sagen gewußt, daher hatte sie genickt und zugesehen, wie er zu seiner leeren Hütte zurückkeuchte. Dem Geräusch seines Keuchens, das der Wind vom Hügel hinuntertrug, wo es um ihr Haus trieb, war nicht zu entrinnen.

Sie orientierte sich und paßte sich ebenso mühelos an das Momboytal an, wie sie sich der Hängematte angepaßt hatte. So konnte sie besonders leicht denken, der Länge nach ausgestreckt zwischen den zwei Pfeilern, die sie trugen. Sie fühlte sich gern von Größe umschlossen, zwischen Extremen schaukelnd. Extreme waren es, die sie anfangs zu ihrem Mann, Don Diego Beltrán, hingezogen hatten. Sein verwegenes gutes Aussehen und sein Stolz hatten sie gefesselt. Sie hatten sich in London kennengelernt, als sie sechzehn war und er fünfunddreißig. Dort hatte er sie gesehen und war ihr gefolgt, und aufgrund seiner ständigen Anwesenheit hatte sie ihn zu lieben begonnen. Er war wie ein seltener, an Land gespülter großer Fisch, dessen Lungen sich nicht an das zwanzigste Jahrhundert hatten gewöhnen können. Es war das erste Mal, daß er die Anden verlassen hatte, und wäre er nicht wegen politischer Vergehen exiliert worden, er hätte sie überhaupt nie verlassen. Aber er war in London gelandet, hatte sich in das Schulmädchen Lydia verliebt, das in die Vergangenheit verliebt war, und nach zweijährigen Flitterwochen in Italien hatte er sie an den Ort mitgenommen, den er in Gesprächen stets als »mein Stückchen Land in den Anden« bezeichnete. Diego mochte es wie ein Stückchen Land vorkommen, entstammte er doch einer Familie, der einmal nicht nur die Gebirgszüge zwischen Trujillo und Mérida, sondern auch das Land jenseits des eisigen Páramo bis Pamplona und durch die Ebenen des Orinoco bis Barinas und Niquitao gehört hatte. Aber für seine Frau Lydia war das »Stückchen Land« eine riesige Plantage, wie sie nie zuvor eine gesehen hatte, das Zuckerrohr reichte, so weit man das Tal entlangsehen konnte, und an den terrassierten Hängen der umliegenden Berge klebte ein Avocadohain neben dem anderen.

Diego und Lydia verband im Grunde eher eine Übereinkunft als eine Ehe. Selbst als das Spanische Lydia zur zweiter Natur geworden war, redeten sie sehr wenig, weil Diego ein ungewöhnlich schweigsamer Mann war. Nur wenn er über die Hacienda sprach oder über die Vergangenheit, glänzte er als Unterhalter, für die Gegenwart mit ihrer gekauften Macht, ihren Petrodollars und ihrem Krieg gegen die Umwelt hatte er nur Verachtung. So wurde die Besitzung zum Bindeglied ihrer schweigsamen Ehe, und das Leben, das Diego fehlte, ging auf »die Familie« über. Er ähnelte seinen Vorfahren mehr als alle anderen Familienmitglieder und hatte trotz seiner jetzigen Apathie mehr als sie getan, die Zukunft der Familie zu verändern. Doch alle seine Pläne waren gescheitert, einer nach dem anderen, wie eine Maschinengewehrsalve von Fehlgeburten.

Diego teilte seine Zeit zwischen Schlafen und Lesen und verbrachte jeden Tag in seinen Zimmern oder eingeschlossen in der oberen Bibliothek, wo auf den Regalen voller brüchiger Lederbände eine dicke Schicht krümelnder Rückstände von Bücherwürmern und Kakerlaken lag sowie Papierstaub. Manchmal fuhr er zu den verbliebenen Verwandten, absolvierte seine Besuchsrunden im nächsten Städtchen, etwa fünfzehn Meilen entfernt. Und Lydia blieb allein. Zur Gesellschaft hatte sie Benito Mendoza, der neunundachtzig Jahre alt war und von Kindesbeinen an für die Familie gearbeitet hatte; die Beagles, die sie mit dem Schiff von England herübergebracht hatte; sowie vier Mädchen, die im Haus halfen.

Die Mädchen waren ihr gegenüber meist schüchtern und still, plapperten aber endlos miteinander und schienen alles vergessen zu haben, was sie von ihren Müttern gelernt hatten, außer, wie man Kleider einweicht: das weitläufige Haus stand voller Schüsselchen mit abgestandener Lauge, die unter Betten und Tischen vergessen vor sich hinmoderte. Schließlich wurden die Mädchen durch eine alte Haushälterin und ein Kind abgelöst, eine Verwandte, die ihr helfen sollte. Benito zankte mit der alten Dame, die la comadre Matilde genannt wurde, und machte dem Kind, das kaum vierzehn war, einen Heiratsantrag. Gleichwohl kehrte Ordnung ein. Das Kind produzierte Schwestern wie Warzen auf der Hand. An einem Tag lief sie den Berg hinauf nach Hause, am folgenden erschien sie mit einem Doppel, das vielleicht etwas kleiner und dünner war. Eine nach der anderen füllten ihre kleinen Schwestern das Haus, wundersamerweise traten sie nur zu den Essenszeiten in Erscheinung. Sie gehörten zu den Rätseln des Hauses, und Lydia gewöhnte sich an die hungrigen, breitgesichtigen Kinder.

Benito sah aus und bewegte sich wie ein Fünfzigjähriger, und seine Gesundheit war immer ausgezeichnet. La comadre Matilde sagte, er sei in Schnaps konserviert. Warum auch immer, stets war er randvoll mit Schnaps. Er trank in einer Woche mehr als die meisten in einem Monat. Es schien fast, als hütete er seine Lebenskraft in den vielen Flaschen Zuckerrohrschnaps, die er um sich hortete. Er hatte eine fast abergläubische Angst davor, irgendwann nichts mehr zu haben, daher versteckte er einige Flaschen, kleine Viertelliter-Flachmänner, überall in den umliegenden Gebäuden und im Garten. Wohin Lydias Blick auch fiel, immer sah sie eine, in einer Astgabel, im Hühnerhaus, unter einem Strauch, neben einer Abflußrinne, in jeder war ein letzter Schluck. Benitos hohes Alter und die Sicherheit, die diese Armee versteckter Flaschen ihm gab, verliehen ihm etwas wie Heiterkeit.

Er saß auf der Steineinfassung der Veranda oder der langen geschnitzten Bank, die aus der Kathedrale von Trujillo stammte, jetzt aber in der großen offenen Halle des Hauses stand. Seine Haut war lohfarben, seine Augen braun und vom Alkohol getrübt. Er blickte starr geradeaus, und er wankte mehr, als daß er ging; doch abgesehen von einem Schnapsduft, den er an sich trug wie Eau de Cologne, gab es keinerlei Hinweise auf seinen Alkoholismus. Sein Denken und seine Stimme waren klar wie das Wasser jenes Teiches, den er ihr gezeigt hatte, das durch einen Wald oben auf dem Berg sickerte und ein aus den Wurzeln eines riesigen Bukare-Baums gebildetes Becken füllte. Die neue Doña war freundlich zu ihm, und es schien Don Diego zu gefallen, die beiden im Gespräch zu sehen, Abend für Abend. Er selbst sprach selten, und Lydia war von seinem Schweigen umschlossen. Sie hatte Zeit für Benito, der mit seinen Erinnerungen allein war. Es waren die einzigen Geheimnisse und Überraschungen, die er ihr bieten konnte.

Eines Abends, Diego war früh zu Bett gegangen und das Haus noch stiller als sonst, vertraute er ihr an: »Sie sind etwas Besonderes, Doña, und anders, und ähneln sehr den Menschen, von denen ich Ihnen erzählen werde. Sie werden überleben, wenn ich und alle im Tal und das Tal selber tot sind, und durch Sie werden wir nicht vergessen werden.

Wissen Sie, Doña, ich habe mein Leben dem Dienst der Beltráns gewidmet; und auch wenn es mit der Familie jetzt abwärts geht, bin ich stolz darauf und stolz auf sie. Die Berge haben immer die alten Traditionen bewahrt, und die Familie Beltrán ist wie eine Festung in diesen Bergen: sie sind die letzten Überlebenden. Wenn sie untergehen, werde ich, werden wir alle ebenfalls untergehen. Sie sind die Wetterfahne unseres eigenen Scheiterns. Ich bin ihr ältester Diener, ich habe die meisten überlebt, ich weiß mehr über dieses Tal und seine Menschen als irgendein anderer. Vielleicht erinnert man sich eines Tages an die Beltráns als an Tyrannen oder Narren, aber wer wird ihren Glanz sehen und ihr Leid?«

Benito drückte sich tief in die Ecke seines Sitzes, entschlossen, seine Worte herauszupressen.

»Wer wird sehen, wie willig wir uns mit dem Rad ihres Schicksals drehten oder wie wir uns bemühten, im Kielwasser ihrer Fahrt zu bleiben? Vorher klammerten wir uns untätig an die versteinerte Gewalt der Berge. Da wurden wir von ihrem Schwung mitgerissen, ihren Taten. Die Beltráns, als sie kamen, fuhren rücksichtslos durchs Tal, wie auf einem Feuerwagen, wie Meteore. Sie ritten nicht irgendwelche Pferde, sie ritten die wilden Pferde, die in den Bergen umherstreiften, und sie haben sie nie ganz gezähmt. In klaren Nächten sehe ich sie in der Ferne bocken und steigen. Aber jetzt sind sie alle fort. Geblieben sind nur Gäule.«

Benito wälzte dies alles im Kopf, brachte Stückchen für Stückchen heraus und breitete es für la Doña aus. Sie war eine von ihnen, auch wenn sie es noch nicht ganz wußte. Der Sonnenwagen würde nicht sterben, er würde, dank ihrer, in einem fernen Land steigen. Sie würde durch seine Worte Ordnung in dem Chaos und zu Taten finden. Fast jeder Abend wurde auf der Veranda verbracht: Benito unter seinen Hut gekauert, die Schnur fest um die ausgebeulten Hosen gebunden, seine Machete an der Seite, und Lydia Sinclair, die neue Doña, saß mit den Händen um die Knie neben ihm und hörte zu. Er sagte zu ihr: »Anfangs mögen die Geschichten zu düster wirken, doch unter dem schweren Baldachin unserer Beisetzungsriten werden Sie erkennen, daß wir es eben nur gelernt haben, unsere Kraft im Tod zu finden. Er lebt in unseren Häusern. Wenn auch Sie den Tod eines Menschen erlebt haben, werden Sie die Kraft gewinnen, über unser Leben zu berichten. Jemandes Sterben wird Sie stark machen.«

Die Kolibris hatten die Rosen und die Clematis verlassen. Die Ställe, in denen Don Alejandro Beltrán, ihr Schwiegervater, die Esel beim Paaren beobachtet hatte, waren jetzt leer, bis auf einige Ersatzteile für Maschinen. Überall auf dem Gelände standen Jeeps, Traktoren und Lastwagen, aufgegeben und in verschiedenen Stadien der Funktionsuntüchtigkeit. Eine Avocadoallee zog sich zur Stadt hin. Eine gewaltige Marmortreppe wand sich zur Nacht empor. Eine lange, geflieste Veranda öffnete sich auf der einen Seite zu einem umschlossenen Garten, auf der anderen gingen zahllose, schwach erleuchtete Räume von ihr ab wie Gräten eines Fischskeletts. Diego flüchtete sich jetzt immer häufiger ins Bett, schloß vor allem die Augen, schloß die Augen auch vor seiner Frau und den Ländereien seiner Familie, als könne Schlaf allein alles heilen und den Niedergang aufhalten, dessen Beginn er spürte. Während seiner langen Siestas sammelte er Kraft für ein entschiedeneres Vorgehen gegen seine vertrocknenden Avocadohaine, sein von Mehltau befallenes Zukkerrohr und seine geschwollene Niere, die ihm erlaubte, wie ein Kind zu schlafen, die seinen Willen schwächte und ihn so leicht in Untätigkeit wiegte.

Die Zikaden und Grashüpfer sangen für sie melodielos, mit Beharrlichkeit. Napoleon, der Geier, saß dicht neben Lydias Hängematte. Die Flügel auf dem Rücken gefaltet, den Kopf leicht zur Seite geneigt, hockte er, aufmerksam und ruhelos zugleich, und putzte die Abwesenheit von Federn auf dem dürren, grau-schwarzen Hals, wo die Haut in Falten herabhing. Gehüllt in den Abend und den Glanz seines Gefieders, wußte auch er von Königen, und wie man still blieb und wann man angreifen mußte. Aber was Geier am besten beherrschen, ist, sich gedulden. Benito beruhigte ihn oft, indem er sagte: »Warte, und es gehört dir.«

Wenn die Pflichten des Tages vorüber waren, die Kleider geordnet und die Hunde gefüttert, wenn der Mais für den nächsten Tag in Kalk und die Bohnen in Wasser weichten, lehnte Lydia sich zurück und lauschte. Zunächst lauschte sie vor allem dem Eilen des Mühlbachs und dem Rumpeln des Mühlrades. Dann hörte sie die gedämpften Geräusche der Zuckerfabrik; und aus der Hütte am Hang direkt hinter ihrem Haus hörte sie den Greis Natividad, der achtzig war und Ziegen gemolken und Weichkäse gemacht hatte, mit seiner Viertellunge keuchen und unter den feuchten Schatten der Bananenstauden um jeden Vierteltag beten: Natividad, dessen Tochter ihn nicht liebte, Natividad, dessen steife Hände das Euter nicht mehr fassen konnten, der keinen Biß mehr hatte und dessen zähes Fleisch mager war.

Die Zeit verging, Diego plante neue Arten, seine Felder zu bewässern, aber die trockenen Ufer ließen ihn im Stich. Er zeigte Lydia, wie man Saatgut zieht, aber ein unbekannter Pilz vernichtete es. Lydia pflanzte den Garten, ihre eigenen Hunde wühlten ihn auf. Sie fütterte die streunenden Katzen, aber die streunenden Hunde töteten sie. Sie behandelte die Risse ihres Hauses und die Machetewunden auf den Zuckerrohrfeldern. Sie lernte Fieber senken und Hoffnungen wecken, sie lernte, Bewegung zu lesen aus der Reglosigkeit der Menschen. Sie und Diego sahen den Lastwagen, »La Povva« genannt, auf seiner letzten Fahrt über die Brücke rollen. Mit verdorbenem Zuckerrohr beladen und nur noch durch Ketten, Schrott und Seile zusammengehalten, rumpelte La Povva an ihnen vorbei zur Fabrik, und Männer und Jungen hingen wie Fahnen an ihrer Seite. Danach hatte sich Diego vier Tage lang in seine Zimmer zurückgezogen, wo er um das Zuckerrohr trauerte.

Zwei Jahre waren vergangen, die Povva war immer dagewesen, war hin- und hergeschwankt, fremd in ihrer Tarnfarbe, ein alter Armeelastwagen, der gegen die bröckelnden Straßen Krieg führte. Jetzt gab es kein Zuckerrohr mehr, keine arbeitende Fabrik, kein laufendes Mühlrad, nur unbenutzte Gebäude und La Povva, die in einem Feld verrostete. Auch Natividad war nun tot.

Weihnachten 1955 rief Don Diego seine fünfundsechzig Arbeiter zu sich, teilte das fruchtbare Land seines Besitzes in gleichgroße Parzellen und übergab jeweils eine Landparzelle der Obhut eines Anwesenden, dazu von seinen Maultieren und seinem Saatgut. Eine vergleichbare Parzelle behielt er für sich und eine für Lydia, und er behielt den größten Teil der unterrassierten Berghänge. Aber im Tal erhob sich ein neuer Tyrann – die Dürre.

## II

Mit den Veränderungen der Landwirtschaft und des Klimas veränderte sich auch Lydias Leben, selbst ihre Hängematte lockerte sich und sackte allmählich zu Boden. Sie streichelte Napoleon, beobachtete die Mondphasen und den Flug der Geier. Napoleon flog fast nie: Er stakste und hastete umher, den Hals merkwürdig gereckt. Er schien nicht den Wunsch zu haben, sie zu verlassen. Obwohl sie manchmal stritten, blieb er. In diesen mittleren Jahren und angesichts des Scheiterns ihrer Ehe bekämpfte Lydia alles, was die Kraft des Tals zu untergraben drohte. 1956 erlangte sie einen besonderen Status: Nach dreijähriger Unfruchtbarkeit erwartete sie ein Kind. Selbst Diego, der fast gar nicht mehr sprach, zu ihr nicht und zu niemandem sonst, faßte bei der Aussicht auf ein Kind neuen Mut. Ihr ungeborener Erbe senkte sich langsam in ihr Becken und wartete, wie sie selbst wartete, darauf, daß Ordnung in ihr Leben zurückkehrte.

Unterdessen kämpfte und verteidigte sie, bis ihre Zähne vor Anstrengung schmerzten. Zuerst rief sie ihre Haushälterin zu sich:

»Comadre Matilde, warum schmecken der Mais und die Bohnen nach muffigem Staub?«

La comadre wandte das langsame Kuhgesicht zur Veranda und sagte:

»Doña, in allen Ballen und Krügen sind Kornwürmer. Auf jedem Topf eingeweichter Bohnen schwimmt ein Schaum aus zerbröckelnden Körpern. Es ist ein Zeichen.«

Und sie bekreuzigte sich.

»Wie auch die Maden im Käse ein Zeichen sind.«

Hier legte sie den Teigklumpen aus der Hand, den sie geknetet hatte, und bekreuzigte sich wieder. Sie nahm das ungebackene Brot, ging auf die Veranda hinaus, öffnete die Augen weit, um ihren Worten Gewicht zu verleihen, und stellte die rhetorische Frage:

»Und was ist mit der Milch, die sauer wird, kaum daß sie die Kuh verlassen hat?«

Fast widerwillig legte sie den Teig beiseite, der mit grauen, muschelartigen Körpern durchsetzt war, und drehte sich zu Lydia um, die ihr gefolgt war. Dann sagte sie, im Ton ständiger Entschuldigung:

»Doña, lange bevor Don Diego geboren wurde, als Benito ein junger Mann war und ich ein Kind, wurde der Himmel rot wie Blut und fiel zu Boden. Es donnerte, als bräche der Fluß in einer Flut zu Tal. Bevor der Tag vorüber war, hob sich die Wolke wie ein Tuch. Sie hob sich einfach und verschwand unter noch lauterem Schwirren. Danach kehrte das Licht wieder, aber das Land war kahl. Sie hatten jeden Baum, jeden Stiel, jedes Blatt abgerissen, sie hinterließen das Tal wie eine Wüste, von eingedreckten Bananenstauden umsäumt. Das war das Jahr der Heuschrecke, Doña.«

Lydia war entsetzt. Sie hatte schon von der Heuschrekkenplage gehört, oft, war aber immer wieder entsetzt über die Verheerung, die sie angerichtet hatte, daher drängte sie ihre alte Haushälterin weiterzusprechen.

»Was habt ihr gemacht, Comadre? Was habt ihr gegessen?«

»Wir sammelten Berge toter Heuschrecken, Doña, Geschöpfe, die so eigenartig waren, daß sie nicht Gottes Geschöpfe sein konnten. Sie waren böse, und wir kratzten sie zusammen und verbrannten sie. Dann aßen wir fast ein Jahr lang nur Bananen: Fasern, Saft und Schale. Nie hielt der Tod so reiche Ernte, nicht einmal in den Jahren des Gelbfiebers.

Jedesmal wenn Essen vergeudet wird, denke ich daran. Jedesmal wenn die Jungen sagen, wie schlimm alles sei, denke ich daran, wie schlimm es werden kann. Jedesmal wenn ich für Ihre Mahlzeiten grüne Bananen schäle und koche, denke ich: Die Heuschrecken kommen, diesmal langsam. Dieses Mal fressen sie das Land und die Bäume von innen. Dieses Mal können wir sie nicht sehen.«

»Aber es ist anders, Comadre.«

»Ja«, sagte die alte Frau und wandte sich mühsam wieder der Küche zu. »Es ist anders. Jetzt brennen die Feuer vor der Plage. Die Waldbrände holen sich alles. Das sind die Jahre der Asche!«

Napoleon blieb ganz dicht bei Lydia, klebte ihr wie eine gefiederte Wucherung an der Ferse. Er kümmerte sich nicht um die anderen Geier in der Luft. Mit jedem Tag wurde er etwas launischer, sein unberechenbares Verhalten grenzte allmählich ans Kriminelle. Er ärgerte sich sogar über Lydia. Sein Plappern war nicht mehr heiter und sanft, er mochte sein Fressen nicht mehr, auch kleine Wunden waren vor ihm nicht mehr sicher. Er begnügte sich nicht damit, Calichano in Schach zu halten, den alten Mann mit dem schwärenden Bein, der den Mais brachte. Er schoß auf jede noch so winzige Wunde zu und grub seinen langen gebogenen Schnabel hinein. Er konnte das Fell einer Kuh aufschlitzen und einen Schädel spalten. Wenn seine Herrin ihn verließ, und sei es nur für einen Augenblick, flog er in die Küche, riß alle Teller aus dem Regal und zerbrach sie auf den Fliesen. Eines Tages warf einer der Arbeiter einen Stein nach ihm und brach ihm ein Bein. Lydia richtete den Knochen, so gut sie konnte, gipste und bandagierte ihn. Es war das allererste Mal, daß sie ein Bein schienen mußte, und der Knochen wuchs nicht gut zusammen. Für die Zeit der Heilung mußte sie Napoleon ruhigstellen, aber er zerfetzte alle Seile und Lederriemen, bis sie ihn schließlich an einen Bambusstamm kettete. Dort schien der Geier zu verkümmern, er schmollte und litt.

Inzwischen näherte sich für Lisa der Zeitpunkt der Niederkunft. Im sechsten Monat wollte sie vor allem den Niedergang des Tals aufhalten, bevor ihr Kind geboren würde. Von ihrem Fenster aus konnte sie die stillgelegte Fabrik sehen. Das Gras reichte nicht für Kühe, und Ziegen schlugen die Hufe wie ein tödliches Tamtam auf den Boden. Wo Ziegen gegrast hatten, wuchs nie mehr etwas. Ungeziefer fraß die Saat, und ging sie dennoch auf, verbrannte die Dürre die Pflanzen. Lydia warb die Bauern der Nachbarschaft an, übernahm mit neuem Elan das Kommando und holte Schafe auf ihre sterbende Farm.

Selbst Don Diego war begeistert und brachte die Schafe von Kolumbien über die Grenze auf ihr Land. Zum ersten Mal seit zwei Jahren schüttelte das Tal seine Apathie ab. Die Arbeiter trieben die neuangekommenen Schafe in provisorische Pferche. Eine Ladung Mutterschafe nach der anderen kam an, verdreckte Romney Marsh-Schafe, die um den halben Globus geschickt worden waren, zusammengepfercht mit einer Herde dünner, um sich tretender Afrikander. Viele kamen tot an. Die sehr jungen und die alten waren in den Waggons ausgerutscht und von den anderen niedergetrampelt worden, hinabgezogen, durchweicht von Urin und nassen Exkrementen. Einige wenige überlebten so, verkrustet, feucht und zerschlagen, aber die meisten wurden in flachen Gräbern am Rande eines Feldes beerdigt. Napoleon legte den Kopf zur Seite, schloß ein Auge, blinzelte mit dem anderen, als zähle er die Kadaver, und schärfte seinen Schnabel. Unter dem glanzlosen Fell waren die Schafe mager und anämisch. Aber auf den endlosen Hektar Unkraut und Gestrüpp, die alles waren, was die Hacienda La Bebella noch hatte, gediehen sie. Und obwohl die Zahl der freiwilligen Arbeiter abnahm, waren es noch genug, um die umherziehenden Herden zu versorgen.

Die Schafe waren ein kurzer Aufschub. Sie durchstreiften die überwucherten Felder wie fremde Wesen, die sich langsam den Weg durch Bart und Nasenlöcher eines riesigen Gesichtes bahnten. Ein Niesen konnte sie vertreiben, aber sie blieben, wurden zu einem Teil des Landes, durchfurchten es weidend. Napoleon verließ sein übelriechendes Nest am Bambus, wo er niemanden seine Exkremente und das verdorbene Fleisch hatte wegräumen lassen, und nahm seinen Platz an der Seite seiner Herrin wieder ein. Eines Tages kam ein Fremder und bat um Auskunft, und während Lydia zuhörte, stürzte sich Napoleon in rasender Eifersucht auf ihre Füße, die in Sandalen steckten, und zerrte an einer nackten Zehe. Sie sah die Blutlache, bevor sie einen Schmerz spürte, dann brauste in beiden der Zorn auf; sie griff einen Backstein vom Rand eines Blumenbeets und verfolgte den Übeltäter die Allee hinunter, über die Brücke und den langen schattigen Weg bis zu der stillgelegten Mühle einer benachbarten, einige Meilen entfernten Farm. Ihr zerrissener Fuß blutete beim Laufen, aber sie war sich nur des schweren, klebrigen Geruchs, der gleißenden Sonne auf ihrem unbedeckten Kopf und des Wunschs nach Rache bewußt, der sie vorantrieb, weit über ihre Kräfte hinaus. Als der Schornstein in Sicht kam, war sie erschöpft. Der Vogel schoß an ihr vorüber und machte sich auf den Heimweg. Sie drehte um und folgte, bemerkte jetzt, wie absurd Napoleon aussah, halb rennend und halb hinkend, wild mit den Flügeln schlagend, fortwährend unverständlich kreischend. Lange bevor sie ihre eigene Mühle und Brücke erreichte, hatte sie auch ihre eigene Lächerlichkeit erkannt, wie sie, im neunten Monat schwanger, als zerzauster Zorn Gottes, in der Hand den Backstein, einem albernen Geier hinterherjagte, der sich lustig machte über sie, indem er nicht wegflog. Sie sah, daß Benito sie bestürzt anstarrte, gab auf und lachte.

»Die Götter sollen dich blenden, Napoleon«, rief sie dem verschwindenden Vogel hinterher und dann, zu Benito: »Hilf mir bitte nach Hause; bring Kaffeesatz und *frailejon*, um die Blutung zu stillen – dieser Idiot von einem Vogel hat meinen Fuß zerfleischt.«

In dieser Nacht senkte sich das Kind, und Lydia bereitete die geschnitzte Eichenwiege vor, die seit vielen Jahren im Besitz der Familie war; die örtliche Hebamme wurde gerufen, sie stellte fest, daß die Geburt schwierig wurde. Sie sagte zu Don Diego, die Nabelschnur habe sich fünfmal um den Fuß des Säuglings gewickelt, und während er befreit wurde, atmete er im Fruchtwasser. »Was heißt das?« hatte Diego sie dumpf gefragt. »Das heißt, es steht schlimm, Señor.« Der Junge, der geboren wurde, bekam den Namen Alejandro Beltrán Sinclair. Sein Gesicht war von eigenartiger, wächserner Schönheit, er schien ruhelos und weinte die ganze erste Nacht. La comadre Matilde begann die Neuigkeit zu verbreiten, der neue Erbe habe Wasser in der Lunge.

Doña Lydia war erschöpft und weinte viel; sie spürte den Tod ihres Kindes im Blut, und sie ertrug es nicht. Die Frauen vom Land, das zu La Bebella gehörte, hielten sich in ihrem Haus auf, in ihrem Zimmer konnte sie sie reden hören, und sie erriet aus ihrem Tonfall, was sie sagten. Aus der Küche hörte sie la comadre vor sich hinsingen:

Schlaf, mein Prinzchen, schlaf, solang du kannst.
Diese lange Nacht und des Mondes Licht sind dein,
Doch nicht der Morgen.
Nun schlaf zu meinem Wiegenlied
In deiner schönen Wiege.

La comadre dachte sich immer Lieder aus.

Doña Lydia schloß sich mit dem Kind in ihre Zimmer ein. Ihr Mann kam und ging, unsicher, was zu tun sei; er schritt eine halbe Stunde auf und ab und verschwand dann wieder. Neben ihrem Bett stapelte Lydia schmutzige Teller und Kleidungsstücke, frische ersetzten sie. Tagelang hielt und betrachtete sie nur ihr Kind, lauschte in seinem Atem nach dem geringsten Anzeichen von Besserung. Die Taufe kam und ging vorüber. Das Kind wurde eilig zur Kirche in Mendoza gebracht, der erste Beltrán, der ohne einen Kardinal oder wenigstens Bischof getauft wurde. Aber Lydia war zu müde, um das zu wissen oder wahrzunehmen.

Napoleon klopfte gegen den Lehmmörtel ihrer Zimmerwand. Er wollte sie wiederhaben. Sein Klopfen wurde hektisch. Jeder Tag, den das Kind lebte, war ein Sieg für Lydia und Grund zur Rage für den erregten Vogel.

Eines Tages dämmerte sie in ihrem Schaukelstuhl vor sich hin, und als sie erwachte, sah sie Napoleons Kopf aus der Wand ragen. Er hatte ein Loch in das Mauerwerk geschlagen und seinen Truthahnhals hindurchgesteckt. Seine Haut hing wie ein ältliches Skrotum an der Wand herab, das Glitzern in seinen Augen war bösartig. Er fixierte das Kind mit rasender Eifersucht. Lydia blickte auf zu seinem grotesken, von Mörtel umrahmten Hals und wußte, daß er fort mußte. An diesem Tag ging der Atem des Kindes schärfer. Sein Gesicht erstarrte und schien in schmerzhaftem Atemholen zu verharren, dann wurde die Luft mit einem Keuchen der Erleichterung ausgestoßen. Dieser Rhythmus wurde immer schneller, bis das ganze Zimmer vom Beben seiner Lungen erzitterte. Sie hielt ihn gegen die Sonne, als könne dies seinen Schmerz lindern, aber damit betonte sie nur die Blässe seiner Haut, die sich bläulich verfärbte, als seine Atmung versagte. Von

Krämpfen gemartert, verlor das Kind jedes Mal das Bewußtsein, wenn es ihm gelang, auszuatmen. Sein Puls hörte auf, seine Mutter atmete für ihn, massierte sein Herz und gab ihm Atem. Er entspannte sich ein wenig, und sie half ihm immer noch, dann wurde er steif, und sie wiegte ihn weiter. Niemand wagte es, ihr den starren Körper aus den Armen zu nehmen. Sie waren in einer Umarmung verschlungen, und sie sang für ihn in einer fremden Sprache, die niemand verstehen konnte.

Als sie ihr das Kind schließlich abnahmen, paßte es nicht in seinen kleinen weißen Sarg, aber sie gestattete ihnen nicht, seine Knochen zu brechen, um sie zu strecken, so daß ein zweiter, breiterer Kasten gemacht werden mußte. Sie standen am Anfang des Endes.

## III

Diego Beltrán hatte keine Kinder, hatte sich aber welche gewünscht; nach dem Tod des Babys krümmte er sich wie nach einem Faustschlag in den Unterleib. Er trank viel, weinte, wenn er allein war, und die ganze Zeit über sorgte er sich um seine Frau, die niemanden in ihre Nähe ließ. Lydia hatte sich in die Bibliothek im ersten Stock eingeschlossen. Ihre Augen brannten, und der Raum schwankte, aber sie konnte nicht weinen. Erschöpfung hatte ihr Gehirn stumpf gemacht. Alles, was sie gehabt hatte, lief aus durch den Riß, der durch das Fehlen des Kindes in ihren Armen entstanden war. Am Rande ihrer Wahrnehmung spürte sie ein Hämmern: Diego klopfte an die Tür des angrenzenden Raums.

»Lydia, laß mich ein.«

Durch ein Astloch im Holz konnte er erspähen, wie sie auf den Fluß und die Fabrik hinausstarrte. Die Nacht hielt sie in frostiger Umklammerung, bei Tag war ihr viel zu heiß, aber sie rührte sich nicht. Ihr Körper schien natürliche Funktionen weder zu haben noch zu brauchen – selbst ihr helles Haar war in der Sonne matt geworden.

Ihr Freund, der Arzt, kam, sprach durch die Tür mit ihr und flehte sie an zu weinen. Benito schlich vor ihren Zimmern herum, eine Konstante unter den wechselnden Besuchern. Er zupfte an der Krempe seines Huts, auch er wollte, daß sie weinte. Das ganze Tal beschwor sie zu weinen, wie sie geweint hatten – der Fluß konnte ihre Tränen nicht fassen. Daß sie den Tod akzeptierten, war nicht Gefühllosigkeit: Sie waren wie Leibeigene auf seinem Grund und Boden.

Am dritten Tag brach Diego die Tür auf. Sie wandte das Gesicht ab, aber er kniete neben ihr und redete leise auf sie ein:

»Wir bezahlen unseren Zehnten«, sagte er. »Aber wir sind nie frei. In uns allen wohnt der Tod. Wir sind verschieden, aber eines ist uns gemeinsam: Es gibt keine Überlebensgarantie. Leben ist hier mehr als nur leben, es ist ein ständiger Krieg. Wir können nicht gewinnen, aber wenn wir zusammenhalten, können wir wenigstens weiterkämpfen. Um Streit darüber zu vermeiden, wen wir unterstützen und verteidigen sollen, lassen wir uns von dem leiten, was die Familie ist. Unsere Loyalität gilt zuerst unserer Familie, dann unseren Toten.«

Er deutete auf die Frauen, die vor dem Haus warteten:

»Jede einzelne dieser Frauen hat einen Sohn verloren, manche mehrere.«

Lydia blickte auf, sah zu ihnen hin, dann wandte sie ihren Blick ab.

»Wenn du glaubst, daß sie allzu bereitwillig um unseren Sohn weinen, den sie gar nicht gekannt haben, dann darum, weil sie ebenso um ihre Toten weinen wie um deine und um dich. Die meisten von uns kennen keinen Horizont, der weiter entfernt wäre als der Bergkamm, und wir haben als Zuflucht nur einander. Wir halten zusammen wie die Fäden eines Stoffes, und der Tod löst ihn auf. Wir sind fadenscheinig, Lydia, und du bist eine von uns. Wenn du unsere Hilfe verschmähst, verschmähst du auch unsere Trauer. Wir versuchen, ein bißchen mehr, ein bißchen besser zu leben, und in diesem Mehr ist das Leben unserer Toten. Es ist zu schwer für sie, zu sterben und nichts zu hinterlassen, und so tragen wir sie in uns, als zusätzliche Kraft. Dies tun wir trotz der Anstrengung, doch es sind so viele gestorben, daß in uns immer eine gewisse Traurigkeit ist. Wenn jemand stirbt – und es stirbt immer jemand –, versammeln wir uns und trauern miteinander. Nur dann erlauben wir uns, schwach zu werden. Welche Hoffnung bleibt uns, wenn wir den Schatten unseres Kummers nicht im Auge des Freundes sehen können?«

Diego strich ihr übers Haar, seine Stimme wurde eindringlicher:

»Verhärte dich nicht gegen uns, Lydia – das Leben ist hart genug.« Er stand auf und ging zur Tür. Als er sich umdrehte, sah er, daß sie leise weinte. Er saß einige Zeit bei ihr, umarmte sie in einer erleichterten Stille, und sie spürte, daß das Frösteln aus ihren Knochen wich und ein warmer Fleck sich wie ein heißer Umschlag auf ihrer Brust ausbreitete.

Danach, so schien es Lydia im Rückblick, folgte eine deutliche Kette von Katastrophen, deren Trümmer sich zu hohen Moränen anhäuften und den Lauf ihres Lebens veränderten. In ihrem sechsten Jahr auf dem Gut brachte die Krankheit der Schafe eine Veränderung. Sie starrten mit matten Augen. Sie bewegten sich steif und mühevoll, ihre Gelenke schienen zu knirschen. Lydia konnte kaum glauben, daß sie wirklich krank waren. Sie neigten den Kopf und zitterten, drückten sich in der Ruine von Natividads, des toten Ziegenhüters, Hütte aneinander, dann begannen sie zu keuchen. Diese regelmäßigen Krämpfe besorgten sie am meisten. Es schien, als keuche der Tod selbst durch viele Lungen, eine kranke Wolke schweren Atmens, vor der es kein Entrinnen gab. Seit ihrer ersten Nacht auf dem Land waren Zikaden und Keuchen Teil der Stille gewesen. Es gab keinen anderen Rhythmus mehr in den Bergen. Bis zum letzten Tier versuchte sie, ihre entkräftete Herde zu retten, aber aus ihren Handbüchern wußte sie, daß sie Milzbrand hatten: Sie konnte die Ödeme in ihrem Gewebe hören, es klang wie zerstoßenes Glas unter der Haut.

Sie verbrannten die Kadaver, und die halbverkohlten Reste lockten die Geier an. Es herrschte solche Fülle, daß sie sich nur das Beste herauspickten und eine Menge faulender Innereien übrigließen. Die Feuer auf der Erde wurden von Feuern im Buschwerk an den Berghängen begleitet. Es war, als beschleunigten die Bauern ihr Ende, indem sie noch die letzten Stengel und Blätter verbrannten. Benito erzählte ihr, es sei eine alte Tradition der Timote-Indianer, in Zeiten der Dürre als Opfer an den Himmel die Hügel abzubrennen. Es sollte Regen bringen; in Wirklichkeit besiegelte es die Dürre. Viele starben, viele zogen fort. Lydia und Diego, Benito und Matilde rückten zusammen. Benito machte Kaffee und erzählte ihnen von der Vergangenheit. Wenn Don Diego herunterkam, erzählte Benito ihm immer Geschichten von seinem Vater. Sie glaubten, daß es regnen würde, irgendwann, und sie warteten.

Napoleon wurde niemals verziehen, daß er ihr Söhnchen zerfleischen wollte. Seit dem Tag, als er ein Loch durch ihre Schlafzimmerwand gebohrt hatte, war er kein Haustier mehr. Seine Sanftheit war völlig verschwunden.

Antonio, der Vorarbeiter, nahm ihn, bis eine Entscheidung gefällt war, zu sich in seine Hütte und hielt ihn dort angekettet. Seine Frau sagte, er sei ein Vogel von böser Vorbedeutung, und schließlich, daß entweder sie gehen müsse oder er. Der Vorarbeiter sah, daß das Land ausgetrocknet war, der Fluß vergiftet, drei seiner eigenen Kinder tot, und so wollte auch er den Vogel loswerden. Am folgenden Morgen sagte er zu Lydia: »Meine Frau wird den Geier töten.«

»Töte den Vogel nicht«, sagte sie. »Gib ihn jemandem mit, der fortgeht, gefesselt in einem Sack, und gib dem Mann diesen Mais von mir, damit er ihn fern von hier freiläßt.« Mit diesen Worten holte sie Getreide aus ihrem schwindenden Vorrat. Napoleon fehlte ihr, wie vieles ihr fehlte; aber die Hacienda war immer noch ihr Zuhause – hierher gehörte sie, und die Geschichte des Hauses war unter ihrer Haut gewachsen wie Milzbrand.

Die Zuckerfabrik war von Unkraut überwuchert, dann wieder frei davon, nachdem die Sonne es verbrannt hatte. Diego ging manchmal hin und saß dort. Er und Lydia schienen durch ein unsichtbares Band vereint, das sie eng beieinander, aber je für sich hielt. Es war, als sei die Hacienda alles, was von ihrer Ehe geblieben war. Sie sprachen nie darüber, aber beide wußten und akzeptierten, daß Diego eine Art Schlafkrankheit des Herzens hatte. Als ihr gemeinsamer Sohn starb, hatte er Lydia angefleht zu weinen, aber jetzt war sie es, die ihn ermahnte zu sprechen und zur Antwort nur sein Schweigen bekam. Der hohe Schornstein und die Fabrikanlage überdauerten, als Requisiten der Geschichten, die Benito ihr erzählte. Über die Jahre erzählte er ihr Hunderte von Geschichten. Einige wiederholte er häufiger als andere. Er sprach beispielsweise oft von Diegos Großonkel Arturo Lino, für den er gearbeitet hatte, seit sie beide Kinder gewesen waren. Er sprach auch über die Dynastie der Don Rodrigos, die aufeinander folgten wie ägyptische Könige.

Die Jahre verstrichen, und nur ihr verkrüppelter Verwandter Cristóbal kam vorbei, auf einem Bein humpelnd. Es war ein einsames Leben. Lydia erinnerte sich daran, wie sie sich einmal im Schilf eines kleinen Grabens versteckt hatte, der an einer Reihe Bäume entlanglief, um einem besonders lästigen Besucher aus dem Weg zu gehen. Benito erzählte ihr, dies sei genau der Ort gewesen, wo Cristóbal sich versteckte, wenn er allein sein wollte. Der Zufall gefiel ihr – er schien sie einander näherzubringen.

Lydia vergrub sich in ihren Nachforschungen. Es war wenig anderes zu tun: Die Blumen, die sie gezogen hatte, waren vertrocknet. Ihre Beagles, ursprünglich vierzehn, die Zeit beansprucht hatten, waren an Staupe eingegangen. Nur eine Hündin hatte überlebt. Diese Hündin war zehn Jahre zuvor mit dem Schiff aus England gekommen, und die Zeit schien sie vergessen zu haben. Sie gedieh sogar bei einem Futter, das mit Maisgrütze und steinharten Bohnen gestreckt war. Diego verschwand für einige Tage und kehrte mit einem Gefährten für sie zurück. Der Hund war seiner Braut in Gestalt und Größe sehr unähnlich, kam aber für eine Begattung in Frage. Doch selbst er war krank. Um seinen übergroßen Penis begannen sich Geschwüre zu bilden, an den Schwären nagten Maden. Wohin er auch ging, hinterließ er, wenn er die kurzen Beine beugte und sein Territorium markierte, wegen seiner Blutungen kleine rote Pfützen. Die anderen wollten ihn einschläfern, aber Lydia bestand auf dem Versuch, ihn zu retten. Er war ein Neuling, wie sie selbst: Niemand wollte ihr helfen, also übergoß sie ihn allein mit Kreosot und kauterisierte die kleinen Krater in seinem Fleisch. Sechs Monate lang schien er sich zu erholen, aber das Sarkom war noch da; dann starb er, in den letzten fünf Tagen seines Lebens magerte er auf Haut und Knochen ab. Sie beerdigte ihn ganz in der Nähe unter den Avocados auf einem Stück Land mit so vielen Gräbern, daß sie einen regelrechten Friedhof im Garten hatte. Noch lange danach träumte sie vom Anblick seines verfaulenden Penis.

Benito und Lydia wurden füreinander zu Quellen der Kraft. Bei Tag fing ihr Haar das Sonnenlicht ein, bei Nacht glänzte sein Schädel, während er sprach. Zusammen hielten sie das Haus in Schuß, unter la comadre Matildes traurigen Augen und trotz der manischen Isolierung Diegos, der in seine Napoleonbiographie vertieft war, die allerdings meist aufgeschlagen auf seinem Gesicht lag, während er in der Hängematte auf der Veranda oder im Dämmerlicht seiner verdunkelten Räume unruhig vor sich hin döste.

Selbst wer ursprünglich entschlossen war, zu bleiben, verließ nun das Tal. Berichte von anderen Orten waren sehr schlimm, sie gingen dennoch. Sie hatten dem Tod lange ins Angesicht geblickt, seiner jährlichen Ernte einen Teil ihrer selbst geopfert. Aber sie schafften es nicht, untätig zu bleiben in der Gewißheit, daß Dürre und Krankheit sie verschlingen würden. Es war eine merkwürdige Krankheit, die jeder Behandlung widerstand. Es war wie eine Karikatur dessen, was das Tal früher war: das Ab- und Anschwellen eines Schmerz-Geschwürs. Selbst bei den Heuschrecken hatte es Hoffnung gegeben.

Diego sah seine Leute gehen, und was von seiner Willensstärke geblieben war, schwand mit ihnen. Er ließ sich ein Bett in die Bibliothek stellen – den Raum, in dem Jahre zuvor sein Söhnchen gestorben war –, legte sich hin und drehte sich zur Wand. Auf diese Weise schlief er fast ein Jahr. Er setzte sich auf, um zu essen und um nach seinem Nachttopf zu greifen. Ansonsten schlief er.

La comadre Matilde ging eines Tages, und das letzte,

was sie von ihr sahen, war ihr humpelnder, unförmiger Rücken, der sich in einer Staubwolke die Straße hinuntermühte. Ihre Verwandte und die Mädchen waren schon längst verschwunden. Benito sammelte aus verlassenen Häusern Vorräte und trug sie säckeweise zur Hacienda. Zu seiner Beute gehörten riesige Mengen schwarz gebrannter Schnaps, die er heimlich trank, und die beiden saßen allein, immun gegen die Krankheit, blickten auf die Berghänge, hielten nach dem vorüberziehenden Cristóbal Ausschau und warteten auf den Regen.

## IV

Lydia erinnerte sich, wie Benito zu ihr gesagt hatte:

»Sie sind aus der Vergangenheit gekommen, aus unserer Vergangenheit, um den Verfall der Familie mitanzusehen. Das Schicksal hat Sie hergebracht, damit Sie unseren Niedergang aufzeichnen. Unsere Geschichte ist wie die Geschichte eines ganzen Landes; Sie sind gekommen, sie vor dem Sand zu retten. Diese Dürre war der letzte Schlag, doch unsere Kraft war schon vorher aufgebraucht. Sie, eine Fremde, sind unsere einzige Erbin.«

Lydia hatte keine Ahnung, wie sie eine solche Aufgabe angehen sollte. Sie war keine geborene Geschichtenerzählerin, ja, wie Diego sprach sie überhaupt selten. Sie begann, indem sie sich einen Menschen nach dem anderen als Figuren auf Papier vorstellte, die sie ausschnitt und auffädelte, wie die Kugeln eines Rosenkranzes oder die Perlen eines Halsbandes. Die Einleitung war ein großes Gesicht, das über einen Hügel kam. Es schien ihr, als könne die ganze Chronik der Lauf der Sonne durch das Tal sein. Die Geschichte von Arturo Lino, dem Mörder, war für sie ein Mühlstein, dessen Schaft morsch war. Die beiden Tanten, die den ganzen Tag Karten spielten und damit entschieden, wer welche Hausarbeit erledigen mußte, waren Scheiben, durch schmale Sonnenstrahlen in Abschnitte geteilt. Das Massaker an der Familie war wie eine Treppe mit einem Geländer aus gekreuzten Schwertern.

Zahllose Details waren ihr entgangen, und ihr Fehlen bereitete ihr Kopfzerbrechen. Benito konnte ihr immer erzählen, was sie wissen mußte.

»Benito, warum sind die Eisenräder in der Zuckerfabrik immer so gut geölt und werden nie benutzt?«

Und der alte Mann rückte seinen Hut zurecht und zog seine Machete gerade, bevor er anfing.

»Don Alejandro, Ihr Schwiegervater, Gott hab ihn selig, brachte sie her, als die Straße kaum den Namen verdiente. Er wollte immer eine richtig große Zuckerrohrpresse. Er wollte nicht, daß etwas vom Zuckerrohr verschwendet wurde, also kaufte er eine riesige Zuckerrohrpresse, die mehr Saft als jede andere auspressen würde, aber Alejandro starb, bevor sie montiert war. Seine letzten Worte waren, daß die Zuckerrohrpresse ihn zerfetze. Don Diego hat diese Zahnräder immer selbst geölt – sie sind wie ein Teil der Familie.«

Lydia stellte sich Feuer im Ofen der Zuckerfabrik vor und dachte an die verschiedenen Ofentüren, durch die es geschürt wurde. Da war das Feuer ihres Schwiegervaters, des Sterbenden, der nicht sterben wollte. Dann das Feuer einer Unfruchtbaren, die sich verzehrte; und das Feuer einer Unbefriedigten, die nicht genug Liebe bekommen konnte. Hinter ihnen, wie Rauchkräusel aus dem Fabrikschornstein, waren ihr eigener Ehemann und sein Onkel Elias, die suchten, aber nicht finden konnten. Sie sah sie als fünf Zahnräder, die wie Sterne ineinandergriffen, der Fluß war ihre Achse. Es gab Berührungen, aber keinen Halt.

Lydia sammelte Notizen und Photographien, Briefe und Urkunden, bis sie mehr Material hatte, als sie überblicken konnte. Sie begann, alles, was man ihr erzählte, auf lose Blätter niederzuschreiben. Nach einem Jahr waren es so viele Notizen, daß sie sie in irgendeine Ordnung bringen mußte. Sie beschloß, im späten achtzehnten Jahrhundert mit der Ankunft der ersten beiden Beltráns zu beginnen und dann chronologisch vorzugehen. Da die Landwirtschaft aufgegeben worden war, hatte sie nichts zu tun, als ihren Mann, sich selbst und Benito zu versorgen und die Truhen mit Photographien und Papieren zu sortieren. Von jeder Geschichte betraf etwas ihr eigenes Haus. Es gab Briefe von Elias aus New York und das Telegramm, das seinen Tod mitteilte. Es gab die Röntgenaufnahme eines Gesichts ohne Unterkiefer. Im Garten war Arturo Linos Mühlstein. Sie saß oft darauf, obwohl sie das Gefühl hatte, daß er noch immer ihm gehörte. Es gab dicke Bündel mit Photographien, darunter Schnappschüsse von Kindern. Es gab sogar ein verblichenes Aquarell mit Vetter Cristóbal und seinen Brüdern, wie sie in dem Gebüsch bei Lydias Haus spielten. Cristóbal war der Älteste. Über ihn würde sie zum Schluß schreiben. Das wäre richtig so, weil er alterslos war und sie alle überleben würde. Was von ihm zu erzählen war, schien wie Linien, wie Straßen, und sie mußten auf und ab gehen, von Stadt zu Dorf, von La Caldera zum Páramo. Es würde keine anderen Figuren geben als ihn und das Land. Einige sagten, sie sei gekommen, um ihr Ende mitanzusehen; er aber hatte ihr Leben mitangesehen. Cristóbal hatte seine Ländereien und sein Vermögen ausgeschlagen, seine stumme Anwesenheit hatte ihren Untergang prophezeit.

Lydia sah ihn vorübergehen, mit den üblichen Geiern im Gefolge, und sie vermißte Napoleon. Sie fragte sich, ob er bei den Geiern über ihr sei. Die Zeit hatte aufgehört, auf gegliederte Weise zu vergehen; sie war einfach da, und sie verging langsam. Lydia merkte, daß sie älter wurde, und sie wußte, daß Benito zu keuchen begonnen hatte. Ihre Hängematte hing jetzt knapp über dem Boden, das schleifende Schaukeln wirbelte ihr das trockene Sägemehl, das die Holzwürmer hinterließen, in die Augen. Blickte sie um sich, war nicht viel übrig. Sie konnte keine Truppen mehr mustern. Die Elektrizität war abgestellt, die Stadt war eine Geisterstadt. Ihr Haus und ihr Garten waren verfallen. Die Hacienda stand zum zweiten Mal in ihrer Geschichte vor dem Untergang, mit dem Unterschied, daß Lydia in ihrem Inneren stark war und wie ein Krebs auf dem toten Fleisch der Nachbarn gedieh. Deren Bäuche waren gebläht von der Leere, die das Land heimsuchte. Nur der ihre war durch ein Kind gebläht. Sie betrachtete sich in einem gesprungenen Spiegel; sie war wettergegerbt, sonnenverbrannt und stark – dem Unglück die passende Gefährtin, dachte sie, wie eine Braut.

Die meisten Tage vergingen damit, daß sie in der stillgelegten Fabrik auf dem Sockelrand des Schornsteins saß oder im ersten Stock bei Diego, in seinem abgedunkelten Zimmer, oder Papiere von einem Zimmer ins andere räumte. Diego war zum sepiafarbenen Bild seiner Vorfahren geworden. Sein Schweigen war wie ein tragender Balken, seine Augen waren traurig wie die Napoleons, wie die seinen folgten sie ihr überallhin. Lydia fegte Staub und Motten aus dem Arbeitszimmer, als sie ihn »Lydia« bellen hörte, und sie wandte sich um und ging zu ihm. Sie blickte ihn an, er sah aus wie ihr Vater im Augenblick seines Todes, und sie wußte sofort, daß auch Diego einen Schlaganfall gehabt hatte. Sie hielt ihn, als er sich aufbäumte und dann erschlaffte, sie wußte, daß er diese Lähmung bis zum Tage seines Todes behalten würde. Sie hielt seine leblose Hand, umfaßte zärtlich seinen Kopf und weinte um ihn und sein Schweigen. Benito hatte recht, sie war zum Hüter des Hauses geworden. Später weinte sie über ihre eigene Unfähigkeit, die jahrhundertelange Stärke dieser Familie in ihrer Chronik lebendig werden zu lassen. Sie blickte auf viele Hektar verdorrten Unkrauts und erinnerte sich traurig daran, daß beim dritten Glockenschlag immer etwas geschieht. Sie wußte, daß es für sie beim dritten Schlag Zeit sein würde zu gehen.

Cristóbal kam und ging immer noch, mit seiner Verletzung, seinem Stock und seinem wilden Haar. Sie hätte ihn gern gefragt, wie viele Menschen weiter oben im Tal überlebt hatten. Aber sie fürchtete, es könnten keine mehr sein; außerdem sprach er niemals. Cristóbal trug sehr deutlich die Züge der Familie. Diego hatte ihn immer gemocht und geachtet, und er wurde bleich vor Zorn, wenn jemand sagte, Cristóbal sei verrückt; er sagte immer: »Cristóbal ist nicht verrückt, er leidet.« Lydia hoffte, daß Diego im Innersten seines beschädigten Gehirns nicht litt. Obwohl es bedeutete, sich zwanzigmal am Tag die Treppe hinauf- und hinunterzuschleppen mit dem, was sie nun in sich wachsen spürte, wollte sie ihn nicht anderswo einquartieren. Das Zimmer war seine Wahl gewesen, sie hielt sich daran. Einige Körperteile konnte er noch bewegen, wenn auch nur schwach, und er war dünner geworden. Trotz ihrer eigenen dürftigen Ernährung hatte sich ihr Bauch enorm gedehnt, als sie die Hälfte der Schwangerschaft hinter sich hatte.

Benito und sie saßen abends sehr dicht nebeneinander und ergötzten einander mit Geschichten, die beide auswendig konnten. Sie füllten die Flure mit Wehmut, wenn sie an die Tage zurückdachten, als im Tal elf Fabriken arbeiteten. Eines Abends kamen winzige rote Fliegen. Sie waren auch früher gekommen und hatten Gewitter angekündigt, in jener Nacht aber senkten sie sich herab wie eine furchtbare Wolke. Sie kamen zu Hunderttausenden in einem Flügelgespinst. Sie flogen auch früher schon in Kleider und Augen, Nasenlöcher und offene Münder. In jener Nacht aber war es viel schlimmer. Sie drängten sich im Innenhof, wo der Vollmond am hellsten schien. Benito und Lydia schauten aus dem Dunkel ihrer Veranda zu. Lydia sagte: »Hör mal, ihre fallenden Körper und ihr Flügelschlag sind wie Regen.«

Der alte Mann nickte. »Ja, aber es ist wie der rote Regen der Heuschrecken. Jetzt könnte selbst richtiger Regen nichts mehr ändern.«

Lydia schaute ihn erschrocken an. Er fing ihren Blick auf und bemühte sich, das Thema zu wechseln:

»Doña, wie soll das Kind heißen, wenn es geboren ist?«

»Wenn es ein Junge ist, wird er Rodrigo heißen wie die früheren Beltráns, vermute ich, oder Alejandro. Wenn es ein Mädchen ist, nun, vermutlich La Bebella – weiter weiß ich noch nicht.« Ihre Worte erstarben in der Nacht, sie suchte rasch nach etwas, was sie sagen könnte, um den alten Mann noch ein wenig zu halten. Aber es war Zeit, ins Bett zu gehen. Jeden Morgen war es Benito, der Lydia weckte, und am Ende des Tages waren seine letzten Worte stets: »Ich sehe Sie in der Frühe, Doña.« An diesem Abend aber sagte er:

»Wecken Sie mich in der Frühe, Doña; Gott segne und behüte Sie.«

Dann ging er sehr langsam zu seinem Zimmer im hinteren Teil des Hauses. Als er forthumpelte, ohne Hut auf dem Kopf, war er wie ein verschrumpelter Zwerg. Lydia wäre ihm am liebsten nachgelaufen, aber sie wußte, daß er es am besten wußte. Daher ging auch sie zu Bett und schlief wenig, da sie wußte, daß es Benito nicht gut ging.

# V

Die Sonne mußte noch über die Bergrücken klettern, und die Morgen waren noch kalt. Aber die Landschaft war schwarz vor verbrannten Wäldern und versengten Feldern. Lydia wachte früh auf und ließ ihren Mann und seine Lähmung noch schlafend zurück. Sie mühte sich mit ihren Kleidern, wegen der Wölbung ihrer Schwangerschaft war jede Bewegung mühsam, aber sie trug immer noch die Kleider der Jahrhundertwende, die sie mitgebracht hatte, mit ihren Dutzenden von Knöpfen. Bevor sie die Marmortreppe hinunterging, blieb sie stehen, um zu betrachten, was von ihrem Haus übrig war.

Alles war von einer Schicht trockener Erde überzogen, sie war hereingeweht und trieb ständig an den Wänden entlang und um die Säulen. Die Spinnweben in den Bögen, die die Wohnhallen miteinander verbanden, hatten sich zu Vorhängen verdichtet, Holzwürmer und riesige Bienen hatten sich durch alle Möbel hindurchgebohrt und nur die alte Kathedralenbank heil gelassen. Dem Garten war es nicht besser ergangen. An diesem Morgen fehlten ihr das fiedrige Grau der Zuckerrohrblüten jenseits des Geländers und der Teppich abgefallener Blätter nach der Ernte. Mit Ausnahme einiger Löwenzahnstengel, Nachtschattengewächse und Kakteen, ihrer selbst und der beiden Männer verdorrte alles. Die Tür zu Benitos Zimmer war in der Außenmauer, das Zimmer selbst mit Kram vollgepackt. Sie klopfte an seine Tür und rief ihn. Sie bekam keine Antwort, daher ging sie hinein. Er lag zusammengerollt, als schliefe er. Lydia bahnte sich einen Weg durch Berge von angeschlagenem und zerbrochenem Geschirr, Stapel von Kachelscherben und Bündel zerrissener Hemden, die Benito aufbewahrte. Es gab Säcke voll Gerümpel, außerdem Schnaps, Kerzenwachs und Reliquien. Es war nur ein kleiner Raum, und sie sah, daß Benito, halb begraben unter dem Durcheinander, tot war. Sein Hut und seine Machete lagen neben ihm auf dem Boden, er hatte sich das cremefarbene Jackett und die Hose angezogen, die die Motten fast aufgefressen hatten, es war sein kostbarster *liki-liki*, sein uralter Sonntagsanzug, den er aufgehoben hatte, um darin beerdigt zu werden. Lydia mußte nur Totenwache halten und ihn dann begraben.

Es gab keine Blumen für Benito, aber sie fand einige Blätter, ein paar Pusteblumen und sogar eine Kerze, die sie neben seinem Kopf anzünden konnte. Die fiedrigen Samen flogen fort, und sie dachte: »Wir werden auch gehen müssen.« Sie saß den ganzen Tag und die ganze Nacht bei Benitos Leiche. Bevor sie ihn zu dem Grabplatz unter den Avocados hinauszog, streichelte sie die faltige Haut seines Gesichts. In seinem Bett zusammengerollt, erinnerte Benito sie an einen Mann, den sie einmal als Kind im Museum gesehen hatte, in heißem Sand mumifiziert, ganz trocken und brüchig, zwei Finger waren abgebrochen und lagen neben ihm. Benito Mendoza sah aus wie er, nur lagen statt der beiden Finger kleine Flaschen mit Zuckerrohrschnaps unter seiner Hand.

Die Erde war zu verkrustet, um sich aufbrechen zu lassen. Sie versuchte es mit aller Kraft, konnte aber kein Grab ausheben. Nach einer Stunde Arbeit hatte sie keinen Spatenstich Erde bewegt. Sie gab auf und fand unter einem anderen abgestorbenen Avocadobaum eine leichte Vertiefung, in die sie ihn halb trug, halb schleifte. Sie hatte seine liebsten Besitztümer dabei: Schnaps, Hut und Schwert, Machete, einen Angelhaken und ein Radio, ein Taschenmesser und ein geblümtes Hemd. Sie legte auch eine Schachtel mit unbestimmbaren Gegenständen und einige Geschenke von sich dazu. Dann kratzte sie genug trokkene Erde zusammen, um ihn zu bedecken. Er lag mit dem

Gesicht nach unten, damit die Geier nicht seine Augen bekämen, und auf die Erde legte sie aus dem gleichen Grund schwere Steine. Zum Schluß sah es aus wie ein längliches, prähistorisches Hügelgrab. Während Lydia ihn beerdigte, weinte sie heftiger als je zuvor. Benito hatte zahllose Theorien über die rechte Zeit und den rechten Ort für jedes Geschehen gehabt, und er hatte an die Macht des festgelegten Gangs der Dinge geglaubt. Lydia wußte, als sie sich dem Grabhügel zuwandte, daß er ihr Weinen angemessen gefunden hätte. Sie sagte, wie immer, bevor sie zu Bett ging:

»Wir sehen uns in der Frühe.«

Und zum zweiten Mal dachte sie: »Wir alle werden gehen müssen.«

Die folgenden Tage sahen sie beim Grabhügel sitzen, wo sie den Motor des letzten Jeeps auf dem Hof von Rost und Sand reinigte. Sie wußte, daß in einem Lager der Zuckerfabrik Benzin war. Wieder wurde die Zeit knapp, wie damals bei den Schafen, sie mußte sich beeilen, um vor der Geburt ihres Kindes fortzukommen. Sie blieb nah am Grab des alten Mannes, der Gesellschaft wegen, nun aber redete nur sie allein, sie ging alles durch, was Benito ihr erzählt hatte, und merkte es sich für den Tag, an dem sie alles niederschreiben würde.

## I DER GOLDBODEN

### I

Jeden Tag kletterte Lydia Sinclair auf den steilen Hang hinter ihrem Haus, um der brütenden Hitze und den Fliegen unten zu entfliehen. Von dort konnte sie das Momboytal überblicken, das sich in der Ferne verlor, das zerknitterte Blau der Berge am Horizont, den wilden Salbei und das Geißblatt neben sich. Und sie konnte gerade eben den unbewachsenen Pfad ausmachen, den die beiden ersten Beltrán-Brüder entlanggeritten waren, die zum Momboy kamen. Der alte Benito hatte ihr die Geschichte erzählt, als sie auf der Veranda des großen Hauses saßen, unter dem nachtblühenden Jasmin, dessen Duft einen wie Weihrauch packte und der in der Gegend »Dame der Nacht« hieß. Doch oben auf den Berghängen, bei den Adlern und Bussarden und mit der klaren Sicht das Tal entlang, erinnerte sie sich am besten an die Geschichte der beiden Brüder und des Goldbodens, den sie entdecken sollten.

Es war an einem stürmischen Nachmittag gegen Ende des Jahres 1785, als die beiden Brüder, Rodrigo und Sancho Beltrán, am Horizont erschienen. Sie waren viele Monate geritten, bevor sie zur Hacienda La Bebella kamen. Tief im Süden, in ihrem eigenen Land, hatten sie einen Aufstand angezettelt, der verraten worden war, und beide wurden verbannt. Mit Rücksicht auf ihre bedeutende und bislang loyale Familie hatte man ihr Leben geschont, aber das Exil war unvermeidlich; nun durchstreiften sie diese fremden, ungastlichen Landstriche, lenkten ihren Weg gen Norden, folgten den Ausläufern der Anden, deren Formationen wenigstens dem Land glichen, das sie verlassen hatten. Sie überquerten bei Cúcuta die Grenze, nun ritten sie, einem breiter werdenden Flußlauf folgend, seit etwa 150 Meilen durch Land, das ihnen eine riesige, vernachlässigte Besitzung zu sein schien, und betrachteten ihre Umgebung mit einigem Erstaunen.

Sie reisten zu Pferd, mit einem Zug Maultiere im Schlepp, beladen mit Proviant, Munition, Zunder und Tauschwaren. Der Fluß, dem sie so getreulich gefolgt waren, war der Momboy, der auf einer rauhen, windigen Ebene jenes kalten, als Páramo bekannten Teils der Anden entsprang. Das kurze, verkümmerte Gras an den etwas geschützteren Hängen wurde fast unmerklich zu Sumpf, zu einem Bächlein und dann zu einem Fluß, der einen eisigen Teich nach dem anderen schluckte, an Kraft gewann und große Waldungen auf beiden Seiten nährte; bis er die feuchte, ungesunde Stadt La Caldera erreichte, wo er widerwillig in einen viel größeren Fluß gleichen Namens floß und sich in dessen Strudeln verlor. Dem Momboy schien es zu mißfallen, verschluckt zu werden, und er rächte sich, indem er ein ums andere Mal die erbärmlichen Behausungen überflutete, die sein Verschwinden mitansahen, während er noch versuchte, abzudrehen.

Die beiden Brüder betrachteten seinen Verlauf, sie sahen, genau wie Lydia fast zweihundert Jahre später, wie sich seine Ufer nach beiden Seiten in abgestuften Grüntönen ausbreiteten. Da war das blasse Gelbgrün der durch den Wind verkrümmten Bananenstauden, das dem glänzenden Dunkelgrün der Kaffeepflanzen Schatten spendete. Die Brüder bahnten sich mühsam ihren Weg auf dem überwachsenen Pfad, er führte über einen tiefen roten Teppich aus jahrzehntelang nicht gepflückten Beeren, die jedes Jahr braun und dann zu einer schwarzen Schmiere unter dem klebrigen Gewirr von Palmen wurden, die unter ihrem eigenen Gewicht umfielen. So weit der Blick reichte, war das Land von Unkraut überwuchert. Unter wahren Dächern aus Unkraut kauerten verstreut die ärmlichen Behausungen der örtlichen Bauern. Jeden Abend rasteten die Brüder und tauschten Neuigkeiten mit ihnen aus, wie sie es in all den Monaten zuvor getan hatten. Doch sie erfuhren nichts Neues aus dem mürrischen Schweigen dieser Männer, die kein Verlangen zeigten, mit ihnen zu handeln, ja nicht einmal, sie zu berauben.

Beide Brüder wurden im Tal von einer Atmosphäre des Untergangs gefangengenommen, und obwohl sie auf ihren Reisen viel Armut gesehen hatten, waren sie niemals zuvor solcher Verzweiflung begegnet. Niemand zeigte das geringste Interesse an ihren Knöpfen, Sätteln und Stoffen, es gab nur leere, starre Blicke um qualmende Feuer. Die Bauern waren hungrig, es war ein dumpfer Hunger, der sich in ihre Eigenweide fraß, während der eigenartige, starke Schnaps, den sie tranken, durch ihren Körper sikkerte und sie wie eine Wespe in ihren Eingeweiden zerstörte. Unkraut überwucherte die Lichtungen, die sie gerodet hatten, erstickte den Mais und die Bohnen. Ihre Werkzeuge waren seit langem verrostet und unbrauchbar, mit bloßen Händen scharrten sie rund um ihre Häuser Stöcke und Zweige zusammen, um Feuer zu machen, vor den Attacken des Klimas und der Krankheit flüchteten sie in ihre einsam gelegenen Häuser. Sie tranken ihren tödlichen, beißenden Schnaps und kauten das graue, schimmlige Korn.

Wohin die Brüder auch kamen, gab man ihnen Holzbecher mit heißem, trübem Kaffee, der wegen der verdorbenen Bohnen, aus denen er bereitet wurde, immer leicht modrig schmeckte. Die Bauern starrten die beiden Eindringlinge schweigend an, die ihrerseits von der Großzügigkeit dieser Menschen berührt waren, die offenbar seit Generationen überlebten, durch Entbehrungen benommen und halb verhungert. Die Brüder sahen zu, wie sie sich in ihre baufälligen Hütten zurückzogen, wo sie zwischen Bergen verdorbener Lebensmittel hockten und ihre hageren Knochen am Feuer wärmten, das sie um seine Flammen gekauert festhielt. Sie warteten gemeinsam auf den Tod, verbrannten Läuse und gebaren, verwesten, vermehrten sich fast gegen ihren Willen, richteten ihre geringen Kräfte darauf, unter allen Umständen zusammenzubleiben und ihre Feuer am Brennen zu halten.

Oben auf den Hügeln, in sicherer Entfernung von den Überschwemmungen des Flusses, wurde das Leben zu einer schleichenden Panik des Überlebens, die sich darauf richtete, das Feuer zu versorgen, den schalen Speichel auszuspucken, der einmal Tabak enthalten hatte, sich vor den kalten Regenmonaten und den kühlen, feuchten Morgen eines jeden Tages zu schützen. Unterernährt und in Lumpen, waren sie dem beißenden Wind nicht gewachsen; er hob sie hoch, verstreute sie, spaltete ihnen den Schädel. Die beiden Brüder luden eine Hälfte ihres Maultierzuges ab, verteilten Essen, wollene Umhänge und Messer an diese Menschen, die zu wilden Bergtieren geworden waren und in ihrer bitteren Armut nicht wußten, daß sie, wie die Beltráns selbst, Nachfahren der Konquistadoren waren. Zwar verbrachten sie ihr Leben damit, in die Flammen aus modrigem Holz zu starren und nach Feuerholz zu suchen, doch ihre Vorfahren waren in dieses Land gekommen, weil sie den de Labastidas gefolgt waren, die das Gold von El Dorado suchten. Jetzt war ihr einziger Traum von Gold das Gold der Flammen, und die beiden Brüder überließen sie ihrem rotäugigen Keuchen und ritten das Tal hinunter vor das Tor eines verfallenen Herrenhauses.

Die Brüder wurden von eigenartigen Empfindungen erfaßt, als sie sich den Weg zu dem imposanten Haus bahnten, das sie von ferne erblickt hatten. Sie fragten sich, was für eine Familie in einem solch großartigen Palast wohnen mochte, der von solcher Verwahrlosung umgeben war. Sie fragten sich auch, wie man sie empfangen würde – denn sie wollten um Unterkunft bitten. Sie hatten in Bauernkaten und in Palästen Rast gemacht, ihre eleganten Kleider waren immer schäbiger, ihre Pferde immer magerer geworden, und sie erinnerten kaum noch an ihren Vorfahren, Laurado Beltrán, der 1209 im Gefolge der deutschen Prinzessin Sabia nach Spanien gereist war. Schon von den Ländereien ihrer Familie im äußersten Süden des Kontinents fühlten sie sich verzweifelt weit entfernt.

Der schwere, süße Duft von Nachtjasmin erregte sie, lange bevor sie das Haus erreicht hatten. Sie hielten an, um seine Fülle einzuatmen und die Gebäude, denen sie sich näherten, etwas genauer zu begutachten.

Rodrigo, dem älteren der beiden Brüder, fiel plötzlich auf, daß es roch wie zu Hause; seine halbe Kindheit hatte er im klebrig-süßen Duft der sternförmigen Blüten dieses Nachtjasmins verbracht, der Lieblingsblume seiner Mutter. Als die Brüder nun das Tal hinunterblickten, sahen sie ein baufälliges Herrenhaus, fast verborgen hinter einem Gestrüpp aus hohem Unkraut und Kletterpflanzen. Als sie näher kamen, sahen sie Skelette unbegrabener Pferde hinter den Ställen, und das Haus sowie die zahlreichen Nebengebäude waren von Schutt umgeben, offenbar den Ruinen einer ehemals hohen Mauer.

Auf einer Seite lagen die Reste eines Obstgartens, von dem nur ein Dutzend riesiger Guajavabäume geblieben waren, die vertrocknete Mispeln, Mandel- und Orangenbäume turmhoch überragten. Auf der anderen Seite stand das Haus, umlaufen von säulenbestandenen Veranden, die Wände von mehreren Dutzend niedriger Erkerfenster übersät, deren schmiedeeiserne Gitter dickholzigen Rosenbüschen als Spalier dienten. Das Haus schien völlig unbewohnt, bis auf zwei Gestalten, die mit Mühe im Alkoven eines Fensters auszumachen waren. Beunruhigt durch das, was sie gesehen hatten, aber nicht abgeschreckt, rückten die Brüder sehr langsam vor, die Waffen gezückt. Bis sie in Rufweite des Hauses waren, fürchteten sie einen Hinterhalt von Banditen, doch als sie erkannten, welchen Geschlechts die beiden Gefangenen waren, fühlten sie sich sofort angezogen und beruhigt.

## II

Die Zwillingsschwestern, die hinter den vergitterten Fenstern saßen, klösterlich abgeschieden im Halbdunkel ihres vollgestopften Salons, lebten bereits über zwanzig Jahre so, seit ihrer frühen Kindheit. Sie sahen über verknotete Rosen und Clematis auf ihre immense Mitgift, die Ländereien. Nichts bewegte sich je, außer den Spinnen, wenn sie deren Spinnweben entfernten, oder den Ameisen auf dem Weg zu ihren Hügeln und zurück; und doch schien sich an jenem Abend hinten am Horizont etwas zu bewegen. Keine der Schwestern konnte sich erinnern, daß jemals jemand zu ihrem Haus gekommen wäre, und sie konnten nicht glauben, daß die beiden Reiter, deren Silhouetten sich gegen den Himmel abzeichneten, tatsächlich hin zu ihnen reiten könnten. Die fremden Eindringlinge kamen herab wie Halbgötter von den Bergen, das Mondlicht lag auf ihren blonden Haaren wie ein Heiligenschein von fahlem Feuer. Niemand durfte ihr Haus besuchen, kein Besucher war willkommen, und doch kamen die Reiter immer näher, offenbar ohne zu wissen, daß das ganze Haus für Außenseiter tabu war.

Die beiden Brüder, Rodrigo und Diego Beltrán, die Reiter, wußten nicht, daß diese Zwillingsschwestern die einzigen Erben des de Labastida'schen Familienvermögens waren. Allein in ihrem Salon erstickten sie fast inmitten von Wertsachen und überbordendem Nippes, von Truhen voller mottenzerfressener Erbstücke: Brokat und Stickereien, Spitze und zahllose Ballen feinster Seidenstoffe stapelten sich in diesen Truhen zu einem Durcheinander, das bei der geringsten Berührung zu Staub zerfiel. Die Brüder wußten nicht, daß hinter der Fassade und den geschnitzten Holzsäulen, die bis zum Dach reichten und eine lange Reihe Balkone stützten, das Haus zerfiel, draußen von Holzwürmern und Käfern durchbohrt, drinnen von Kakerlaken zernagt. Der einzige noch intakte Raum war der Salon, wo die beiden Schwestern auf den abgewetzten Gobelinpolstern der Fensterbank saßen und den Kolibris zusahen, die sich vor ihren Gefängnisgittern tummelten.

Die Schwestern waren die letzten Überlebenden der Familie des Marquis de Labastida, der 1527 mit Christoph Columbus' dritter Reise nach Südamerika gekommen war. 1547 schloß sich der Sohn des Marquis einer Expedition ins Innere Venezuelas an, um das Gold von El Dorado zu suchen, und dieser Sohn ließ sich im Momboytal nieder, nachdem ihm durch königliches Dekret das gesamte Land rundum übereignet worden war. Dieser Sohn war allerdings so stolz, daß er nicht nur meinte, keine der einheimischen Frauen sei gut genug für ihn, sondern daß keine Frau, ungeachtet ihres Titels, ihrer Nationalität oder ihres Vermögens, in Frage kam, sofern sie nicht seiner eigenen vornehmen spanischen Adelsfamilie angehörte.

So blieb er Junggeselle bis ins hohe Alter, als schließlich zwei Cousinen ersten Grades mit dem Schiff geschickt wurden: eine, um den inzwischen tattrigen alten Millionär zu heiraten, die andere, um ihrer Schwester Gesellschaft zu leisten. Die, die den halbblinden Cousin heiraten sollte, wurde das Kind Bebella genannt, und ihr zu Ehren wurde der gesamte Besitz ihres Mannes umgetauft. Trotz des zeremoniösen Empfangs, den man ihnen bereitete, wußten die Mädchen, daß man sie wie Opferlämmer verschickt hatte, dem Namen und Vermögen ihrer Familie dargebracht; sie waren gekommen, um dahinzuvegetieren und zu einer weiteren Schicht des fetten, tiefen Humus zu werden. Von Insekten und Schlangen gepeinigt, gebar das Kind Bebella ihrem Gatten einen Sohn, diesem Gatten, der über sie gekrochen war wie ein bleiches Reptil, das sich blind seinen Weg tastete. Ihr Kind heiratete die Tochter ihrer Schwester, und damit begann eine lange Tradition von Eheschließungen innerhalb der Familie: Cousine mit Cousin und Cousin mit Cousine, bis der Name de Labastida, der nahezu ausgestorben war, sich wie ein Banner stets gleicher Silben vervielfachte, das jedem hinfälligen Mitglied dieser inzüchtigen Familie hinterherflatterte.

Als die Beltrán-Brüder kamen, war der Name de Labastida gleichbedeutend mit einer ganzen Reihe von Mängeln und Schwächen: spindeldürre Beine und schwache Herzen, vorzeitiger Tod und unregelmäßige Gesichtszüge, schwachsinniges Gelächter und, als herausstechendes Charakteristikum, stierende graue Augen mit einer klar abgegrenzten, halben blauen Pupille. Auch die beiden letzten de Labastida-Schwestern waren hinter den Mauern ihres Gartens in der Familientradition erzogen worden, und sie hatten die letzten Nektarinen und Misteln gepflückt. Außer den Dienstboten hatten sie niemanden zum Spielen oder auch nur zum Reden, da ihr Vater vorzeitig senil geworden war. Er hielt sie wie zwei gefangene Prinzessinnen eingesperrt und brütete unterdessen einen Plan aus, wie er seinen Traum von El Dorado und seine Goldschätze mitnehmen könnte, wenn er starb. Er wußte, daß seine Familie aussterben würde, denn es war niemand übrig, um seine Zwillingstöchter zu heiraten. In Augenblicken größerer geistiger Klarheit wunderte er sich über ihre Größe und Schönheit; dennoch würde er sicherstellen, daß sie niemals heirateten: Seit über zweihundert Jahren wurde nur innerhalb der Familie geheiratet. Jetzt, da nur diese beiden Zwillinge übrig waren, bestimmte er, daß sie kinderlos sterben sollten, daß er lieber alles, seinen Name und seine Ländereien, sein Vermögen und seinen prächtigen Lebensstil, untergehen lassen wollte, als mit der Tradition zu brechen. Er war immer bereit gewesen, für seine Ehre und die Reinheit seines Blutes zu sterben. Das mindeste, was seine Töchter tun konnten, war um der Familie willen das Los der Jungfernschaft auf sich zu nehmen.

Der alte Marquis wußte, daß sich die lange Belagerung ihrem Ende näherte: die Gartenmauern stürzten schon ein; sein Besitz würde verfallen, die Leute aus dem Dorf würden kommen und seine Sachen durchwühlen. Er ging davon aus, daß sie auf der Stickerei seiner Töchter herumtrampeln und ihre fettigen Hände an seinen Silbergefäßen reiben würden; mit rauhen, schwarzen Füßen auf seinen Leintüchern liegen, ihre Maultiere mit seinen Perserteppichen bedecken, Tabak auf seinen Marmorboden spucken, Kuhmist in die Porzellankacheln treten würden; sie würden seinen Besitz besudeln und sich sein Vermögen aneignen, aber er würde alles daransetzen, damit sie sein Gold nicht bekämen. Sie konnten gern das Unkrautdickicht erben, das sich über Hunderttausende Hektar Bergland erstreckte; sie konnten sich gern Blasen an den Händen holen, wenn sie auf der Suche nach den spärlichen Bohnen seiner Kaffeepflanzen das Unterholz zurückschnitten; aber das nicht mit Mühe verbundene Vermögen sollten sie nicht bekommen – nicht sein Gold!

Und so hatte er, Nacht für Nacht, in diesem Haus der

Lethargie insgeheim den Kachelboden der ehemals prächtigen Eingangshalle aufgerissen und unter jeder Fliese ein Goldhäufchen vergraben, bis eines der größten Vermögen des Landes unter der handgemalten Keramik seines Fußbodens versteckt lag. Seine Töchter, an eigenartige Geräusche gewöhnt, da das Haus nachts arbeitete und zerfiel, ahnten nichts von dem versteckten Vermögen, auf dem sie gingen; und sie wußten nicht, warum sich ihr Vater so hämisch gefreut hatte auf seinem Totenbett.

Bis die Beltrán-Brüder über die Hügel zu ihnen hin ritten, hatten die Zwillinge ihre Zeit damit zugebracht, Töpfe und Pfannen dorthin zu schieben, wo das Dach Löcher hatte; sich von ihren arthritischen Dienstboten mit zerfressenem Getreide, verdorbenem Wein und den zähen Resten kränklicher Hennen ernähren zu lassen; und ihren Vater während seiner letzten Lebensjahre zu pflegen und bei Laune zu halten. Als der alte Mann im Sterben lag, verwirrte sich sein Geist und wurde immer wieder klar, um seinen Töchtern Versprechen abzuringen. Er ließ sie versprechen, niemals seinen Besitz zu verlassen und niemals einen Nachbarn oder einen Landsmann zu heiraten, was auch geschehe. Er ließ sie diesen zweifachen Eid auf ihre Bibel und ihren Rosenkranz schwören, auf alles, was ihnen heilig war, und bei ihrer verstorbenen Mutter.

Die Zwillinge sahen ihren Vater sterben, und sie gaben jede Hoffnung auf, die sie je hatten, zu heiraten und so dem Niedergang ihres gewaltigen Elternhauses zu entfliehen: Sie waren dazu verdammt, inmitten ihrer zerstörten Schätze zu bleiben. Ihr Vater brauchte lange, um zu sterben, in seinen letzten Monaten kämpfte er mit der Lähmung, die eine Hälfte seines Körpers beherrschte und die Jahrhunderte später seinen letzten Nachkommen befallen sollte. Er beweinte das Schicksal seiner beiden reizenden Töchter, weigerte sich jedoch, seinen Bann aufzuheben.

Sein Krankenzimmer stank, selbst für ihn; keine Ambrakugeln und kein Riechsalz konnten daran etwas ändern. Sein Zimmer war zur jämmerlichen Hütte geworden und er zum Wrack, aber er starb lächelnd in dem Gedanken, daß trotz seines Ruins sein kostbares Gold sicher war.

Seine beiden Töchter begruben ihn, trugen Trauer und baten für seine Seele, wenn sie in den gotischen Fensternischen ihrer Kapelle den Rosenkranz beteten. Auf ihre verlassenen Felder hinausblickend, fanden sie sich damit ab, alt zu werden, hörten die Geier in der Luft über ihre Jungfernschaft lachen, sahen die gebleichten Knochen der unbegrabenen Pferde vor ihren Augen zerbröseln und blickten unverwandt zum Horizont, da sie mit ihrem Leben nichts Besseres anzufangen wußten. Und an jenem Abend Ende 1785 sahen sie die Beltrán-Brüder als Silhouetten gegen das Mondlicht stehen und dann langsam auf ihr Haus zureiten; sie riefen ihr ältliches Dienstmädchen herbei, damit sie nachschaue, ob ihre Augen sie trögen oder ob sich wirklich jemand der Pforte ihres Gefängnisses näherte.

Über die dicken, knorrigen Stämme hinweg, die den unteren Teil ihres Fensters verdeckten, und an der dünn abblätternden Rinde der Guajavabäume vorbei konnten sie gerade noch den Pfad ausmachen, der zu ihrem Haus führte. Die Beltrán-Brüder hatten die Frauen bereits entdeckt, sie steckten ihre Pistolen fort und näherten sich der Veranda. Dann saß Rodrigo, der ältere und größere der beiden, ab und band sein Pferd an, während der jüngere zurückblieb, um ihm im Notfall Deckung zu geben. Er betätigte die große, gußeisernen Glocke und lauschte ihrem Echo, das in den Weiten des Treppenhauses widerhallte. Die Zwillinge zupften ihre Hauben und Kleider zurecht und versuchten verzweifelt, sich ein Menü auszudenken, das sie den Reisenden als Abendessen servieren könnten, aber die Lebensmittelvorräte waren so ramponiert und dürftig, daß nichts blieb, als ihre übliche dünne Suppe und den sauren Wein zu ertragen. Vor der Tür lauschten die Brüder dem ungleichmäßigen Schlurfen des lahmen Dienstmädchens, das kam, um die Tür zu öffnen. Nachdem sie eingetreten waren, legten sie ihre Schwerter in der Halle auf einem schiefstehenden Tisch ab und gingen dann hinein, um sich den de Labastida-Zwillingen vorzustellen, die wenig später ihre Ehefrauen werden sollten.

Für die beiden Frauen, eingezwängt in ihre Ehelosigkeit, bedeutete die Ankunft dieser beiden Männer – deren Anwesenheit und Herkunft den Bann ihres Vaters brachen – das Ende ihrer Sorgen. Die Brüder blieben auf der Hacienda La Bebella und wurden in den baufälligen Flügeln des alten Hauses untergebracht. Sie holten Arbeiter aus den Bergen und Vieh aus dem Dorf und brachten von Tag zu Tag mehr Leben auf die sterbende Hacienda. Sie fingen an, so viel sie konnten, aus dem alten Haus zu bergen, und mit Hilfe ortsansässiger Arbeiter bauten sie ein neues. Viel von den ursprünglichen Materialien tauchten dort wieder auf: insbesondere die marmornen Säulen und Treppenstufen, und das farbige Glas aus der Kapelle. Aber für die Veranden nahmen sie Holzpfeiler, die aus ganzen Zedernstämmen geschnitzt waren, und jedes Fenster führte auf einen Balkon, damit in diesem Haus nie mehr das alte Gefühl des Eingesperrtseins zu spüren sein würde, jeder Raum sollte offen sein und nicht geschlossen, und sie nannten es »La Casa de Balcon«. Dann verpflanzten sie sehr vorsichtig den nachtblühenden Jasmin, und seine dunklen Blätter und die schlichten sternförmigen Blüten begannen, an den neuen Wänden hinaufzuklettern. Zum Abschluß der Arbeiten brachen sie aus dem Gerippe des alten Hauses jede Porzellankachel einzeln heraus, um sie in der Halle ihres neuen Hauses zu verlegen.

Sie ahnten nicht, daß unter den dünnen Kacheln eine tiefe Schicht aus Goldstücken verborgen lag. Feld um Feld deckten sie das vergrabene Vermögen auf; nie zuvor in ihrem Leben hatten sie einen solchen Goldschatz gesehen, nicht einmal in den Schatzkammern des Vizekönigs. Sie bemühten sich sehr, die Kacheln, die ihren Fund bedeckt hatten, nicht zu zerbrechen, sie schrieben ihnen großen symbolischen Wert zu, da sie die Entdeckung des versteckten Goldes der Schönheit der Kacheln mit ihren Tier- und Insektenmotiven verdankten. Truhe um Truhe wurde mit dem Gold gefüllt, bis alle Truhen voll waren, dann wurden alle Säcke und Beutel, die man finden konnte, bis zum Bersten gefüllt, zugenäht und zugebunden.

Zum Zeitpunkt der Entdeckung arbeiteten Dutzende von Einheimischen am neuen Haus, auf dem Grundstück und in den Feldern, und für sie verquickte sich der Goldboden mit den Beltrán-Brüdern. Man glaubte sogar, die Schatzberge, die einige wie ein Wunder aus dem Fußboden des alten Hauses hatten auftauchen sehen, seien gewebt aus dem Haar der Beltráns, das ihnen häufig wie eine Mischung aus Gold und der Sonne selbst erschienen war. Und die Bauern gewannen diese Märchen ebenso lieb wie ihren neuen Wohlstand und wie die Beltráns.

Die beiden Brüder vergruben einen Teil ihres Funds in Stollen, die speziell zu diesem Zweck angelegt wurden, einiges verbrauchten sie für Extravaganzen, das meiste jedoch investierten sie im Laufe der Jahre in Neuerungen. Sie importierten neue Getreidesorten und Rinderzüchtungen. Drei turmhohe Stallungen beherbergten die besten Pferde aus Irland, Frankreich und Südspanien. Andalusische Esel und Maultierkolonnen wurden per Schiff von La Guaira in die Anden gebracht, die besten Handwerker kamen von den Kanarischen Inseln und aus den Kolonien und legten mit den Tieren zusammen die über vierhundert

Meilen lange, gepflasterte Straße, den Camino Real, bis zum Momboy zurück. Junge Bäume wurden in feuchten Heuballen verschifft, Nektarinen, Granatäpfel, Walnüsse und Mandeln. Im Garten war alles, was der alte Marquis gehabt hatte, und mehr, während sich drinnen Holzschnitzer und Stukkateure, Glaser und Maurer mühten, um La Casa de Balcon in einen wahren Tempel zu verwandeln.

Viel später erstrahlte die Hacienda La Bebella noch immer in diesem erneuten Glanz. Noch weit ins zwanzigste Jahrhundert hinein war sie hervorragend ausgestattet, mit dem besten Viehbestand, den besten Geräten. Viele Beltráns tüftelten in ihrer Freizeit an Erfindungen und Verbesserungen, die sie patentieren ließen und selbst anwandten, und sie verfolgten aufmerksam die Entdeckungen anderer. Auf diese Weise brachten sie das erste Fahrrad ins Land, besaßen die erste Nähmaschine, das erste Drahtmagnetophon, das erste Pianola in dieser Provinz. Und 1934 brachten sie das erste Automobil auf ihre Straßen.

Eines Tages würde General Mario Beltrán ihr bekanntester Erfinder sein. In der Frühzeit des elektrischen Lichts besaß die Hacienda einen eigenen Dynamo, der aus dem Momboy gespeist wurde und das große Haus oder die Zuckerfabrik auf Knopfdruck erleuchten konnte. Das Elektrizitätswerk der Stadt La Caldera wurde von General Mario entworfen, der sich auch eine neue Art der Zuckerherstellung ausdachte, ein Krankenhaus baute und an Lepra starb.

Doch lange bevor etwas davon geschah, bauten die ersten beiden Beltráns ihr neues Haus, und sie schenkten jedem Detail Aufmerksamkeit, von den Ballen Seide für die Bettüberwürfe der elf Schlafzimmer bis zur Bestükkung der Bibliothek. Obwohl jedes Buch auf Maultierrücken vierhundert Meilen weit getragen werden mußte, erreichten sie es, daß jeder Schriftsteller von einigem Rang vertreten war, ob klassisch oder modern, von Aristoteles bis Swift, von Góngora bis Racine.

Weniger als ein Jahr nach ihrer Ankunft hatten die Beltráns die Zwillingsschwestern geheiratet, und beide waren mit ihrer jeweiligen Braut sehr zufrieden. Der ältere Bruder Rodrigo und seine Frau Rosa de Labastida blieben auf dem Besitz und begründeten die Beltrán-Dynastie, die das Tal fast zweihundert Jahre lang beherrschen sollte. Ihre Erben blieben, bis das Land zur Wüste wurde, und der letzte Beltrán war Lydia Sinclairs ungeborenes Kind. Sancho, der jüngere Bruder, nahm einen Teil des Goldes und eine Maultierkolonne mit Proviant und machte sich mit seiner Braut auf den Weg in die entfernte Stadt Coro.

## III

Der erste Don Rodrigo richtete einen gesonderten Raum ein, in dem er seine Goldsäcke und -truhen auf der einen, die glasierten und gemusterten Keramikkacheln auf der anderen Seite stapelte. Mit der Zeit wurde der Raum zu einer zweiten Kapelle im Haus, der geschnitzte Elfenbeinaltar wuchs in dem Maße, wie die Säcke schwanden. Nach seinem Tod saß manch einer seiner Nachkommen im drückenden Halbdunkel dieser kleinen Kapelle und brütete über den Kacheln, die den mythischen Goldboden bedeckt hatten. Jede Kachel schien ein Stück Beltrán-Geschichte aufzubewahren, sie nahmen sie auf wie Stücke eines Puzzles, und wenn sie sie wieder hinlegten, waren sie durch den Blick in die Vergangenheit klüger geworden.

Viele Jahre später, viele Kacheln waren angestoßen und zerbrochen, wurden sie nach und nach fortgeworfen und lagen verstreut in Feldern und Gärten. Ochsen, die Pflüge zogen, wühlten sie hoch und begruben sie dann wieder. Spielende Kinder klaubten die bunten Splitter vom Boden und warfen sie in den Fluß, wo sie wie Edelsteine auf dem Grund lagen. Noch später wurden die kümmerlichen Reste maurischer Kunst gesammelt und in riesigen Schüsseln und Krügen aufbewahrt, in Spielzimmern und Kinderzimmern gehütet von jenen Kindern, deren Vorfahren sie fortgeworfen hatten. Im Momboytal gab es keine Visionen von Gold mehr, El Dorado war seit langem aus ihrem Denken verbannt. Doch etwas von dem Traum war an diesen kleinen Porzellanscherben hängengeblieben, die einmal ein jahrhundertealtes Vermögen verborgen hatten, und sie wurden auf geheimen Altären angebetet, wo sie wie ein Potpourri des Geschehenen lagen.

Als Diego, der vorletzte Beltrán, 1925 geboren wurde, war der Kachelstapel zu einem Häufchen von knapp zwanzig zusammengeschmolzen. Er merkte sich alle Geschichten, die seine Familie, die Dienstboten sowie die Bauern, die von den Bergen herabkamen, ihm erzählten; und wenn er wußte, daß er nicht gestört werden würde, schlüpfte er in den Lagerraum, wo die Kacheln aufbewahrt wurden, drehte sie in den Händen und wiederholte sich dabei die Geschichten. In der Einsamkeit der mittäglichen Siesta empfand Diego es als tröstlich, das Leben seiner toten Ahnen zu rezitieren. So, wie auch sein Vater sich während der Hungersnot im Jahr der Heuschrecke getröstet hatte, indem er dieselben Kacheln streichelte und ihnen zuflüsterte, und so, wie sich sein Großvater, der letzte Rodrigo, an ihrer Glasur gekühlt, sie als katholische Reliquien verehrt hatte; und wie seine eigene Frau, Lydia, sie in ihrer Einsamkeit hielt. Als Lydia das ausgestorbene Momboytal verließ, nahm sie eine Kachel mit, um sie für ihr ungeborenes Kind aufzubewahren. Im Rückblick schien das eigenartig, damals jedoch war es nur selbstverständlich, daß sie etwas von dem mächtigsten Gegenstand auf der Hacienda mitnahm: dem Goldboden, der ihren Aufstieg begründet und ihren Niedergang mitangesehen hatte.

Die beste Zeit, um bei dem Kachelhäufchen zu sein, war der Nachmittag zwischen zwei und fünf, die Zeit, die man die toten Stunden nennt. Dann war die Luft an den ausgedörrten Hängen des Momboytals am drückendsten. Um diese Zeit war es zu heiß, um etwas anderes zu tun, als reglos dazuliegen, entspannt – selbst die Moskitos verlangsamten ihr Schwirren zu einem trägen Summen, und die Hunde lagen hingestreckt, den Bauch flach auf dem Steinfußboden.

Diego fand Trost darin, den glasierten Ton zu berühren, die brüchigen Vierecke wie Karten zu mischen, sie auszuteilen wie Flicken, die die leeren Stellen seines Lebens zudeckten. Die Kacheln lagen wie lauter kalte Umschläge auf seiner Einsamkeit, im Halbdunkel der toten Stunden, zusammen mit alten Briefen und Photographien aus jüngerer Zeit, die erst schimmlig wurden und dann staubig.

Diego saß während der toten Stunden eines jeden Tages dort, erlebte durch sie die Vergangenheit nochmals. Jede Kachel war wie eine bestimmte Epoche oder Begebenheit in seiner Familie. Die meisten Begebenheiten hatten sich zu Lebzeiten der alten Männer auf der Hacienda zugetragen, und er, Diego, hatte sie zahllose Male in jener besonderen Weise erzählt gehört, die Tatsachen und Phantasie vermischte. Es war eine Art des Redens, die nur quantitativ von der Wahrheit abwich; im ständigen Versuch, mit der Maßlosigkeit der Elemente zu konkurrieren, die ihr tägliches Leben bestimmte, wurden Zahlen vergrößert und vervielfacht.

Wenn die schwere Arbeit auf der Hacienda getan war, blieb wenig Zeit oder Kraft für anderes als Geschichten und Gespräche; und überall gab es den unterschwelligen Wunsch, sich über die Not infolge von Überschwemmungen und Erdbeben zu erheben, jenem Land, das jeden von ihnen zum Sklaven verheerender Krankheiten machte, ein Zeichen aufzudrücken. Der Wunsch, sich hervorzutun, zeigte sich in jedermanns Rede: Niemand war hungrig, sie verhungerten; sie waren nie müde, sondern todmüde; nicht satt, sondern kurz vor dem Platzen; nicht bekümmert, sondern verzweifelt. Auch gab es nie Wäschestapel, es waren Berge; jede Zahl über zehn wurde zu Tausenden; der geringste körperliche Mangel zu einer Monstrosität; und jedes freundliche Wort, jede freundliche Geste wurden zu beispielloser Tugendhaftigkeit aufgebläht. Für die Einheimischen, die von frühester Kindheit bis zum Tod tagtäglich zwölf Stunden schufteten, bedeutete die Ankunft der Beltráns in ihrem Tal die Erfüllung ihrer wildesten Träume, ihre Anwesenheit und jede ihrer Taten waren an sich schon extrem. Die Menschen verherrlichten die Stärke der Beltráns und schwelgten in ihren Verrücktheiten; und mehr als alles liebten sie es, die Vergangenheit der Familie willigen Zuhörern wie dem jungen Diego Beltrán zu erzählen.

Für sich allein in dem fensterlosen Raum, wo die Kacheln aufbewahrt wurden, erinnerte sich Diego an alle Geschichten, die man ihm erzählt hatte, und ihm war, als könne er die Einzelheiten aus den verschiedenen Mustern der alten glasierten Vierecke herauslesen, wie aus einem Folianten mit Todesfällen und anderen Eintragungen auf jeder Seite. Auf einer Fliese konnte er seinen Großvater sehen, den letzten Rodrigo, mit einem Platinkiefer; ein Stück des linken Ohrs fehlte, und die Fliese erzählte ihm von dem Duell zwischen seinem Großvater und Diegos

Urgroßonkel Don Juan, bei dem er dieses Stück Ohr verloren hatte, danach hatte er nie mehr mit seinem Onkel gesprochen und sogar testamentarisch bestimmt, daß sein Grab in einiger Entfernung zu Don Juans liegen solle, um nach seinem Tod nicht durch dessen Anwesenheit belästigt zu werden. Diego hatte gehört, Juan habe seinen Neffen zum Duell gefordert, beide seien heimlich zu dem freien Platz hinter dem Uhrturm bei den Stallungen gegangen, Juan habe den ersten Schuß abgegeben, aber seine Hand habe gezittert und die Kugel nur das Ohr seines Neffen abgerissen, während der letzte Rodrigo, der beste Schütze im Land, seine Waffe hingeworfen habe und fortgegangen sei, das Hemd blutdurchtränkt, weil er wußte, daß kein gezielter Schuß sein Ziel verfehlen würde, also ging er lieber fort, als seinen jungen Onkel zu töten – aber er verzieh ihm nie. Keiner hat je erfahren, worum sich die beiden ursprünglich gestritten hatten – sie waren damals fast noch Jungen. Abends, wenn Diegos Großvater draußen auf seiner Veranda saß, Goldmünzen in die Luft warf und Löcher hineinschoß, hatte so mancher neugierige Zuschauer versucht, den Grund seines Duells und der Fehde zu erfahren, aber niemandem war es je gelungen. Seinem Wunsch entsprechend, wurden die beiden Männer an entgegengesetzten Enden des Friedhofs beigesetzt.

Einige Kacheln waren nur Scherben, Andeutungen halberzählter Geschichten, wie die der Verwandtschaft der Beltráns mit Bolívar, dem Libertador, über die de Labastidas, die Briceños, die Caxels und die Samaniegos Cuaresma de Melos. Solche Namenslitaneien liebten die Beltráns ebenso sehr wie die Beziehungen selbst. Bolívars Mutter hatte die Anden verlassen und den Ruhm des späteren Libertadors mitgenommen, der der erste Präsident und der Begründer einer neuen Republik werden sollte, ihr Name aber blieb, in den Familienarchiven. Und trotz ihrer Loyalität konzentrierten sie sich auf jene, die blieben. So blieb ihre Verwandtschaft mit Cipriano Castro, einem ihrer gefürchtetsten Diktatoren, nahezu unbemerkt, während man sich an geschichtlich weniger bemerkenswerte Figuren oft allein wegen ihrer Torheit oder ihres Stolzes erinnerte.

Gelegentlich übertraf jemand sich selbst auf diesen beiden Gebieten. So einer war Leoncio Beltrán. Leoncio war, allen Berichten zufolge, ein übermäßig stolzer Mann, seinen degenerierten de Labastida-Vorfahren viel ähnlicher als der übrigen Familie. Er verwandte ungeheure Sorgfalt auf seine Kleidung und sein Aussehen, sprach mit sehr wenigen Menschen und erinnerte gern alle und jeden daran, daß seine Familie die vornehmste im ganzen Land sei. Seit frühen Kindertagen bedauerte er, geboren zu sein, als er geboren wurde, 1862, lange nachdem die Titel des alten spanischen Hofs abgeschafft worden waren. Aus Rache und um sicherzustellen, daß alle wußten, daß es seine Familie war, die als erste hier gesiedelt hatte, beharrte er immer darauf, vierzehn Nachnamen zu tragen, in Übertreibung der alte Andensitte, zwei, manchmal vier zu führen. Wenn er bis Don Leoncio Beltrán Carvajal Beltrán Briceño de Labastida de La Caxel de León de Labastida ... gekommen war, hatten sehr wenige Menschen die Geduld, ihn bis zum Ende anzuhören, dies bißchen Snobismus war unpopulär und vor allem lästig. Eine Kachel blieb, die daran erinnerte, wie Leoncio bei einer Gelegenheit sich selbst damit schadete. Er war einmal frühmorgens im oberen Tal jagen gewesen, als sich plötzlich Nebel senkte, durch den er von seiner Gesellschaft getrennt wurde. Ohne jeglichen Orientierungssinn hatte er die Hügel durchstreift und sich dabei immer weiter von seinem Pferd und seinen Männern entfernt. Er lief etwa zehn Meilen durch den nassen Farn und wilden Salbei der Berge, und es war kalt und windig. Er hatte weder Lebensmittel noch Decke dabei, und als es Nacht wurde, begriff er, daß er eine Hütte finden und um Unterkunft für die Nacht bitten müßte.

Allein der Gedanke, um etwas zu bitten, war für ihn Folter, aber er hatte offenbar keine andere Wahl, daher wanderte er weiter, bis er in der Entfernung ein schwaches Licht sah. Er ging zu diesem einzigen Holzhäuschen, das er sah, und klopfte an die Tür. Eine alte Frau kam, öffnete ein winziges Gitter und fragte nach seinem Anliegen. Er nannte ihr seine drei Vornamen und vierzehn Nachnamen, sagte, er habe sich im Nebel verlaufen und bitte um Unterkunft. Worauf die alte Frau antwortete, sie hätte ihn gern aufgenommen, wenn er allein gewesen wäre, da er aber mit dem Rattenschwanz Männer gekommen sei, die er gerade aufgezählt habe, habe sie weder genug Platz noch genug Essen für eine solche Horde, und ihm das Gitter vor der aristokratischen Nase zuschlug. Er brachte es nicht über sich, nochmals zu klopfen, um ihr zu sagen, daß »der Rattenschwanz Männer« nur seine frierende, müde Wenigkeit sei, daher verbrachte er die Nacht im Freien und verfluchte seine Dummheit ebenso wie den beißenden Wind.

Der glasierte Belag des Goldbodens, die hochgewachsenen Männer auf ihren Pferden und die Erinnerungen der alten Männer waren alles, was Lydia brauchte, um mit der Aufzeichnung der Chronik zu beginnen. Diego sammelte Scherben und Splitter, die er in den Feldern und in seinem Garten fand, und hütete sie, wie ein Kind, im dunklen Zimmer; später, als er gelähmt im Bett lag, hatte er, was davon übrig war, neben sich, er betastete sie mit der beweglichen Hand, erinnerte sich dabei nicht nur daran, was Benito und die anderen wußten, sondern auch daran, was sein Vater ihm erzählt hatte über die wenigen Beltráns, die fortgegangen und dann zurückgekehrt waren.

Da war besonders einer, »Admiral Schweigen« genannt, der in den Staatsdienst eingetreten und so erfolgreich gewesen war, daß er zum Leiter der Zollbehörde des Hafens von Puerto Cabello in der heißen Küstenregion befördert wurde, weit entfernt von seiner Heimat. Er war gegangen und zwanzig Jahre lang in dieser leblosen tropischen Stadt geblieben. Da er niemanden fand, der ihm wesensverwandt war, übte dieses ehemals lebhafte Familienmitglied seinen Beruf in völligem Schweigen aus, schrieb seinen Untergebenen Notizen und Aktenvermerke und entschied sich gegen jedes gesellschaftliche Leben. Als einziges Zugeständnis ging er jeden Abend Punkt sieben Uhr in ein dampfiges Wirtshaus, wo er stets fünf Glas Whisky bestellte, eins nach dem anderen. Dies tat er, indem er mit Daumen und Zeigefinger die Höhe eines kleinen Whiskyglases andeutete und dem Wirt hochhielt.

Er grunzte und murmelte nicht wie andere Stumme, sondern wahrte derart imposant Haltung, daß die ganze Stadt ihn respektierte und in Ruhe ließ. Wegen seiner Verbindung zum Meer nannten sie ihn »Admiral Schweigen«. Nur ein Mann kam ihm jemals nah, ein Ingenieur, der sich von dem schweigenden Menschen im Wirtshaus unwiderstehlich angezogen fühlte. Jeden Abend, zwanzig Jahre lang, setzte er sich an denselben Tisch wie er und trank ebenfalls fünf Gläser Whisky, die er aus Respekt auf die gleiche schweigende Weise bestellte. Die beiden wechselten niemals ein Wort, der Ingenieur wagte nicht, und Admiral Schweigen wünschte nicht zu sprechen.

Eines Abends aber entlud sich ein außergewöhnliches Gewitter über der Stadt und drohte, sie zu überfluten. Es regnete so sehr, daß Dächer einstürzten, Menschen auf der Straße gegen die Häuserwände gepreßt wurden und sich kaum aufrecht halten konnten. Mitten in diesem Unwetter kam der Ingenieur keuchend ins Wirtshaus, wo er einige Zeit brauchte, um wieder zu Luft zu kommen. Er trank ein erstes Glas Whisky und setzte sich dann an den üblichen Tisch. Er blickte aus dem Fenster, das nur ein Drittel des Regens davon abhielt, auf ihren Tisch zu lecken, trocknete seine tropfende Stirn und sagte:

»Das ist vielleicht ein Unwetter!«

Daraufhin richtete Admiral Schweigen sich zu voller Größe auf, und sein blasses Gesicht zitterte vor Entrüstung, als er antwortete, wobei er das erste und letzte Mal in zwanzig Jahren sprach:

»Sind Sie hier, um zu trinken oder um über das Wetter zu schwatzen?«

Diego empfand eine Brüderschaft des Schweigens mit diesem merkwürdigen Vorfahren, den er nie kennengelernt hatte.

## IV

Als Diego ein Kind war, hatte er manchmal einen kleinen Kachelstapel ins Freie geschmuggelt und dann irgendwo mit ihnen gesessen, um eine etwas andere Ansicht von dem zu bekommen, was er in ihnen sah, in einem anderen Licht. Sein Lieblingsplatz war die feuchte Backsteineinfassung des riesigen Wasserrades, das neben der Zuckerrohrpresse angebracht war. Im großen Haus konnte jeder kommen und ihn stören, sobald das Quietschen der Hängematten aufgehört hatte und der Haushalt wieder auf den Füßen war, aber hinter dem riesigen Rad in der Zuckerfabrik konnte er mit den kostbaren Kacheln stundenlang sitzen. Er wußte nicht warum, aber immer wenn er so dasaß, hinter dem Rad, begann er an Krankheiten zu denken.

Vielleicht lag es daran, daß sie, in der einen oder anderen Form, immer gegenwärtig waren. Sie hingen über ihrem Leben wie ein Baldachin, der herabzustürzen drohte. Er wußte, daß die Einheimischen seine Familie als rettende Kraft ansahen, die sie sicher durch ihren ständigen Kampf gegen die Krankheit leiten würde. Der alte Benito Mendoza sagte immer, das Massaker an der Beltrán-Familie im Jahre 1903 sei der Wendepunkt ihrer Geschichte gewesen und der erste von vielen Schritten in ihrem langsamen Niedergang, aber er, Diego, sah das erste Anzeichen des Unheils in der langwierigen Krankheit seines Urgroßonkels, des soldatischen Helden und Erfinders General Mario Beltrán, der an Lepra starb, nach dreiundzwanzig Jahren Leid und Scham.

Davor hatten seine Familie und das Tal marodierende Banden und Erdbeben überlebt, Dürren und Überschwemmungen, Fieber und Epidemien, und jedesmal waren die Schwierigkeiten vorübergegangen, und sie hatten ihre Stärke wiedererlangt. Pocken und Gelbfieber, Typhus und Diphterie waren gekommen und gegangen, hatten auf dem Friedhof eine Reihe neuer Gräber und in ihren Häusern ein Gefühl von Verlust hinterlassen; jedesmal waren es die Beltráns, die sich als erste aufrafften, ihren Kummer herunterschluckten und Kräfte sammelten wie Ringer für die nächste Runde.

Doch in den siebziger Jahren des letzten Jahrhunderts kam von den Bergen ein Lepra-Erreger, angeblich in frischem Käse versteckt, und über fünfhundert Menschen steckten sich an, bevor die Ursache der Epidemie gefunden wurde. Die meisten Kranken starben noch im selben Jahr, oft an begleitenden Symptomen, aber in den Körper von General Mario Beltrán schlich sich die Krankheit ein und machte diesen Mann zur lebenden Erinnerung an die Zeit der Heimsuchung.

Diego betrachtete General Marios Kachel genauer, und in der gesprungenen Glasur sah er die Gesichtszüge eines Mannes Mitte dreißig, allein in einem großen Raum, unter einer Maske und Handschuhen verborgen, durch einen Wandschirm verdeckt. Niemand außer seiner Frau wußte von der langsamen Entstellung des ehemals gutaussehenden Mannes. Nicht einmal seine Diener wußten, daß jedes Jahr seine Finger weiter schrumpften, abfielen und seine Hände zu unbeholfenen Stümpfe machten. Er gestattete sich keine Kinder; kein Mensch kam ihm jemals wieder nahe. Er sprach hinter seinem Wandschirm hervor wie ein Orakel, und sein Haus war voller Geheimnisse.

General Mario empfand die Seuche in seinem Blut als Fluch. An den Nachmittagen – er saß auf seinem desinfizierten Holzstuhl an einem langen Tisch, berührte nichts ohne seine Handschuhe, damit nichts durch seine lepröse Berührung infiziert würde, hielt den Atem an, sobald Schritte zu hören waren, damit nicht einmal sein Atmen die Luft verpestete – blickte er auf seinen Garten hinaus und machte seitenweise Pläne für ein neues Verfahren zur Zuckerherstellung. Von dem Tag, als er seine Krankheit diagnostizierte – die auf ihrem Weg durch seinen Körper schon weit vorangeschritten war – bis zum Tage seines Todes setzte er keinen Fuß mehr ins Freie. Durch die Balkontür konnte er den leichten Wind spüren, der die tauben Stellen oberhalb seiner Verbände streichelte. Er wäre gern hinausgegangen, doch er glaubte, daß selbst sein Schritt ansteckend sei, und da er niemals das Land infizieren würde, das ihm teurer war als sein eigenes Leben, blieb er in Einzelhaft.

Über zwanzig Jahre lang zeichnete er mit feinem Bleistift seine Kurven und Diagramme, während er die Erosion seines Fleisches beobachtete, und seine Handstümpfe waren die Hügel. Er betrachtete seine verstümmelten

Knochen im Tal seines Schoßes; unheilbar, aber eigensinnig mühte er sich, mit seinen entstellten Fingern Stift und Kompaß zu handhaben. Die Krankheit raubte sein Leben, doch er gab niemals auf; eines Tages würde der Tod kommen, um seine Tortur zu beenden, doch bis dahin würde er als Zeuge seines eigenen Untergangs ausharren. Hinter seinem Wandschirm sitzend, erließ er Vorschriften: Jeder Gegenstand, den er berührt hatte, mußte verbrannt werden, seine Teller mußten aus Ton sein und nach einmaligem Benutzen zerschlagen werden; niemand sollte sich ihm je nähern, niemand ihn trösten – nicht einmal seine Frau.

Sein Geheimnis faszinierte die Einheimischen immer mehr, sie gingen oder ritten viele Tage, um seinen Rat zu erbitten oder damit er einen Streit schlichtete. Sie benutzten ihn wie ein Orakel und fühlten sich aus Gründen zu ihm hingezogen, die sie selbst nicht verstanden: Allein seine Gegenwart schien die Unruhe anderer zu lindern. Alle wußten, daß er unberührbar war, aber niemand begriff, warum. Sie hatten die militärischen Siege seiner Jugend verherrlicht und ihn um so mehr geehrt, weil er ein Nationalheld war. An Einzelheiten seiner Schlachten und Feldzüge erinnerte man sich mit Stolz. Niemand außer seinem Neffen Rodrigo wußte, was er mit all den Papieren machte – man raunte, er plane einen letzten Feldzug. In Wirklichkeit entwarf er einen neuen Flügel für das Krankenhaus in der Stadt, basierend auf den Erkenntnissen von Florence Nightingale. In seinem abgeschirmten Krankenzimmer verheimlichte General Mario seinen Verfall zwanzig Jahre lang. Er füllte seine Regale mit Verbesserungen und Erfindungen, seine Prophezeiungen jedoch mit Düsterkeit, und seine Worte waren voller Warnungen.

Er trotzte der Lepra und starb an einem Herzanfall, wie die meisten Männer seiner Familie. Seine Leiche wurde in viele Lagen dickes Sackleinen eingenäht und sein Sargdekkel sofort zugenagelt, entsprechend seinen Anweisungen. Er hatte auch befohlen, daß niemand das Zimmer betreten dürfe, in dem er aufgebahrt lag, daß die Trauergäste auf der Veranda bleiben müßten und niemand sein Gesicht sehen dürfe. Bei seiner Beerdigung wurde keine Messe gelesen, von dem knappsten obligatorischen Gebet abgesehen, weil er gesagt hatte, in häufigen Träumen habe er das Schicksal ihres Tals vorhergesehen, und einem Gott, der so tapfere Männer vernichte, schulde man keinen Dank.

# II DAS MASSAKER

## I

Das als »Beltrán-Land« bekannte Gebiet zog sich etwa einhundertzwanzig Meilen am Momboy entlang und fächerte sich beiderseits über Berge und weitere Täler auf. Für Benito war es immer das Beltrán-Land gewesen. Am Ende des neunzehnten Jahrhunderts war Rodrigo Beltráns Hacienda von allen Haciendas des Landes die bedeutendste: Er und seine Ländereien bildeten zusammen das Herz des Tals. Er war einer von vielen Nachkommen seines Namensvetters, des ersten Don Rodrigo, der wie ein Fremder zur Hacienda gekommen und dort wie ein Heiliger gestorben war. Nun, über hundert Jahre danach, trug alles, was jener neue Rodrigo sagte und tat, immer weiter zu seinem bereits immensen Ansehen bei. Er war der sprichwörtliche Held in Person, ein ungekrönter König und ein Anführer seiner Leute. Fünf seiner Brüder bestellten eigene, angrenzende Besitzungen, während der sechste, Arturo Lino, in ein Irrenhaus eingesperrt worden war.

Rodrigos Verwandte mütterlicherseits, die Briceños, neideten ihm seine Beliebheit und seine Macht. Lydia wußte, daß zwischen den beiden Familien starke Rivalität geherrscht hatte – vor allem von seiten der Briceños. Doch die Fehde schien begraben, als Don Rodrigo die älteste Briceño-Tochter heiratete und damit die beiden Familien wieder vereinte. Insgeheim jedoch waren die älteren Brüder des Mädchens so neidisch wie eh und je, und eine der jüngeren Schwestern, Maria Candelaria, war eifersüchtig, weil ihre Schwester eine bessere Partie gemacht hatte, als sie es sich jemals erhoffen konnte.

Benito erzählte Lydia von jenen Zeiten am liebsten. Alle

Anekdoten und Geschichten handelten von Zeiten, an die er sich selbst erinnern konnte, und von Menschen, die er gekannt hatte. Benitos eigener Bruder hatte beigetragen, den Lauf der Geschichte zu beeinflussen, und er war Lydia dankbar, daß sie davon erfahren wollte.

»Nun«, sagte er immer, »all den früheren Beltráns, die Schlachten kämpften und Medaillen gewannen, Feldzüge führten und Städte gründeten, ihnen allen wird mit Büchern und Plaketten gedacht. Aber des letzten Don Rodrigo und seines Sohnes Alejandro und meines früheren Herrn, Arturo Lino, wird nur in unserer Erinnerung gedacht.«

Sie waren die Männer, die gegen die Dürre, den Staub und die Heuschrecken gekämpft hatten, und ihre letzte Schlacht war die Schlacht am Alto de Escuque. Aber die Historiker hatten den Blick auf Maracaibo und den Siegeszug des Öls gerichtet, und niemand hatte über die Schulter zurück in die Anden geblickt, wo die letzten Familien der ersten Konquistadoren im Niedergang begriffen waren.

In den sechs Jahren nach seiner Hochzeit verwaltete Don Rodrigo seine Ländereien und viele Angelegenheiten der Stadt, und sein Ruhm als geborener Führer wuchs in gleichem Maße wie sein Ruf als Frauenheld. Unterdessen fraß der Neid an den Briceño-Brüder wie eine starke Säure, und sie konnten es offenbar nicht ändern.

In diese unterschwellig aufgestaute Rivalität geriet 1903 General Laurado del Toro. Er war Kommandant des fünften Korps, der jüngste General in der Geschichte seines Landes. Er sah strahlend aus, als er mit allen Orden und Insignien auf einem weißen Hengst mit silbernem Zaumzeug in die Stadt La Caldera einritt. Kein Mann hatte je so anziehend gewirkt wie er, und hinter ihm marschierten sein Stab und seine Soldaten in solcher Zahl, daß sie am

Horizont dem Blick entschwanden. Der General kam mit direkter Order des Präsidenten der Republik, »die aufrührerischen Andenprovinzen zu befrieden«.

Als er über den Marktplatz ritt, an Bolívars hoch aufragender Statue vorbei, traf ihn der Anblick Maria Candelaria Briceños, die, von einer Anstandsdame begleitet, auf dem Heimweg von der Messe war, wie der Blitz. Sie hatte die wunderschönsten Augen, die er je gesehen hatte, und eine Blässe, wie nur seine Mutter sie hatte. Der junge General verbeugte sich vor ihr, eine steife Verbeugung, die nichts von der Anziehung verriet, die er empfand. Maria Candelaria war ungebärdig und eitel und über die Schmeichelei ihres neuen Verehrers entzückt. Als sie nach Hause kam, hörten ihre Brüder mit großer Freude, daß der General stehengeblieben war, um sie anzuschauen. Nur ihre Mutter, Doña Ignacia, war besorgt über das, was sie hörte. Maria Candelaria war ihre Lieblingstochter – sie hatte viele andere, aber diese eine war verzogen und konnte tun, was sie wollte. Sie war ein boshaftes, tyrannisches Kind gewesen, und jetzt, mit achtzehn Jahren, quälte sie alle jungen Männer der Stadt, indem sie mit ihrer Schönheit vor ihnen paradierte und sich dann entzog. Sie flirtete so viel, daß ihre Mutter fürchtete, sie werde eines Tages die ganze Familie entehren.

Maria Candelaria war wirklich nicht wie die anderen Töchter: Das Mädchen benötigte offenbar ständige Anregung von außen, um nicht bösartig und mißgestimmt zu werden; und das Leben langweilte sie. Die Mutter wußte, daß sowohl ihre anderen Kinder als auch die Cousins und Cousinen ihre Tochter »Maria-Llama« nannten, weil sie mit ihrem Jähzorn und vernichtendem Spott wie eine aufschießende Flamme war. Maria Candelaria war wie ein böses Omen, das ihre Mutter dennoch liebte: Doña Ignacia wußte sehr wohl, daß das Mädchen zu schön war und zu leichtfertig; sie wußte, daß ihre Tochter nur Sorge über ihr Haus bringen konnte, und doch hielt sie sie fest, wie ein Krebsgeschwür im eigenen Fleisch.

Bestenfalls würde sich das Mädchen zu Tode tanzen; schlimmstenfalls würde sie ihre Familie entehren. Ihre Mutter tat ihr mögliches, um die Zartheit und Leichtfertigkeit ihrer Tochter zu schützen und ihre Grausamkeit wie eine Krankheit zu behandeln, die durch Güte geheilt werden könnte. Weder ihre Mutter noch ein anderes Mitglied der Familie ahnte, daß sie die Regeln ihrer Gesellschaft bereits gebrochen hatte. Die erste Regel lautete, daß, bei Todesstrafe, alle Mädchen Jungfrau sein mußten, wenn sie heirateten. Maria Candelaria wahrte ihr Geheimnis und hoffte das Beste: Bisher hatte sie immer Glück gehabt.

General Laurado del Toro ritt weiter durch die Stadt, er führte seine Soldaten zum Armeehauptquartier und zu ihren Kasernen, die einige Meilen außerhalb der Stadt in den Bergen lagen, bei einem Ort namens El Alto de Escuque. Er dachte, daß es anscheinend ein friedlicher Ort war: Er jedenfalls war auf keinen Widerstand getroffen; ihm schien, er könne sich erlauben, einige Zeit zu bleiben und seinen Feldzug dort zu planen. Doch während er die Mannschaften einquartierte, kreisten seine Gedanken um die Erinnerung an das Mädchen, das er gerade auf der Plaza Bolívar gesehen hatte. An jenem Abend ließ er seine Offiziere allein, unterschrieb ein paar Order, erhielt einige Einladungen, dinierte allein in seiner Unterkunft und zog sich früh zurück. Er war fest entschlossen, eine Strategie zu finden, um dieses Mädchen kennenzulernen, das seine Gedanken erfüllte. Selbst sein täglicher Brief an die Mutter war voll von seiner neuen Leidenschaft. Er schrieb:

Liebste Mama,
Dem Herrn sei Dank, wir sind sicher in La Caldera angekommen. Ich habe auf dem Weg nur sehr wenige Soldaten verloren, und die wenigen waren Krankheit oder Desertion geschuldet. Mit Ausnahme meiner Offiziere scheint sich keiner dieser Männer für etwas anderes als für Angeberei zu interessieren; sie begreifen nicht, daß sie in den Dienst gepreßt wurden, um zu kämpfen. Ich werde sie mindestens zwei Wochen lang hier in der Kaserne behalten, ohne diese Zeit fürchte ich um den Ausgang meines Andenfeldzugs. Die Bevölkerung der Stadt begrüßte uns mit Hochrufen, und es wird Dich freuen zu hören, daß ich ungewöhnlich elegant aussah.

Ich liebe diese Stadt bereits, denn sie beherbergt das schönste Mädchen der Welt. Ich habe einen Engel gesehen. Sie hat die klarsten, aufrichtigsten Augen, die ich je gesehen habe. Sie ist die Unschuld in Person, und ich werde nicht ruhen, bis ich sie heirate. Sie allein ist als einzige würdig, Deine Schwiegertochter zu werden. Jetzt hat Dein Sohn hier in den Anden zwei Feldzüge vor. Wenn Du nur hier wärest, wäre alles gut. Nun, Du bist es nicht, aber wir sind stets zusammen, und ich bin wie immer

Dein Dich liebender Sohn,

*Laurado*

Er versiegelte den Brief, wobei er seine Petschaft vorsichtig in den roten Lack tauchte, dann rief er seinen Adjutant herbei, überreichte ihm das Schreiben und gab ihm seine Instruktionen:

»Laßt bekanntgeben, daß morgen abend ein Ball stattfinden wird. Jede Familie von Stand muß anwesend sein, anderenfalls sie sich mein Mißfallen zuziehen wird. Und es muß«, donnerte er und preßte den Mund zu einer schmalen Linie, »ein vortrefflicher Ball werden!«

Der junge General hatte eine Art, mit so viel Autorität zu sprechen, daß die Dinge sich zu erledigen schienen, noch bevor sie in Angriff genommen worden waren. Er zog seine Stiefel aus und die Jacke und legte sich so zur Ruhe wie viele seiner Kameraden. Da er seit seiner Kindheit bei Auslandsfeldzügen in Zelten übernachtet hatte, vollständig gekleidet für die Schlacht, war ihm ein gut gemachtes Bett unangenehm. Ohne seine Kleidung fühlte er sich viel zu verletzlich.

Die Idee eines Balls gefiel ihm; auf diese Weise würde er das Mädchen sicher wiedersehen. Sie war aus gutem Haus und mußte kommen. Er beschloß, sich ihr sehr behutsam zu nähern, wenn es soweit war, und er legte sich sogar die genauen Worte zurecht, mit denen er sie ansprechen würde, aber seine Gedanken waren cin Durcheinander aus Rückenschmerzen und Müdigkeit, vermischt mit der aufsehenerregenden Blässe des Mädchengesichts und ihren klaren grauen Augen, die ihn in Brand gesetzt hatten. Völlig erschöpft flüsterte er:

»Lieber Gott, laß mich ihrer Reinheit würdig sein.«

II

Maria Candelaria bürstete ihr Haar und bewunderte sich dabei in ihrem ebenholzgerahmten Spiegel. Den ganzen Nachmittag hatte sie nur über den jungen General reden und seine Erscheinung loben hören. Sie bürstete ihr Haar mit ungeduldigen Strichen – es war so lang, daß sie darauf sitzen konnte, und sie hatte nie die Geduld, es genug zu bürsten; es war sowieso immer prachtvoll, ob sie es bürstete oder nicht. Mit ihrem täglichen Leben war es ähnlich, da jeder sie bewunderte, ob sie freundlich war oder nicht. Sie fing ihren Blick im Spiegel auf, schaute hin und drehte sich fort, sogar von ihrer eigenen Schönheit gelangweilt. Die ganze Stadt lag ihr zu Füßen, aber es langweilte sie, auch ihr unweigerlicher Erfolg langweilte sie. Sie würde niemals einen Ehemann von hier nehmen. Alle Mädchen schienen zu heiraten, nur um Leibeigene zu werden, die Kinder austrugen. Es war abscheuerregend, aber sie waren dazu erzogen, das zu wollen. Sie nicht! Sie wollte Grandezza und Amüsement und so viele Tänze, bis ihr Kopf wenigstens mit Erschöpfung erfüllt war. Keiner der Männer im Tal konnte etwas Neues bieten oder jene Pracht entfalten, die sie wollte. Sie wollte unerhörten Ruhm, Ruhm, der von einem Meer zum anderen reichte. Sie zog ungestüm die Bürste durchs Haar und dachte:

»Was wollen sie noch von mir? Ich bin kein Wohltätigkeitsverein, daß ich auf ihren Unsinn eingehen muß. Ich mag sie nicht einmal. Sie machen mich krank! Sollen sie auf mich eingehen, wenn sie so verzaubert sind! Ich brauche das.«

Am folgenden Abend saß sie in ähnlicher Haltung, als sie sich das Haar für den Ball bürstete. Neben ihr auf dem Stuhl lag das Kleid, das sie tragen würde. Von unten hörte sie durch die Dielenbretter gedämpft Stimmen heraufdringen. Ihre Schwestern waren aufgeregt: Eine wollte ihre Schleife neu gebunden, eine andere eine Haarsträhne festgesteckt haben; eine dritte hatte ihre Ballschuhe durchgetanzt. Ihre Eile war sinnlos, das wußte nur sie allein, denn sie konnten nicht ohne sie gehen, und sie war entschlossen, spät zu erscheinen. Und wie konnten sie überhaupt hoffen zu glänzen, wenn sie dort sein würde? Sie wußte, wie unfair es ihnen erscheinen mußte, daß sie so eingebildet und mit soviel Grund eingebildet war; aber andererseits litt auch sie und wurde von anderen gelangweilt und belästigt. Sie kniff ihre Zofe, weil sie langsam war, und dann nochmals, weil sie weinte. Als sie schließlich fertig war, drückte sie sich die Daumen und ging hinunter, auf jeder Treppenstufe berührte sie ihr Kruzifix und wünschte sich Glück für diese unwiederbringliche Chance, aus dem Tal herauszukommen.

Auf der anderen Seite des marmornen Treppenhauses kleideten sich ihre beiden älteren Brüder in ihren Zimmern an. Beide waren hochgewachsen und gutaussehend, sie verwandten viel Mühe darauf, den Schnurrbart zu kämmen und zu zwirbeln und die Gamaschen zuzuknöpfen. Sie wußten, daß ihr Cousin Don Rodrigo Beltrán den Ball nicht besuchen würde, und wollten das Beste aus der einzigartigen Gelegenheit machen, als Mittelpunkt der Stadt aufzutreten. Alle anderen Ballbesucher würden wissen, daß sie nur »die Briceño-Brüder« waren, der General und sein Stab jedoch könnten leicht den Eindruck bekommen, daß sie in der Rangordnung der Stadt höher stünden als in Wirklichkeit. Als beide fertig waren, bewunderten sie einander, und als sich ihre Blicke trafen, schienen sie zu sagen:

»Wenn doch der General um Maria Candelarias Hand anhielte!«

Sie hatten sich schon überlegt, wie lange der General vermutlich in der Stadt bliebe: Es könnte lang genug sein, um sich in ihre Schwester zu verlieben, aber nicht lang genug, um all den Klatsch über ihr flatterhaftes Verhalten und ewiges Flirten zu hören. Sie warteten in der Eingangshalle und zeigten großes Interesse an der Erscheinung ihrer Schwestern: Die ganze Familie mußte tadellos aussehen. Maria Candelaria verspätete sich, wie üblich.

Alle Familienangehörigen waren nervös, als sie endlich herunterkam; als sie unter dem hohen Gewölbe ihres Elternhauses stand, von jahrhundertealtem Wohlstand umgeben, bedauerte sie den Mangel an Prunk. Sie hätte gern in einem Meer aus Flittergold gebadet. »Alles soll neu sein«, dachte sie, »wie der General, der mit vierundzwanzig das ganze Land begeistert hat.«

Der fragliche Mann, Laurado del Toro, ahnte nicht, daß das Mädchen, das er auf dem Marktplatz kurz gesehen und in das er sich verliebt hatte, an ihn dachte, als sie in ihre Kutsche stieg. Und er wußte auch nicht, daß sie sich bei jeder Unebenheit der Straße, die eigentlich nicht für Kutschen, sondern für Maultiere und Reiter gemacht war, danach sehnte, ihn zu Gesicht zu bekommen. Er verwandte an jenem Abend ungewöhnlich viel Mühe auf sein Aussehen. Sein Bursche hatte die Kleidungsstücke mindestens dreimal ausgebürstet, der Schnurrbart lockte sich perfekt. Auf dem Weg zum Ball war er mit seiner Erscheinung sehr zufrieden, aber er sorgte sich um die Gefühle des Mädchens. Er hatte wenig Zeit. In spätestens zwei Wochen mußte er seine Soldaten in die Berge führen und den Aufstand niederschlagen, der in der Hauptstadt für soviel Unruhe sorgte. Wenn überhaupt etwas geschehen sollte, mußte er bis dahin verlobt sein, bei seiner Rückkehr heiraten und auf dem Heimweg seine junge Frau mitnehmen. Der Plan schien undurchführbar, aber er hatte keinen anderen; also bedachte er ihn, während sich sein Pferd auf dem unsicheren Pfad, der von der Kaserne in die Stadtmitte und zu dem großen Saal führte, wo der Ball stattfinden sollte, vorsichtig seinen Weg suchte. Seine Soldaten waren außerhalb stationiert, in dem Dorf, das um die Garnison entstanden war. Escuque war ein hochgelegenes, klammes Dorf, das im Bergnebel versank. Der Pfad zur Stadt wand sich an der Felswand entlang, auf der anderen Seite gähnte der Abgrund. Gegen Ende beeilte er sich ein wenig: Er wollte nicht, daß das Mädchen vor ihm da war.

In der halbdunklen Eingangshalle bekreuzigte er sich, ging dann mit großen Schritten in den Ballsaal und versuchte, von den großen Kristalleuchtern geblendet, seine zukünftige Braut zu erspähen. Sie war nicht da – sie könnte sogar verheiratet sein, dachte er; aber er war irgendwie überzeugt, daß sie es nicht war. Er würde warten. Er setzte sich und weigerte sich, den Ball zu eröffnen. Er war schweigsam und abweisend – niemand wagte es, sich ihm zu nähern. Auf einer Seite herrschte ein leises Summen beunruhigten Getuschels, auf der anderen Stille. Die Minuten zogen sich hin, die Bürger der Stadt begannen, einen Hinterhalt zu fürchten. Während des Unabhängigkeitskrieges waren auf Befehl von General Boves, einem berühmten Tyrannen, Hunderte bei einem solchen Ball ermordet worden. Sie fächerten einander Luft zu und lächelten:

»Das war vor fast neunzig Jahren; warum sollte man heute dergleichen fürchten? Der General sieht hinreißend aus ...«

»Und diese Augen!«

»... Er trägt keinen Ehering.«

»Vielleicht wartet er auf jemanden.«

»Er ist erst seit gestern hier – er kennt noch niemanden.«

»Kommt Don Rodrigo nicht?«

»Er sagte, er lasse sich auf seinem eigenen Land von keinem herumkommandieren. Aber um des lieben Friedens willen würde er einigen Mitgliedern seiner Familie den Besuch gestatten.«

»Hoffentlich merkt es der General nicht und ist brüskiert.«

»Nun, ich weiß mit Sicherheit, daß Maria Candelaria kommen wird; sie hat gesagt, sie würde den Ball um nichts auf der Welt versäumen. Sobald sie da ist, werden wir alle trist neben ihr aussehen, daher sollten wir die wenigen Augenblicke nutzen, bevor es soweit ist.«

Das junge Mädchen, das gerade gesprochen hatte, errötete, drehte sich um und erblickte Maria Candelaria. Ein Raunen ging durch den Ballsaal, als die Briceño-Familie eintrat. Der General tat einen Schritt nach vorn, Maria Candelaria fing die bewundernden Blicke des ganzen Raums auf und ließ sie fallen wie Kieselsteine; dann warf sie den Kopf zurück, um ihre eigenen Augen und ihr Diadem zur Geltung zu bringen, und beantwortete die Verbeugung des Generals mit einem Knicks. Man hatte Namen ausgetauscht, sie waren einander vorgestellt worden, alles weitere erschien beiden wie ein Kinderspiel. Laurado del Toro gab dem Orchester ein Zeichen, die Musik setzte ein, der Ball war eröffnet, Maria Candelaria und er führten den Tanz an. Ihre beiden älteren Brüder konnten ihr Glück kaum fassen; eine Verbindung zwischen dem General und ihrer Schwester würde ihre eigene gesellschaftliche Position erheblich verbessern.

Am nächsten Morgen war die Stadt in Aufruhr. Die beiden hatten den ganzen Abend miteinander getanzt. Selbst die vielen Frauen, die aufgrund von Maria Candelarias Herzlosigkeit Vorbehalte hegten, waren von der Unwirklichkeit dieser Verbindung entzückt. Es war wie die Erinnerung an ein Märchen, und es geschah hier in ihrer Stadt. Die alten Frauen wischten den Schweiß von der Stirn, schüttelten unter Mühen die vielen Jahre Hitze und harter Arbeit ab und beteten mit neuem Eifer ihren Rosenkranz, denn ihnen ging auf, daß sie ein großes Ereignis miterleben würden. Die Kinder hörten auf zu streiten und begannen, über Ort und Zeitpunkt der Hochzeit zu spekulieren. Alle jungen Mädchen begannen, sich um Spitze und Besatz der Kleider zu kümmern, die sie tragen würden. Die Hände der Näherinnen waren voller Stiche und Tränen, sie machten Überstunden, noch bevor es irgendeine Ankündigung gegeben hatte.

Maria Candelaria sonnte sich in ihrem neuen Glanz, bis

die Verlobung bekanntgegeben wurde. Von Blumen und Karten umgeben, die viermal täglich für sie abgegeben wurden, von zahllosen gepflegten Offizieren begleitet, dachte sie ständig daran, daß es etwas gab, das sie Laurado sagen mußte. Genau zwei Wochen nach ihrer ersten Begegnung gab General Laurado del Toro seine Verlobung mit Maria Candelaria, zweitältester Tochter des Don Manuel Briceño Beltrán, bekannt. Die Hochzeit sollte am siebten Oktober desselben Jahres, 1903, stattfinden. Das Datum wurde gewählt, weil es ihm ausreichend Zeit gab, seinen Feldzug zu beenden und zurückzukehren; und auch deshalb, weil es der Geburtstag seiner Mutter war.

Laurado hoffte inständig, daß seine zukünftige Frau und seine Mutter gut miteinander auskommen würden. Sie würden zusammenleben, und er wünschte von ganzem Herzen, daß beide glücklich sein würden mit ihm. Er hatte bereits eine Eskorte gesandt, die seine Mutter nach La Caldera begleiten würde, und hatte – indem er ein klein wenig Druck ausübte – ein elegantes Haus gegenüber der St. Peterskirche unweit des Marktplatzes für sie mieten können. Er wußte, daß sie genug Zeit haben würde, um ihre zukünftige Schwiegertochter sowie deren ganze Familie kennenzulernen. Als er ihr von seiner Verlobung schrieb, hatte er einige Befürchtungen gehegt, wie sie die Neuigkeit aufnehmen würde. Sie wollte soviel für ihn. Sie hatte sicherlich, wie er selbst, von den vielen Generälen Beltrán in der Geschichte ihres Landes gehört, sowie von den Erzbischöfen und Gouverneuren, Vizepräsidenten und Feldmarschällen, die alle mit Maria Candelarias Familiengeschichte verknüpft waren. Sie stammte in direkter Linie von den ersten Adelsfamilien ab, die dieses Land besiedelt hatten, sogar vom Libertador selbst – seine Mutter würde gewiß zufrieden sein! Vor allem aber wußte er, daß sie beschwichtigt wäre, sobald sie erst käme und sähe, wie ehrerbietig man der Familie seiner Verlobten im Umkreis von vielen hundert Meilen begegnete und daß ihre älteste Schwester mit dem bedeutendsten Mann in diesem Teil der Anden verheiratet war. Nicht einmal er, ein General, wurde so bedingungslos respektiert wie Don Rodrigo. Also schrieb er an sie:

Liebste Mama,

ich weiß, daß sechs Monate für eine Verlobung eine fast zu kurze Zeitspanne sind, aber im Interesse meines beruflichen Fortkommens muß ich in die Hauptstadt zurückkehren, sobald dieser Feldzug vorüber ist. Ich bitte Dich daher, hierherzukommen, um jene Einzelheiten der Hochzeit und der Mitgift zu arrangieren, die während meiner Abwesenheit geregelt werden müssen. Es wäre mir auch eine Freude, Dich näher bei mir zu wissen, wenn ich im Gebirge kämpfe. Steh mir in dieser schwierigen Stunde bei und komm an meine Seite.

Ein Haus und Dienstboten erwarten Dich, aber bringe bitte Deine Zofe mit.

Ich bleibe

Dein Dich liebender Sohn,

*Laurado*

Mit Hufgeklapper und dem Rattern der Geschützlafetten auf den steinigen Pfaden brachen die Soldaten ins Gebirge auf. Seine Männer waren mit Stiefeln und Decken gut gegen die Kälte gerüstet. Viele von ihnen waren junge Rekruten, die nicht wußten, wie kalt und hart eine Nacht in den Bergen sein konnte, mit nichts als heißem Haferschleim im Magen und bei eisigem Wind, der bis ins Mark drang. Sie kannten die Schmerzen der Erschöpfung nicht, die sich wie beißende Wunden in den Waden und im Rückgrat meldeten. In ihren farbenprächtigen Uniformen, die Feldflaschen mit Rum und frischem Wasser gefüllt, ahnten die meisten nicht, daß Krieg weniger aus der Schlacht bestand als vielmehr aus den Tagen davor und danach.

Sie würden fauliges Wasser aus alten Tümpeln trinken müssen, danach würden ihre Gedärme monatelang im Griff von Gastritis und Ruhr revoltieren. Im Schmutz ihrer Ruhr würden sie weder Frieden noch Ruhm finden. Gleichwohl zogen sie mit einem Trommler und einem Pfeifer los, um auf gewundenen Straßen und Pfaden die einhundert Meilen zum Rebellenstützpunkt zu marschieren. Sie waren Soldaten in einem Land, in dem seit nahezu hundert Jahren Frieden geherrscht hatte, und nicht vorbereitet auf das Sperrfeuer von Entbehrungen, das auf sie wartete: Sie waren Paradeplatz-Soldaten.

Sie marschierten perfekt, als sie hinunter zur Stadt zogen, durch die sie hindurchschwenkten und dann hinaus, durch Don Rodrigos Besitzung; weiter durch Beltrán-Land, mehr als einhundert Meilen, bis sie die Provinzgrenze erreichten. Alte und Junge säumten den Camino Real, winkten und jubelten den Soldaten zu. Der größte Jubel galt General Laurado – manchmal klang es fast wie ein Sprechgesang:

»Viva Laurado, vi-va-Lau-ra-do, vi-va-Lau-ra-do!«

Am Ende des Morgens war auch das Echo ihres Marschschrittes außer Hörweite, der große Pulk der Nachhut außer Sicht.

Drei Wochen später verließen die Geier die Stadt und flogen in die Richtung, die die Soldaten genommen hatten. Einige Wochen lang blieb jedes Tier, das am Wegrand oder in einem Garten starb, verwesend liegen, der schwere Geruch des sich selbst überlassenen Todes erfüllte die Luft. Manche sagten, es sei ein böses Omen, andere hielten sich die Nase zu, ignorierten es und stellten Leute an, um die liegengelassenen Kadaver wegzuschaffen. Im

August waren die Geier in die Stadt zurückgekehrt, wo sie wieder an verstreuten Knochen nagten und das stinkende Fleisch fraßen. Der Hochzeitstermin rückte näher, und der Wirbel der Vorbereitungen hielt jedermann beschäftigt.

Anfang August traf auch General Laurados Mutter ein. Ihrer Kutsche folgte ein langer Zug aus Maultieren und Karren. Alle bestaunten ihre Eleganz – niemals zuvor hatte jemand den weiten Weg von der Hauptstadt in einer Kutsche zurückgelegt. Sie wußten nicht, daß sie nur die erste und letzte Etappe der Strecke auf diese Weise bewältigt hatte. Den übrigen Weg hatte sie im Damensattel reiten müssen, Tag für Tag, bis ihr schien, als sitze in ihrem Körper kein Knochen mehr am richtigen Platz, so durchgeschüttelt war sie. Sie richtete sich in ihrem neuen Haus ein und pflegte mit den Nachbarn soviel Umgang wie möglich. Diese schlossen die alternde Dame ins Herz, die von niemandem als von ihrem einzigen Sohn sprechen konnte.

Da zu der Zeit auch ihnen kein anderes Thema so am Herzen lag, brachten sie, soviel sie konnten, über ihn in Erfahrung: seine Vorlieben und Abneigungen, seine Heldentaten und Ehrungen, seine Leistungen und Medaillen, bis er fast ein Familienmitglied zu sein schien. Aber es blieb immer ein »fast«, und bis er Kinder hatte und bei ihnen seßhaft geworden war, würde es dabei bleiben.

Mitte September kehrten die Soldaten zurück. Die Nachricht von ihrem Kommen eilte ihnen voran, und man stellte Flaggen und Fackeln an ihrem Weg auf. Sie kehrten in Fetzen zurück, weniger verwundet als gebrochen; in vielen Augen blitzte unterdrückte Hysterie auf. Sie schienen nicht länger damit zufrieden, ausschließlich um den Ruhm ihres Generals zu kreisen. Sie waren unruhig geworden; aber sie wollten keine Ruhe, sie wollten Blut.

Erneut in ihren Kasernen eingepfercht, in dem zugigen Dorf, grübelten sie über den Ausgang ihres Feldzugs nach. Man hatte ihnen zwar gesagt, sie hätten gewonnen, sie aber wußten, daß sie ihren Stolz und Lebenssinn verloren hatten, und in der harten Realität der Berge hatten ihre Hoffnungen Frostbeulen bekommen. Sie sagten zueinander:

»Gottseidank ist wenigstens bald die Hochzeit des Generals.«

Dies würde sie im Strudel ihrer Enttäuschung ablenken. Sie warteten auf die Hochzeit wie auf ihre Erlösung.

Maria Candelaria wartete auch, aber fast widerstrebend; sie war verhärmt, dünn und schreckhaft geworden. Sie verbarg ihre Gefühle, so gut sie konnte, aber es stand nicht gut um sie. Sie würde Laurado ihr Geheimnis bald preisgeben müssen, und das Verstreichen der Stunden und Tage kam ihr vor wie eine Sichel, die immer dichter neben ihr vorbeifuhr. Sie wollte so gern leben und wußte doch mit Sicherheit, daß sie sehr bald sterben würde, wenn sie nicht gestand. Jede Zelle ihres Körpers glühte in dieser Qual. Noch zwei Wochen bis zu ihrem Hochzeitstag, dann dreizehn Tage, dann zwölf. Schon der Anblick der Vorbereitungen verursachte ihr Übelkeit. Es gab etwas, das sie Laurado sagen mußte, und ihre Zeit lief aus. Sie wußte, daß es zu spät sein würde, wenn sie damit bis nach der Hochzeit wartete. Offenbarte sie sich nach der Hochzeit, wäre es allein ihre Schuld, und sie würde sterben. Sie mußte Laurado unbedingt die Wahrheit über sich sagen, bevor sie heirateten. Es war kaum mehr eine Woche bis zur Hochzeit, als sie es ihm sagte. Sie hatte ihre Mutter gezwungen, sie mit ihrem Verlobten allein zu lassen. Als sie darauf bestand, hatte ihre Mutter begriffen, daß es wirklich um etwas Ernstes ging. »Du hast fünf Minuten«, hatte sie zu ihrer Tochter gesagt. »Nicht mehr.« Aber Maria Candelaria hörte überhaupt nicht zu. Sie drängte an ihr vorbei in den Raum und sagte dann, sehr schnell:

»Laurado, ich bin nicht mehr rein.«

Zunächst schien er sie nicht zu hören, dann wich die Farbe aus seinem Gesicht und kehrte in Wogen des Schmerzes und der Wut zurück.

»Was meinst du damit?« fragte er mit zusammengebissenen Zähnen.

»Ich bin nicht mehr Jungfrau«, sagte sie.

Ihm war, als werde seine Ehre verhöhnt. Stoßend und stolpernd fand er den Weg auf die Straße. Hinter ihm weinte Maria Candelaria.

»Es war nicht meine Schuld, es war nicht meine Schuld, ich kann es erklären.«

Er flüchtete in ein Bordell, wo er zwei Tage lang trank. Er verlor, am Tisch sitzend, das Bewußtsein und wurde von seinen Offizierskameraden nach Hause getragen. Niemand wußte, was geschehen war – er selbst wußte es kaum; er wußte nur, daß er Maria Candelaria liebte, daß jemand ihr Unrecht getan hatte, und ihm, und seiner eigenen Mama. Er kehrte zu ihrem Haus zurück und verlangte, sie allein zu sehen. Sie ging zu ihm hinein, zitternd, wie ein Sühneopfer für seinen Zorn. Aber als er sie schüttelte, war es nicht, um ihr weh zu tun, sondern nur, damit sie ihm sagte, wer es gewesen war. Sie wollte nicht antworten, und er schüttelte sie noch stärker, schrie sie an:

»Wen schützt du? Wen versuchst du zu decken? Nenn mir seinen Namen! Wer war es?«

Sie war zu entsetzt, um zu sprechen, und aus ihrer Kehle kam nichts als ein lautloses Krächzen; aber sie versuchte es weiter, ihre Arme schmerzten von seinem Griff; dann schluchzte sie den ersten Namen, der ihr in den Kopf kam, der ihn vermutlich überzeugen würde:

»Es war Rodrigo.«

Laurado stieß sie weg und ging hinaus: Ihr eigener Schwager hatte sie vergewaltigt. Jetzt würde er sie nicht heiraten, bevor der Mann tot war.

Er rief ihre beiden älteren Brüder zu sich und erzählte ihnen, was er wußte. Sie haßten Don Rodrigo und alle Beltráns, die das Tal schon zu lange beherrscht hatten. Sie neideten ihm seine moralischen Qualitäten und mißgönnten ihm seinen Erfolg. Nun war er zu weit gegangen: Hier war ihre Chance, ihre Rache mit dem endgültigen Sturz dieser Familie zu verbinden. Sie waren reif für den Haß und bereit zum Kampf; aber sie würden kein Risiko eingehen. Der General wollte mit Don Rodrigo ein Duell auf Leben und Tod, aber das reichte für ihre Pläne nicht. Sie wollten die ganze Familie auslöschen, und schließlich konnten sie den General soweit aufstacheln, daß er seine Zustimmung zu einem Hinterhalt gab.

## III

Rodrigo Beltrán saß auf der Veranda seines Hauses an jenem letzten Septembertag 1903 und hielt sein Söhnchen Alejandro auf dem Schoß. So verbrachte er viele Spätnachmittage. Er hatte zwei Söhne, aber Elias, der ältere, trottete immer hinter der Mutter her, während Alejandro zu ihm kam und mit ihm spielte. Von dort, wo er saß, konnte er über seinen Besitz und zum Fluß blicken, der durch sein Land schnitt. An jenem Nachmittag dachte er über den Zustand des Tals nach und darüber, welche Rolle er in dessen Leben spielte. Er spürte, daß er nicht zuletzt als ein Symbol diente, und fragte sich, ob das auch so wäre, wenn er klein und schwach gewesen wäre. Er vermutete, daß es für seine Anhänger kaum einen Unterschied bedeutet hätte, wohl aber für seine Feinde.

Die Spannung um ihn nahm zu, er wußte genau, daß seine Schwäger, die Briceños, ihn haßten. Sie waren auf alles neidisch, was er tat: neidisch auf seine Macht und selbst auf seinen Erfolg bei den Damen. Es stimmte, daß sein diesbezüglicher Ruf nicht unbegründet war. Aber es stimmte auch, daß er seine Frau, die Schwester der Briceños, liebte und sie glücklich machte, wenn er zu Hause war, und daß er stundenlang mit seinen Kindern spielte. Was er draußen tat, ging, wie er meinte, nur ihn etwas an. Er fragte sich, was wohl die Briceño-Brüder sagen würden, wenn sie ihn jetzt sähen, wie er auf einem Knie sein Kind reiten ließ und auf dem anderen das Holzmodell einer Zuckermühle.

Auf die vier Gestalten, die zu Rodrigo Beltráns Haus hinunterritten, wirkte alles wie erwartet. Sie hielten an der Biegung zur Einfahrt und zogen ihre Uhren heraus. Es war zwei Minuten vor vier. Sie sahen Don Rodrigo durch den Schleier der Guajavabäume, wie er mit seinem Kind spielte, und sie warteten, denn sie wußten, daß um Punkt vier seine Frau ihm das Kind vom Schoß nehmen würde. Seine Frau, Doña Juana Isidra, kam aus dem Haus und nahm ihm den Sohn aus den Armen; das Kind wollte nicht fort und rief nach seiner Spielzeugmühle. Sie beugte sich, um sie aufzuheben, und ging dann zurück. Don Rodrigo kehrte sich zu ihr, um zu protestieren, und da sah er die vier Männer, die gekommen waren, um ihn zu töten, seine Schwäger und die beiden Cousins seiner Frau. Fluchend griff er nach seiner Waffe und erinnerte sich zu spät, daß sie nicht geladen war. Er trug beim Spielen mit Alejandro nie eine geladene Pistole im Halfter. Als er sich dem Haus zuwandte, um Deckung zu suchen, traf ihn eine Ladung Kugeln aus der Waffe des älteren Briceño-Bruders voll ins Gesicht. Seine Hände hoben sich unwillkürlich zur Wunde, aber eine Wange war fort. Die vier Männer ritten davon, als Doña Juana Isidra herausgelaufen kam, die entsetzten Kinder eng bei sich. Sie sah, wie ihr Mann hinter den Mördern hertorkelte, in seinem eigenen Blut taumelte und sich wand. Er drehte sich einmal zu ihr um, und in dem, was von seinem Gesicht geblieben war, sah sie eine Anklage. Er schleppte sich mühsam wie der Überrest eines zerfetzten Tiers, aber jeder Teil seines zum Schweigen gebrachten Körpers schrie:

»Verrat!«

Sie stand versteinert in der Tür, die beiden Jungen klammerten sich an sie, ihre Schreie waren es, die durch das Tal hallten. Doña Juana Isidra starrte nur auf diesen zerrissenen, blutsprudelnden Fleischklumpen, der ihr geliebter Mann war. Sie hatte ihn nicht verraten; sie hatte lediglich ihre Söhne gerettet. Ihre Brüder hatten ihr zwei Stunden zuvor gesagt, daß sie Kinder und Mann verlieren könnte, oder nur ihren Mann. Ihn würden sie in jedem Fall töten, also ließen sie ihr keine Wahl. Sie hatten die Armee hinter sich, und sie wußte, daß Rodrigo sterben würde – war es ein Verbrechen, Rodrigos Söhne zu retten?

Fast die Hälfte des Körpers hatten sie ihm fortgerissen: den halben Kopf und einen zerschmetterten Arm. Sie wußte aufgrund der Schwere seiner Verletzungen, daß er sterben würde: Dies war sein Todeskampf. Rodrigo stolperte um die Wegbiegung und verschwand; noch mit diesen Wunden und diesem Blutverlust behauptete sich seine sprichwörtliche Stärke.

Er kroch weiter, bis er zusammenbrach, spuckend und kieferlos, einen großen Blutklumpen im geöffneten Hals. Einer seiner Arbeiter, der Ziegenhirte Natividad, fand ihn. Er hatte Futter geschnitten, als er Don Rodrigo um Luft ringen hörte. Er ging zu ihm hin, und als er einen Mann an seinen Verletzungen sterben sah, half er ihm, weil auch er immer nur mit Mühe hatte atmen können. Er steckte die Hand in Rodrigos Hals und entfernte das störende Blutgerinnsel. Es war schwarz und dick, und er warf es fort. Dann lockerte er den steifen Kragen des Mannes und wollte gerade gehen, als er sah, daß es kein anderer war als sein eigener Herr und Freund. Er band sein Maultier los, lud Rodrigo darauf und brachte ihn in die Stadt. Er ging direkt zum Haus des Chirurgen und blieb, um zu helfen, ihn festzuhalten.

Der Chirurg arbeitete stundenlang an Rodrigos Verletzungen. Anfangs meinte er, der Mann werde mit Sicherheit sterben, dann begriff er nach und nach, daß er darum kämpfte, am Leben zu bleiben. Er ließ die Neuigkeit dieser Greueltat in ganz La Caldera verbreiten, doch sein Bote sagte, die Stadt sei nahezu leer, und wer da sei, befinde sich auf dem Weg zur Kaserne. Offenbar hatten die Soldaten und die Briceños alle Beltráns gefangengenommen. Alte Frauen standen an den Straßenecken und schrien:

»Zu den Kasernen! Sie töten die Beltráns!«

Als die Wahrheit bekannt geworden war und erfaßt, eilten die Einheimischen ihnen zu Hilfe, sie zogen in einer großen Prozession über den Felspfad nach Escuque. Auch Benito war dort mit der Gruppe, die später ankam, weil sie es von den Bergen herunter weiter hatten. Er hatte für Lydia oft die graue Narbe an seinem Schienbein entblößt, wo ihn ein Streifschuß getroffen hatte, und mit einem Anflug von Neid gesagt: »Natividad, der Ziegenhirte, war da, wissen Sie. Bei ihm.«

Natividad hatte mitangesehen, wie der Chirurg seine eigene Schlacht um Rodrigos Leben kämpfte. Er stillte die Blutungen, vernähte die offenen Ränder und legte den zerschmetterten Arm in Gips, aber für den fehlenden Kiefer und die halbe Wange, die fortgerissen waren, konnte er nichts tun. Er fragte sich, ob sein Patient es ihm später danken würde, daß er ihm geholfen hatte, mit diesem neuen, grotesken Aussehen zu überleben. Der Arzt blieb bei Rodrigo: ob er leben oder sterben würde, er sollte seine letzten Stunden nicht allein verbringen. Er zündete eine Kerze für ihn an und stellte sie auf den kleinen Altar in seiner Eingangshalle. Er wußte, daß Don Rodrigo Atheist war wie die meisten Beltrán-Männer, doch er meinte, selbst Gott müsse sich von diesem geschundenen und verquollenen Mann anrühren lassen, dessen Stärke noch in der Stunde seines Todes nicht zu brechen war. Es wurde dunkel, und der Arzt spürte eine unvertraute Schwere in der Luft. Etwas Unangenehmes hatte sich über die ganze Stadt gelegt. Etwas wie nie zuvor: Es war eine brutale, aber ehrliche Stadt gewesen; mehr noch als Ehrlichkeit hatte es Ehre gegeben. Nun, mit dem Fleisch und den Knochen von Don Rodrigos Gesicht, hatten die Einwohner ihre Würde verloren, und es lag Verrat in der Luft.

## IV

Als die Briceño-Brüder und ihre Männer von Don Rodrigos Anwesen fortritten, schlossen sie sich dem General und seinen Männern an. Dann begannen die Soldaten des Generals, alle Männer und Knaben der Beltráns zu verhaften und sie über die felsige Bergstraße aus der Stadt hinaus zu den Kasernen zu treiben. In einem Haus fanden sie, wie die Briceños es vorhergesagt hatten, Don Rodrigos fünf Brüder, deren Söhne und Cousins sowie seine Schwester Delia bei einem Familienessen versammelt. Der General und seine Männer kamen unter dem Vorwand, eine Erfrischung zu sich zu nehmen, und überwältigten sie dann dank ihrer zahlenmäßigen Überlegenheit: Sie waren alle überlistet, von hinten gepackt und verhaftet worden.

Während man Vorbereitungen traf, die Gefangenen zur Kaserne zu bringen, bestand Doña Delia, die Schwester, darauf, sie zu begleiten. General Laurado wollte nichts davon hören, denn der Plan der Briceño-Brüder sah vor, daß seine Männer auf dem Weg zur Kaserne alle Beltrán-Männer in den Abgrund stoßen sollten, um sich so der ganzen Familie zu entledigen. Aber er hatte nicht mit Doña Delias Eigensinn gerechnet: Sie befahl, ihr Pferd zu satteln, ritt, die Röcke geschürzt, neben dem General her und führte den ganzen Weg eine angeregte Konversation mit ihm.

Laurado war auf dieses zwanglose Geplaudere nicht vorbereitet. Er hatte nicht die Nerven gehabt, bei Don Rodrigos Ermordung anwesend zu sein; obwohl die Kinder nicht erschossen wurden, war alles vor der Ehefrau geschehen. Es war der Wunsch der Briceño-Brüder gewesen, die ihn hatten töten wollen. Er selbst war sehr eigen, was die Anwesenheit von Damen anging. Er wußte, wenn diese Frau, Doña Delia, sie begleitete, würde er außerstande sein, Order zu geben, die Beltráns über den Rand zu stoßen. Sie war ein ernstes Hindernis, und er mußte sie zur Umkehr bewegen.

»Doña Delia, bitte kehren Sie in die Stadt zurück. Ich werde eine Eskorte schicken, und in zehn Minuten sind Sie sicher zu Hause. Dies ist keine Reise für eine Dame.«

»Mein lieber General, bitte sorgen Sie sich nicht um mich; dieser Ausritt macht mir wirklich Vergnügen.«

»Aber Madame, dies ist nicht der Platz für eine Dame; außerdem ist es durchaus schockierend, daß Sie des Abends allein unterwegs sein sollten.«

»Wie Sie sehen, General, bin ich nicht allein; ich bin in Ihrer Gesellschaft, der Gesellschaft eines ehrbaren Herrn.«

Der General errötete, und fuhr dann fort:

»Meine Soldaten sind unruhig, Doña. Ich kann nicht

dafür garantieren, was sie in ihrer Ungezügeltheit tun werden. Ich wiederhole, hier sind Sie nicht an der richtigen Stelle.«

Inzwischen war er zutiefst verärgert über diese eine Frau, die seine Pläne durchkreuzte. Seine Stimme hatte die letzte Bemerkung auf eine Weise hinausgedonnert, die die meisten Männer hätte zusammenzucken lassen, doch Doña Delia blieb ungerührt; sie raffte lediglich ihre am Boden schleifenden Röcke und rückte noch näher zu ihren Brüdern hin, die den schlammigen Weg zu Fuß zurücklegen mußten; dann strahlte sie den General an und sagte:

»Lieber General Laurado, wie bescheiden Sie sind! Es tut meinem Herzen wohl, Sie sagen zu hören, daß Sie, ihr oberster Kommandant, Ihre eigenen Soldaten nicht unter Kontrolle haben! Aber Sie sind immer ein bescheidener Mann gewesen, und es sind der Ruhm und die Zahl Ihrer Siege, die von Ihrer Macht zeugen, nicht Ihr Prahlen. Wir alle wissen doch, daß Sie nicht umsonst der jüngste General der gesamten Armee sind. Ich weiß«, sagte sie pointiert, »daß heute abend nichts ohne Ihren Befehl geschieht. Ich vertraue Ihnen, General Laurado, weil Sie ein Ehrenmann sind, und ich weiß, daß mit Ihrer Zustimmung nichts geschehen wird, was nicht ich oder Ihre Mutter mitansehen könnten; und ohne Ihre Zustimmung kann überhaupt nichts geschehen, General; Sie sehen also, ich habe nichts zu befürchten.«

Laurado sah die Frau an; außer sie mit Gewalt fortzuschicken, konnte er nichts tun. Er wünschte, sie hätte seine Mutter aus dem Spiel gelassen. Er ritt weiter, betrachtete sie mit Abscheu, weil sie jene Familie schützte, die seiner zukünftigen Ehefrau Unrecht getan hatte.

Der Zug ging den steinigen Weg hinauf; es konnten nur jeweils zwei Männer nebeneinander gehen, daher kamen sie sehr langsam voran. Zwischen zwei Bataillone eingeklemmt, waren die Beltráns erstaunlich guter Dinge. Sie näherten sich der schlimmsten Kurve der Straße, wo selbst unter günstigen Umständen der schmale Vorsprung nur mit Mühe zu passieren war. Sie wußten, daß ihre Verhaftung ein Vorwand war für ihre Ermordung, und sie wußten, daß kein Gericht im Land sie in einem gerechten Prozeß eines Vergehens schuldig sprechen könnte. Sie blickten auf eine lange Geschichte loyalen Verhaltens und herausragender Leistungen in der Armee zurück – allein in den letzten fünfzig Jahren hatte es in der Familie zwei Generäle, zwei Bischöfe, drei Botschafter und einen Senator gegeben, von dem Diktator zu schweigen, auf den sie weniger stolz waren. Sie wußten auch, daß sie zur Schlachtbank geführt wurden und daß die nächste Kurve der Straße der beste Ort sein würde, sie zu töten.

Die Briceño-Brüder ritten dorthin zurück, wo der General war, und der ältere der beiden flüsterte ihm zu, er solle Doña Delia fortschicken, bevor sie die Schlucht erreichten.

»Sie geht nicht zurück«, sagte er. »Ich habe schon versucht, sie zu überreden.«

»Dann lassen Sie sie hier«, sagten sie. Aber das wollte der General nicht: Er wußte, daß Nachzügler seiner eigenen Mannschaften eine Frau mißhandeln würden, die nachts allein auf der Straße war. Diese Frau war eine Freundin seiner Mutter, und ob es ihm gefiel oder nicht, nun fühlte er sich verpflichtet, sie zur Kaserne zu geleiten.

»Wir marschieren zur Kaserne.«

»Aber wir wollten es hier tun ... »

»Ich sagte, wir marschieren zur Kaserne, und Schluß.«

Es stand nicht gut um den Briceño-Plan. Sie ritten weiterhin an der Spitze der Truppe, doch hinsichtlich des Ausgangs der ganzen Unternehmung wurde ihnen unbehaglich: Das Dorf Escuque würde ebenso loyal zu den Beltráns stehen wie die Stadt. Aber es war zu spät zum Umkehren, sie würden sie eben zur Kaserne bringen und dort erschießen müssen. So weit ihr Auge reichte, schlängelte sich hinter ihnen ein Schweif trappelnder Soldaten; der Lärm übertönte den, den Hunderte von Männern und Frauen machten, die aus der Stadt herbeieilten, alle mit irgend etwas bewaffnet, von Pistolen bis zu Steinen, und alle bereit, für die Beltráns zu kämpfen. Die Neuigkeit lief durchs ganze Tal, daß man Don Rodrigo ermordet habe und seine ganze Familie zur Schlachtbank führe.

Noch bevor sie die Kaserne und das Dorf erreichten, hatten die fünf bedeutendsten Familien, die dort lebten, bereits ihre Gewehre geladen und ihre Dienstboten bewaffnet. Sie wußten nicht recht, was sie gegen so viele Soldaten würden ausrichten können, waren aber entschlossen, irgend etwas zu tun, also warteten sie mit den Waffen im Anschlag. Als die Beltráns schließlich ankamen, wurden sie in ein ummauertes Geviert gedrängt, während ein Exekutionskommando organisiert und Doña Delia zum Haus eines Verwandten begleitet wurde. Sie protestierte, aber jetzt war es zu spät, als daß weitere Verzögerungstaktiken noch hätten erfolgreich sein können. Schon war Blut in der Luft und ein Gefühl der Gewalt.

Das kleine Dorf wappnete sich, und aus der Stadt drängten Ströme aufgebrachter Menschen herbei. Während die Soldaten sich alle an dem ummauerten Platz befanden, nutzten die Stadtbewohner den Überraschungsmoment, besetzten die strategisch wichtigsten Punkte und Türme rund um den Platz und warteten darauf, daß der erste Schuß fiel. Die Zivilisten unterstützten nahezu ausnahmslos die Beltráns. Dies taten sogar die meisten Verwandten der Briceños, die alle auch Beltránblut hatten, so daß sie sich beiden Seiten hätten anschließen können. Man sagte, alle Beltráns – Arturo Lino ausgenommen – hätten sich dem Tal gegenüber wohl und ehrenhaft verhalten, wohingegen die Briceños jetzt Verrat begangen hätten, und das könnten sie nicht verzeihen. Jahrhundertelang hatten sie in nahezu völliger Isolation überdauert und ihre Lebensbedingungen verbessert; mit eigenen Gesetzen und eigenem Verhaltenskodex; mit eigenen Formen der Anrede und Rede; ihre Sitten und Traditionen waren ritualisiert, weil das alle zusammenhielt. Mehr als jeder Heilige wurden Ehre, Loyalität, Tapferkeit und Tod verehrt. Nie zuvor hatte es jemand gewagt, die Führungsposition der Beltráns im Tal in Frage zu stellen, nie zuvor hatte jemand die Grundfesten ihrer Art zu leben in Frage gestellt. Daher waren die Menschen nahezu ausnahmslos für die Beltráns.

Innerhalb der Mauern hatte man fünfzig Angehörige der Familie, davon etwa ein Drittel Kinder, zusammengetrieben. Sie hatten ein einziges Gewehr, das sich Pedro Beltrán, einer von Rodrigos jüngeren Brüdern, beschafft hatte, indem er eine Wache niederschlug. Sie wußten, daß sie sehr bald durch ein enges Tor in einen anderen Hof gerufen und dort erschossen werden würden. Wer als erster ging, meinten sie, könnte ihre Häscher überraschen und einen Kampf mit faireren Chancen beginnen. Alle fünf Beltrán-Brüder sowie ihr Vetter Juan stritten hitzig um das Recht, als erster zu gehen. Die Kinder sahen zu, mit großen Augen, und freuten sich insgeheim, wenn das einzige Gewehr aus den Händen ihres Vaters oder Lieblingsverwandten an einen anderen weitergereicht wurde. Sie wußten, daß der, der als erster ging, in jedem Fall getötet werden würde, und sie fürchteten um ihre Verwandten.

Schließlich hörten sie die Stimme des Generals, der die ersten fünf aufforderte, herauszukommen. Pedro griff das

Gewehr, bedeutete allen Männern, ihm zu folgen und so viele Schußwaffen wie möglich zu erbeuten, sobald sie im anderen Hof wären. Er sprang hinaus und zielte mit seinem Gewehr auf den älteren Briceño-Bruder. Seine Kugel kreuzte sich mit einer, die ihn genau in den Kopf traf. Er und der ältere Briceño fielen im selben Augenblick. Die anderen Beltráns folgten, und sie nutzten die wenigen Sekunden nach ihrem Hervortreten hinter der Wand, bis jemand begriff, was vorging, indem sie einige verdutzte Soldaten entwaffneten und sich dann wieder hinter den Schutz der Mauer duckten, wo sie zuvor gewesen waren.

Die ersten beiden Schüsse hallten durch die Straßen des Bergdorfs und lösten eine Welle der Gewalt aus. Die Stadtbewohner schritten zur Tat und mähten die vielen Soldaten nieder, die sie unvorbereitet vor der Kasernenmauer erwischten. Etwa dreißig Zivilisten kletterten über die Mauer in den Innenhof, wo sie und die Beltráns, trotz zahlenmäßiger Unterlegenheit, dem Angriff der Soldaten standhalten konnten. Die meisten Toten im Hof gab es durch Querschläger, die von den Steinen abprallten. Doch sie waren zu wenige, um die anbrandenden Soldaten lange abwehren zu können; von den Gefangenen und ihren Unterstützern wurde einer nach dem anderen getroffen und fiel. Und ihnen ging die Munition aus.

Das ständige Nachladen, bei dem die älteren Kinder halfen, verursachte ein scharrendes Geräusch. Als Juan Beltrán, Rodrigos Onkel, innehielt, um nachzuladen, blickte er sich um und sah einige verängstigte Kinder hinter ihm an die Wand gekauert, die Hälfte kaum älter als Säuglinge. Er lächelte ihnen zu und rief ermutigend:

»Keine Sorge, Jungs, wir brauchen nur zwei, drei Wunder, und alles ist in Ordnung – wer weiß, vielleicht kriegen wir gleich ein Erdbeben!«

Die Jungen waren aufgemuntert und beruhigt, mehr durch seine Stimme als durch das, was er gesagt hatte. Als er an seinen Posten zurückging, steckte er eine Handvoll Patronen in eine leere Tasche; es gab nur noch wenige. Er wußte, daß ihre Waffen bald leer sein würden, und dann wollte er die Kinder lieber selber erschießen als sie von den Soldaten ermorden zu lassen. Seine eigenen Enkelsöhne waren darunter; gerade eben noch hatte er seinen Liebling, Albertico, verloren sitzen sehen, an die Wand gelehnt, die Hand eines Kindes haltend, das schon tot war. Der Hof der Gefangenen war von ihren Toten übersät, junge und alte lagen ausgestreckt, wo sie gefallen waren, die Pflastersteine am Boden und die Backsteine der Mauer waren über und über mit Blut bespritzt. Weiter unten an der Mauer, der unterschiedlichen Körpergröße entsprechend wie Kerben am Türrahmen, waren Fingerabdrücke, wo die Jüngeren sterbend nach Trost getastet und sich an die feuchten Backsteine geklammert hatten.

Inzwischen war es den Stadtbewohnern gelungen, sich den Weg zum Platz in der Kaserne freizukämpfen. Die Kämpfe konzentrierten sich vor allem auf eine Seite. Auf der anderen standen General Laurado und sein Adjutant und wunderten sich über die Loyalität der Stadtbewohner gegenüber eben jener Familie, von der man ihn, den General, hatte glauben machen, sie seien verhaßte Tyrannen. Beide überhäuften die zwei toten Briceños, die sie in diesen Aufstand verstrickt hatten, mit Flüchen; und in der Erregung des Augenblicks sah keiner von beiden den zerlumpten Bauer, der auf sie zustürzte. Der Mann war Benitos älterer Bruder. Mit einer Machete bewaffnet, die er mit beiden Händen hielt, attackierte er General Laurado, hieb ihn mehrfach in die rechte Seite, von der Brust zum Oberschenkel, bevor er vom Adjutanten des Generals getötet wurde.

Einige Offiziere trugen ihren Kommandanten in die niedrige Baracke direkt hinter ihm – es war der Kartenraum – und legten ihn dort auf einen langen Tisch, der mit Karten jener Gegend bedeckt war, in der er seinen letzten Feldzug geführt hatte. Ein Militärarzt wurde sofort herbeigeholt, aber der General war zu schwer verletzt, als daß er ihn mit seinen Fähigkeiten hätte retten können. Er konnte nicht mehr tun als die schlimmsten Blutungen stillen. Der alte Kartentisch war überschwemmt, das Blut floß auf den Fußboden. Zuerst nähte er die zerfetzte Arterie im Oberschenkel des Generals zusammen, ging dann von einer Wunde zur nächsten, fügte in einem zunehmend aussichtslosen Kampf um wenige Minuten Leben die zerschnittenen Adern zusammen. Die rechte Seite des Generals war nur noch ein brechender Damm, zu stark beschädigt für jede wirkliche Heilung.

Im schwachen Licht der Gaslampen sammelten sich der Generalstab, der Arzt und ein Priester um ihren verwundeten Führer. Nun ging sein Kampf weder um Fehde noch Aufruhr, sondern um Atem. Er spürte seine Kräfte schwinden, und er fragte sich, wie eine Seite von ihm so lose sein konnte, daß sie fast nicht zu ihm gehörte. Er fühlte sich sehr schwach, hatte aber bislang kaum Schmerzen. Er war nicht zum ersten Mal verwundet, und er wußte, daß die Wunden später schmerzen würden. Er wollte zu den entsetzten Gesichtern um sich etwas sagen, aber seine Zunge war für den Mund zu groß geworden und erschlafft. Eine Qualle im Hals erstickte ihn. Es wurde kälter, er hatte den Wind des kalten Hochlands im Rükken, der eisige Wind früherer Feldzüge fand Einlaß durch seine Verletzung. Wo war sein Fleisch? Wo seine Lunge? Wo war sein Atem, und wo seine Mutter? Dann kamen Worte:

»Holt meine Mutter. Vielleicht kann sie mich wärmen.«

Ein Schmerzanfall folgte seinen Worten, ein Gefühl der Dringlichkeit überflutete ihn: Der Schmerz war jetzt da; es würde kein »später« geben; jeder Teil seines Körpers schmerzte, selbst seine Finger fühlten sich an, als würden sie sich übergeben. Sein Körper krümmte sich, der Schmerz brach in Wogen über ihn herein; durchtränkt von einem Schweiß, der so kalt wie Gebirgsfrost war, zog ihn die Strömung in den Tod. Sein ruheloser Blick blieb an der bandagierten Schulter eines Offiziers hängen. Von draußen hörte er Gewehrkrachen. Sein gesamter Stab beugte sich über ihn: Sie wollten, daß er sprach. Durch den verschwommenen Alptraum seines Schmerzes begriff er, man erwartete von ihm, daß er etwas sagte: Sie warteten. Der Wind war jetzt durch seinen ganzen Körper gegangen, und er war sicher, daß ihm niemals mehr warm werden würde. Nur ein Fleck auf seinem Rücken brannte, angefressen von der schwärenden Korrosion der Fleisch- und Knochenverletzung. Er verbrannte nicht einmal für sein Land, auch nicht für den Bürgerkrieg oder wenigstens für seine Seite; er war nur einer von vielen, deren Leben im Kreuzfeuer belangloser Streitereien in einer Familienfehde vergeudet wurde.

Er spürte, daß nun, trotz seiner Jugend und seines Ranges, trotz seiner Uniform und seiner Medaillen, alles verloren war: Man würde seinen Ruhm und seine Ehre vergessen, alles würde man vergessen – außer diesem einen Tag der Verwirrung. Trauer überfiel ihn bei dem Gedanken, sein Leben vergeudet, sich zum Narren gemacht zu haben: Seine Angst vor Lächerlichkeit war sehr groß. Unter Auferbietung seiner letzten Kräfte sprach er laut und deutlich:

»Feuer einstellen! Das ist nicht unsere Schlacht!«

Er war wütend auf die Briceño-Brüder, die ihn und seine Liebe zu ihrer Schwester benutzt hatten, die ihn verleitet hatten, die Beltráns zu ermorden, wo er nur Don Rodrigos Blut hatte haben wollen.

»Feuer einstellen! Dies ist ein Befehl ... und abtreten!« Dann sank er zurück, erschöpft.

Der Raum leerte sich, als die Offiziere hinausgingen. Seinem Befehl folgend, ritten zwei Männer nach La Caldera, um die Mutter des Generals zu holen, andere befahlen die Feuereinstellung.

Langsam wurde aus dem Kugelhagel ein Tröpfeln, dann vereinzelte Schüsse eines Heckenschützen, schließlich hörte es ganz auf – aber zu spät, als daß General Laurado es noch hätte hören können. Seine letzten Befehle hatten das dünne Gewebe gezerrt und zerrissen, das seine verletzte Lunge noch zusammengehalten hatte, sie war geplatzt und quoll als schwabbelige Masse hervor. Er hatte nicht einmal mehr die Kraft auszuspucken, als ihm das Blut von der Brust in den Mund schoß, daher tröpfelte es nur aus einem Winkel, verschloß seine Nasenlöcher und wärmte ihm den Hals genau im Augenblick seines Todes, der – wie seine Mutter – kam, um ihn zu trösten. Sein Adjutant wartete, bis der Priester die letzte Ölung beendet hatte, bevor er dem Toten die Augen schloß. Dann bedeckten sie gemeinsam seinen Körper und ließen ihn im muffigen Gestank des Kartenraums allein, um nachzusehen, was von ihrer Kaserne übriggeblieben war.

Draußen war es dunkel, und in dem Berg blutbefleckter Köpfe und Uniformen vor ihnen waren die Toten von den Lebenden schwer zu unterscheiden. Die Beltráns und die Bewohner der Stadt bargen bereits ihre Toten. Die Verwundeten wurden in benachbarte Häuser getragen und von der Familie und den Freunden versorgt. Die Toten hüllte man in weiße Laken und hängte sie dann in gewebten Hängematten an lange Stangen; auf den Schultern wurden sie den Bergpfad hinunter zur Stadt getragen.

Überall am Straßenrand brannten Fackeln, die Prozession schwerer Schlingen und ihrer Träger schwankte in unnatürlicher Stille durch die Nacht.

In der Kaserne murrten die Soldaten über den Waffenstillstand. Sie waren noch von ihrem letzten Feldzug angeschlagen. Sie alle waren in die Armee gepreßt worden und wußten nie, wofür sie kämpften, aber sie wußten, wann sie gewannen. In dieser Nacht hatte man sie genau in dem Augenblick zurückgerufen, als sie zum Metzeln bereit waren. Man hatte sie um den besten Teil ihrer Beute betrogen. Sie hätten sich für die Härten ihres Gebirgsmarsches rächen können. Sie hätten ihre Bajonette benutzen können, um zuzustechen und zu töten, das hätte ihre Knochen vielleicht von der Düsternis und Kälte befreit. Nun blieb ihnen nichts zu tun, als die Verletzten aufzukratzen, und das unter dem Hohn und Gejohle der Dorfkinder.

Die ganze Kaserne steckte voll Unzufriedenheit. Die Soldaten waren es leid, von zu Hause fort zu sein, und sie hatten die Kälte satt; es ginge ihnen besser, wenn sich nur ein Schuldiger für alles fände. Sie wandten sich, eine Abteilung nach der anderen, gegen den toten General, verfluchten seinen Namen und schmähten sein Andenken, und sie fürchteten keine Vergeltungsmaßnahmen für diese plötzliche Meuterei: Sie hatten richtig vermutet, daß keiner seiner Offiziere bereit sein würde, ihre Loyalität zu erzwingen. Dieselben Soldaten, die am Morgen General Laurado zugejubelt hatten, weil er ihnen eine Möglichkeit einräumte, ihrer Brutalität freien Lauf zu lassen, richteten nun ihre ganze Verbitterung gegen seine noch warme Leiche. Der Chirurg in der Stadt hatte recht gehabt: Es lag Verrat in der Luft.

## V

General Laurados Mutter saß beim Abendessen, als die beiden Boten mit der Nachricht ihres Sohnes eintrafen. In dem Moment, als sie von seiner Verwundung hörte, begann ihr eigenes Leben aus ihr zu weichen. Sie brach unverzüglich zur Kaserne auf und nahm nichts von dem mit, was sie üblicherweise auf eine Reise, wie kurz auch immer, mitgenommen hätte. Mit ihrer Sturzflut an Fragen machte sie ihre Begleiter schwindlig. Als sie aufbrach, um ihren Sohn zu sehen, ließ sie all ihren Stolz zurück und jeden Gedanken an ihre äußere Erscheinung: Laurado war schwer verwundet: Nur das zählte. Waghalsig ritt sie den gewundenen Pfad. Ihr Pferd war solche Bedingungen nicht gewöhnt: Die Straße wurde mit jeder Sekunde glitschiger, da nach einem schweren Regen schlammige Rinnsale zu Tal gingen. Laurados Mutter gab ihrem Pferd die Sporen, sie kämpften sich den schroffen Berg hinauf, durchnäßt und sehr ungeduldig, endlich anzukommen.

Als Laurados Mutter sich beeilte, zu ihm zu kommen, traf sie auf die Beerdigungsprozession der Beltráns und ihrer Leute. Immer wieder flehte sie:

»Wie geht es meinem Sohn? Gibt es Neuigkeiten von ihm?«

Aber die Stadt trauerte, und sie hatten weder für den Mann, der ihren Kummer verursacht hatte, noch für dessen Mutter Zeit. Erst als Laurados Mutter den Trauerzug betrachtete, erfaßte sie das Ausmaß der Schlacht, die das Leben ihres einzigen Kindes gefordert hatte. Eine Schlinge nach der anderen wurde an ihr vorbeigetragen; jedesmal fürchtete sie, sie könne sehen, wie man ihren eigenen Sohn hinabtrug. Jeder Tote, der an ihr vorüberzog, bedeutete eine weitere Chance für sein Überleben. Zweiundvierzig Schlingen wurden vorübergetragen, nicht eine von Soldaten. Als sie schließlich die Kaserne erreichte, waren ihre schlimmsten Ängste vorbei; ihr Sohn mußte am Leben sein, sonst wäre auch er in die Stadt gebracht worden. Beim Schein jeder Fackel hatte sie die Augen angestrengt und war sicher, daß er nicht dabei gewesen war.

Sie stieg am Haupttor vom Pferd und fragte die Wache: »Wo ist General Laurado?« Der Wachposten antwortete, ohne auch nur aufzublicken: »Am Ende des Hofs, im Kartenraum.« Dann spuckte er den dicken Brei aus Spucke und Tabak aus, den er im Mund gehabt hatte.

Laurados Mutter war froh, daß im Kartenraum kein Licht brannte. Draußen an der Wand hing eine einzige Öllampe, die sie nahm. Sie hatte sich beruhigt. Auf der Straße nach Escuque war sie in Panik geraten. Laurado würde nicht wollen, daß sie in Panik geriet, also beruhigte sie sich, bevor sie ihm begegnete. Leise öffnete sie die Tür und ging auf Zehenspitzen hinein. Aber statt ihres schlafenden Sohnes sah sie nur die klumpige Oberfläche einer aufgebockten Tischplatte, und einen Raum wie den Schlachthof, den sie einmal in Caracas gesehen hatte. Sie hob das rote, nasse Tuch und starrte auf seinen Leichnam; sie hob ihn zu sich und versuchte dabei, ihn gleichzeitig zu tragen und zu wiegen. Sein Gewicht und seine Starre überstiegen ihre Kraft, er rutschte durch ihre Arme und fiel zu Boden.

Was von ihrem Leben geblieben war, ging in dem folgenden Kampf, ihn auf den Tisch zu heben, verloren. Im Ringen mit seinen starren Gliedern schien nichts anderes mehr von Bedeutung. Laurado war tot, und sie würde ihn beerdigen; er war alles, was sie hatte. Nur sein Adjutant kam ihr zur Hilfe – allen anderen war es gleichgültig. Nicht ein einziger Soldat wollte helfen, die Leiche des Generals nach La Caldera zurückzutragen. Sie wickelte ihren Sohn in dasselbe befleckte Tuch, das ihn bedeckt hatte, und knotete die Enden über eine dicke Stange. In Ermanglung anderer Sargträger würde sie ihren Sohn selbst tragen. Er war nie gern allein gewesen. Nicht einmal, wenn er als erwachsener Mann auf Urlaub war, war er gern allein. Bei jedem Schritt erinnerte sie sich an etwas anderes: an Tage, die sie zusammen in ihrem Landhaus verbracht hatten, vor Jahren; an seinen Steinbrunnen und seinen Goldfisch; an sein Lächeln und seine allererste Uniform, als er als Junge in die Armee eingetreten war. Sie waren sich ungewöhnlich nah gewesen; ihr Vermögen bedeutete ihr nichts: Laurado war alles, was sie hatte. Jeder Schritt zur Stadt schien zu sagen: »Nun hast du nichts, nichts.« Es war ein endloser, mühseliger Marsch durch Schlamm und Regen, auf dem sie die sperrige Schlinge mal trug, mal zog.

Sie achtete nicht auf ihr nasses Haar, das sich gelöst hatte und ihr nun in unordentlichen Strähnen auf Rücken und Gesicht klebte; sie kümmerte sich nicht um ihre Schildpattkämme, die wie unreife Zapfen hinter ihr zu Boden fielen; sie bemerkte weder die Tränen, die ihr unentwegt über das Gesicht rannen, noch den Schlamm, der sich schwer an ihre Röcke und Unterröcke heftete – sie stammten aus Paris und hatten sie ebensoviel gekostet wie ihre Kutsche – nichts zählte mehr: Laurado war tot. Ihr Klagen rollte und hallte durch die Berge. Von allen schmerzerfüllten Stimmen war ihre am lautesten. Es gab mehr als vierzig Tote, die ganze Nacht weinte, doch das Schluchzen von Laurados Mutter schien sogar jenen Felsen und Klippen Tränen zu abzuringen, die sie im Vorübergehen stolpern ließen und verletzten.

»Mein Sohn, mein Sohn!« Sie hatte keine anderen Worte.

Es regnete heftiger, der Wind blies unaufhörlich. Nach der ersten halben Meile bestand der Adjutant des toten Generals darauf, in einer Hütte am Wegesrand Schutz vor dem Unwetter zu suchen. Er ließ die verstörte Frau bei dem Leichnam und kehrte zur Garnison zurück, um Pferd und Wagen zu holen. Kaum war er fort, brach die Mutter des Generals wieder auf und zerrte den Leichnam ihres Sohnes den holprigen Weg hinunter. Wieder und wieder stolperte sie und fiel, schwankte unter dem Gewicht, ohne ein Licht, das sie durch die Nacht geführt, ohne eine Hand, die ihr aufgeholfen hätte, während sie mit ihrer Last kämpfte. Vor ihr und hinter ihr hallte und echote ihre Stimme:

»Mein Sohn, mein Sohn!«

Sie merkte es nicht einmal, als der schwere Regen einen Erdrutsch auslöste, der die Straße blockierte und sie von ihrem einzigen Verbündeten, dem Adjutanten, abschnitt. Sie watete weiter, durchnäßt und aufgeschlagen, sie klammerte sich an ihr verdrecktes Bündel, wie eine der vielen Verrückten auf den Straßen. Sie brauchte fast bis zum Morgen, um die Leiche des Generals in die Stadt zu schleppen. In jener Nacht schliefen nur die Kinder; alle anderen hielten Totenwache, und viele sahen sie wie ein wildes, dem Käfig entsprungenes Tier ankommen, ihre durchweichte Last hinter sich schleifend. Der Kopf des Generals war auf den steinigen Boden geschlagen, seine Glieder waren nicht mehr steif, sondern von den vielen Stürzen gebrochen. Doch mehr als über alles andere redete man über ihre Kleidung: Schlamm und Feuchtigkeit waren fast bis zum Bund ihrer Röcke gestiegen, die so schwer waren, daß sie kaum gehen konnte. Ihre eigene Zofe kam und holte sie herein, schloß die Fensterläden gegen die Außenwelt. Den ganzen Tag über war ihre schrille Stimme zu hören, sie brach in die rituelle Stille, in der die Stadt trauerte:

»Mein Sohn, mein Sohn!«

Auch andere Mütter trauerten um ihre Söhne: Elf Kinder waren ermordet worden, siebzehn Beltrán-Männer und vierzehn ihrer Anhänger. Die Stadt war voller Verletzter, der Friedhof schwoll an mit der Welle neuer Gräber. Noch bevor die Beisetzungen begannen, wurden die Soldaten abgezogen, auf entlegenen Seitenstraßen. Der Adjutant des Generals kümmerte sich um dessen Beerdigung und verließ dann seinen Führer, der, jetzt aller Pracht beraubt, in einer abgelegenen Ecke des Friedhofs unter einem schlichten Stein und einem Erdhügel lag. Die Mutter des Generals folgte ihrem Sohn fünf Tage später. Einige sagte, sie sei an Lungenentzündung, andere, sie sei an Kummer gestorben. Die Bewohner der Stadt achteten ihren Kummer, folgten ihrem Sarg zur Beisetzungsstätte neben ihrem Sohn und erwiesen ihr so ein wenig von jener Ehre, die sie ihm verweigert hatten.

Von den sieben Beltrán-Brüdern, Nachfahren der ersten Beltráns, waren an dem Tag, der als »das Massaker« bekannt werden sollte, fünf in der Kaserne getötet worden. Ein weiterer, Arturo Lino, war im Irrenhaus. Rodrigo selbst, dessen Kiefer weggeschossen worden war, erholte sich so weit, daß er zur weiteren Behandlung nach New York gebracht werden konnte.

Der Tag des Massakers 1903 bezeichnete mehr als nur den Tod vieler: es war der erste Schritt zu einem langsamen Niedergang. Die Beltrán-Familie und das Tal gingen unter, Hand in Hand. Die Beltráns waren vor langer Zeit wie eine Sonne über der Dunkelheit des Tals aufgegangen; jetzt sank sie auf der anderen Seite der Berge. Dynastie und Bevölkerung starben aus.

## VI

Lydia kannte die Stelle in Escuque, wo so viele Beltráns gestorben waren, und sie kannte den Friedhof in La Caldera, wo ihre Gräber zwischen den Orangenbäumen Alleen bildeten. Einmal hatte sie gebeten, das Grab von General Laurado del Toro zu sehen, und der Friedhofswärter hatte ihr einen unregelmäßigen Hügel mit einem einfachen Grabstein gezeigt, ganz anders als die Granit- und Marmorplatten anderer Gräber mit ihren Eisengittern und Urnen. Später fragte sie Diego:

»Warum ist er immer noch so vergessen?«

Aber er hatte nur mit den Schultern gezuckt und gesagt:

»Eines Tages werden sie mit dem Bulldozer über ihn fahren, um eine Kegelbahn zu bauen oder die Straße zu erweitern. Inzwischen läßt man ihn wenigstens dort liegen. Das ist vermutlich schon etwas, heutzutage.«

Lydia suchte auf den Grabsteinen und den Tafeln der Familiengräber nach Maria Candelaria Briceños Namen, fand aber auf dem Friedhof keinen Hinweis auf sie. Später, im Stadtarchiv, fand sie nur Maria Candelarias Geburt verzeichnet.

Wieder war es Diego, der ihr in einer seiner seltenen gesprächigen Augenblicke den Rest ihrer Geschichte erzählte.

Nach dem Massaker war Maria Candelaria in ein Kloster nach Trujillo geschickt worden, zu ihrem eigenen Schutz und um zu bereuen. Doch das einzige, was sie bedauerte, war, daß ihr die Gelegenheit, zu einem so glänzenden Ehemann zu kommen, entgangen war. Niemand hat je richtig herausgefunden, wie oder von wem, jedenfalls kehrte sie zwei Jahre später hochschwanger ins Haus ihrer Mutter zurück. Kurze Zeit später brachte sie einen Sohn zur Welt. Wo Verwöhnung, Kummer und Gebete nicht geholfen hatten, war ihre eigene Mutterschaft erfolgreich, und Maria Candelaria wurde ein anderer Mensch. Niemand in La Caldera hat ihr je verziehen, außer ihrer eigenen Mutter, Doña Ignacia. Und man sah sie nie außerhalb ihres Hauses. Doch die Dienstboten und die wenigen Besucher, die noch zu den Briceños kamen, der Priester und sogar der Arzt, sie alle schworen, aus ihr sei die sanfteste und liebevollste Mutter geworden.

Drei Jahre lang lebte sie bei ihrer Mutter, und weder sie noch ihr uneheliches Kind sahen jemals das Licht des Tages, den Innenhof mit seinen Topfpflanzen ausgenommen. Maria Candelaria schien es nichts auszumachen, aber das Kind quengelte und wollte hinaus, kratzte Putz und Kalk von den Wänden, zerriß die Palmblätter und aß sie. Nichts anderes schien ihm Spaß zu machen. Kurz nach seinem dritten Geburtstag rieß er aus den Steinurnen am Gartentor gefleckte Blätter. Seine Mutter sah ihm zu, wie sie ihn sein Leben lang bei jeder Bewegung beobachtet hatte, und erfaßte nicht, als sie ihn kauen sah, daß er giftige Blätter aß. Sie hatte nie zugehört, wenn Doña Ignacia etwas sagte, und sich nie um ihre Warnungen gekümmert. In Maria Candelarias Leben gab es immer nur Zeit für sich selbst, und später für ihr Kind. Sie interessierte sich nicht für andere. Sie begriff erst, als sie ihr Söhnchen würgen sah, daß sein eigensinniges Spiel ihm schaden könnte.

Der Arzt konnte dem Jungen nicht helfen. Nicht einmal Doña Ignacia mit ihren Umschlägen und Heiltränken konnte ihm helfen. Sie sagten, er habe die todbringenden Blätter der Dieffenbachia gegessen und sein Rachen schwelle zu. Aber Maria Candelaria wollte ihnen nicht glauben. Das gleiche Mädchen, das fünf Jahre zuvor zugesehen hatte, wie sich General Laurados Mutter in die Stadt schleppte, das über deren Auflösung und den Zustand ihres eigenen toten Verlobten gelacht hatte, besaß nicht mehr die Stärke, den Tod mitanzusehen, und wandte sich ab, als ihr eigener Sohn starb. In jener Nacht, noch bevor es eine Totenwache oder Beisetzungsvorbereitungen hatte geben können, nahm Maria Candelaria ihr Kind, verließ das Haus ihrer Mutter, verließ die Stadt, und niemand hat sie jemals wieder dort gesehen.

Später erfuhr man, daß sie den Leichnam sechs Tage lang bei sich behalten hatte. Sechs Tage in der Sonne, und die Maden hatten ihr den Verstand geraubt. Die meisten waren froh, sie los zu sein, und fanden, es geschehe ihr recht. Einigen aber tat sie leid, und sie erkundigten sich hin und wieder nach ihr. Doña Ignacia hörte, sie sei in Maracaibo Prostituierte geworden, und wandte sich schließlich von ihr ab. Maria Candelarias Name wurde im Haus nicht mehr erwähnt. So blieb Doña Ignacia die Geschichte erspart, wie ihre Tochter Drogenhändlerin wurde und so viel Geld verdiente, daß sie in Mérida ein Bordell baute, das eine ganze Seite eines Platzes einnahm.

Als Maria Candelaria 1934 starb, vermachte sie ihr neu erworbenes Vermögen ihrer Familie, doch alle weigerten sich standhaft, etwas von diesem Erbe anzunehmen. Daher fiel das Geld schließlich an den Staat. Und die Häuserreihe mit ihren Säulenvorbauten und den Reihen gleichmäßiger Fensterläden, die sie und ihr Bordell beherbergt hatte, stand jahrelang leer. Niemand war vom Anblick der verfallenden Häuser berührt. Doña Ignacia sprach für alle, als sie sagte:

»Wir wollten sie nicht lebend, und wir wollen sie nicht tot.«

# III DER ADLER

## I

Über Arturo Lino, seinen ersten Herrn, hatte Benito nicht gern sprechen wollen, und er wurde mürrisch und ärgerlich, wenn jemand abfällig über ihn redete. Er selbst hatte diesem merkwürdigen Einsiedler die Treue gehalten, nach dessen Inhaftierung hatte er auf ihn gewartet, drei Jahre lang dessen leere Felder gejätet und dessen leeres Haus gefegt, bis er schließlich zu Arturo Linos Bruder, Don Rodrigo, zog. Eines Abends, Lydia hatte ihn gefragt, was der riesige graue Mühlstein in ihrem Garten zu bedeuten habe, hatte er nachgegeben und begonnen, ihr die eigenartige Geschichte zu erzählen.

Neben diesem alten Mühlstein hatten er und Arturo Lino zusammen gewohnt. Der war damals auf Arturo Linos Besitz in einem Ort namens Tempé gewesen, umgeben von einem Halbrund von Nebengebäuden, die sich, heruntergekommen, gegen die Morgennebel zusammenkauerten. Seile und brüchiges Zaumzeug hingen von den Sparren, schaukelten zwischen Flechtwerk, Balken und dem zerbröckelnden Dach. Ein Wirrwarr aus Säcken und Vorräten bedeckte den Fußboden, und die Mäuse waren an dieses Refugium so gewöhnt, daß sie sich durch die Kornströme nagten und dann aufgebläht liegenblieben, von einer Mahlzeit zur nächsten, und von einem Tag zum anderen, und diese unnatürliche Langeweile geradewegs und sorglos verschliefen.

Die verfallende Häusersichel umgab Arturo Lino Beltrán in dem, was auch er als Refugium betrachtete: einen Ort, an dem er sitzen konnte, ohne zu posieren. In seiner Familie als Verrückter, bei anderen als unbarmherziger

Mörder bekannt, war er nichts von beidem, wenn er morgens auf seinem eigenen geschnitzten Stuhl im Hof saß, oder sonst auf dem riesigen Mühlstein in seinem Garten. Dann fuhr er mit der Zunge durch den Mund, schmeckte die Abgestandenheit, und das hohe, tauschwere Gras strich gegen das ehemals feine Leder seiner Stiefel.

Wenn er die Akazie und den knorrigen Holunder mitrechnete, konnte er den Ring um sein Haus schließen, und dieser Ring war, mehr als alles andere, sein Raum: der einzige Raum, in dem er eins war mit der Welt. Nicht, daß er wirklich von der Welt viel kannte, aber er kannte alle Berge in der Umgebung und die Ländereien der Beltráns. Und bei der einen oder anderen Gelegenheit hatte er den Weg durch die Täler und Schluchten genommen, er kannte La Caldera und das Gebiet weit darüber hinaus; er war sogar nach La Guaira geritten, am Rande des Meeres, und zweimal war er in die Hauptstadt gereist. Auf dem Weg hatte er reiche Ebenen und unfruchtbare Dünen gesehen, Wüsten und Müllhaufen, Dörfer, wo niemand zitterte, wenn er sich der Schenke näherte, oder ihn als »der Mörder« bezeichnete – Dörfer, wo niemand seinen Namen kannte. Es waren eigenartige, verwirrte Gedanken, die er auf solchen Reisen in seinem Sattel umhertrug; sie waren wie frische Milch, die bei Wetterumschwung sauer wurde.

Doch an jenem Morgen, wie an vielen Morgen, war es der abgestandene, klebrige Geschmack in seinem Mund, der sein Denken bestimmte. Er fragte sich, wie der klare Alkohol, den er trank, binnen weniger Stunden zu einem solchen Schleim werden konnte. Und er fragte sich, warum er nicht mehr Zeit auf seinem Hof verbrachte, während er sauber und gepflegt auf seinem Stein kauerte, wie ein Opfer, seinen Feinden ausgeliefert, allein dort hockend. Aber Angst hielt sie fern und ihn für sich, und seine eigene Wut und Verwirrung nagten an ihm, wie die Mäuse sich durch sein Korn fraßen.

Kurz nachdem er sich hinausgewagt hatte, schlurfte Benito Mendoza, sein einziger Diener und letztes Überbleibsel seines ehemals von Bediensteten wimmelnden Haushalts, auf seinen Flechtschlappen herbei und brachte als Trankopfer heißen Kaffee, den Arturo Lino dankbar aus der verzierten Kokosnußhälfte trank, die er als Tasse benutzte. Arturo Lino besaß wenig, eher aus Nachlässigkeit denn aufgrund mangelnden Vermögens, aber die wenigen unerläßlichen Dinge, die er besaß, liebte er sehr. Dazu gehörten sein Stuhl und seine Tasse, ein Wilkinson-Rasiermesser, das sein Onkel Juan ihm zu seinem achtzehnten Geburtstag geschenkt hatte, dann auch seine Peitsche und sein Sattel, eine ramponierte Pistole und sein Dolch. All diese Dinge reinigte, polierte und hütete er besonders sorgsam in dem Wissen, daß es alles Gegenstände waren, die sein Vater gemocht und für die seine Mutter keine Zeit gehabt hätte. Seine übrige Habe war in unterschiedlichen Graden des Verfalls über das Haus und die Nebengebäude verstreut.

Er erinnerte sich noch an den Tag, als sein Bruder Rodrigo zu Weihnachten mit einem Korb voll Essen gekommen war und mit dem Dolch. Rodrigo hatte ihn damals besucht, wie Leute das vor langer Zeit zu tun pflegten, und die beiden hatten stundenlang über Landwirtschaft und die Familie gesprochen. Spät in der Nacht, als Rodrigo aufsaß, um nach Hause zu reiten, hatte er Arturo Lino mit jener Güte, die so sehr Teil seiner Stärke war, scheu den Dolch gegeben und war fortgeritten, bevor der ihm auch nur danken konnte. Er hatte die Klinge gehalten, und als er seinen Bruder davongaloppieren sah, hatte er ihn zurückrufen wollen; es war nicht seine Absicht gewesen, das Geschenk zu mißbrauchen.

Auf der Leiter der Gewalt, auf der er geboren wurde, konnte jeder Mann Meister sein, indem er Extreme meisterte, aber Arturo Lino mangelte es an Kontrolle, und er war in seiner Verwirrung allein. Vielleicht hätte auch er gern sein Haus mit Kindern und der Geschäftigkeit eines Bauernhofs gefüllt. Aber seine Tage waren zu lang geworden, als daß er sie ertragen hätte, seine Einsamkeit fraß sich in seine Seele, die Wildheit, die sie alle in Händen hielten, entgleiste in ihm, und er trug sie wie einen Umhang, den er nach La Caldera hineinbrachte.

Im Laufe der Jahre war er zum schwarzen Schaf geworden, in diesem schaflosen Land der Ziegen und Bussarde. Andere Angehörige seiner Familie waren wilder als er, aber seine eigene Einsamkeit und Empfindsamkeit waren langsam von Leid in Mord umgeschlagen. Und seine Unfähigkeit zum Glücklichsein durchpflügte die Berge, während die eigenen Pflüge auf seinen Feldern rosteten. Vor allem wollte er seinen Vater, El Generalísimo, zurück, und dann eine Ehefrau – eine Ehefrau, die ein Freund wäre. Allein zu sein hieß für ihn, verletzlich zu sein: Die Geier wußten es, wenn sie seinen Stein umkreisten, und er wußte es, und weil er seine Schwäche in diesem Land der Starken fürchtete, zwang er sich, sich stärker zu fühlen als alle anderen, und er wurde unbarmherziger als irgendein anderer Beltrán. Später war es die Furcht anderer, die ihn vorantrieb. Wenn jemand ihn so fürchtete, wie er einmal sie gefürchtet hatte, holte er dort gegen sie aus, wo sein Stolz ihm nicht gestattete, gegen sich selbst auszuholen.

Als er erst einmal begonnen hatte, legte Benito besonderen Wert auf die Einzelheiten, die er Lydia berichtete. Es war, als hätte man den Korken aus einer seiner Schnapsflaschen entfernt. Alles über Arturo Lino mußte heraus, von seinem morgendlichen Kater bis zu seinen Liebhaberinnen. Letztere waren meist Bauernmädchen, die kamen, einige Tage blieben und verschwanden. Sie gingen, bevor er den Mut aufbrachte, geliebt zu werden. Von seinem Ruhm fasziniert und seinem Äußeren erregt, hoben sie für ihn ihre Röcke, aber nicht ihre Arme. Wie ein brünstiges Tier spürte er sie auf; selten wollte er sie mehr als einmal.

Die einzige Frau, die regelmäßig kam, war Ada, die Wäscherin, die in ihrer Gelassenheit niemals gab und niemals nahm. Er konnte sie immer in sein Bett nehmen, wußte aber, daß er nicht mehr nahm als das Bündel gebügelter Hemden und Laken, und sie nicht mehr als die wenigen Münzen, die sie verdiente. Sie kam oft den Berg herab, in den Armen Wäschebündel fast größer als sie selbst. Manchmal folgten ihre eins oder zwei ihrer Kinder, hielten sich an ihren Röcken oder spielten hinter ihr her. Er wußte, daß sie auf ihre Kinder stolz war, denn sie waren die unehelichen Söhne eines seiner Brüder, alle wußten das und achteten sie, weil sie die Geliebte eines solchen Mannes gewesen war.

Ada lebte jetzt in fast jungfräulicher Sittsamkeit allein, und sie betrachtete ausnahmslos alles mit Mißbilligung. Sie hielt ihren Kopf und ihre Armut hoch, als habe sie irgendwie das göttliche Recht dazu. Sie schien denen, für die sie arbeitete, immer einen besonderen Gefallen zu tun, einfach durch ihre persönliche Anwesenheit. Sie kam oft zu Arturo Lino wegen der Wäsche und des neusten Klatschs, nach dem sie Benito in der dunklen, qualmigen Küche ausfragte. Hinter ihren mageren, scharfen Zügen trug sie die Geheimnisse der ganzen Nachbarschaft, sie verbreitete sie, mit den Handtüchern und den Tischtüchern, sammelte sie in der Dämmerung ein und lüftete sie am Morgen wieder. Und sie verstand sich darauf, alle Lücken und Löcher auszuschmücken.

An jenem Morgen sah Arturo Lino sie eintreffen, groß

und knochig, flachbrüstig und aufrecht unter ihrer Wäsche und ihren Leidensgeschichten. Ihr langes, schönes schwarzes Haar war im Nacken fest zu einem ordentlichen Knoten zurückgebunden, ihr leicht sommersprossiges Gesicht mit spitzem, geschürztem Mund verzogen, als wolle sie gleich zu Beginn klarstellen, daß sie keinen Unsinn dulde. Arturo Lino wünschte, sie könnte sein Leben zusammenflicken, aber die Fäden waren zu abgewetzt und zerrissen, und sie hatte keine Zeit für die Vielschichtigkeit dieses Mannes, der sich nicht mit dem übrigen bügeln und wegpacken ließ; also legten ihre knochigen Hände seine Wäsche auf den Verandatisch, während sein Diener sie zählte und gedämpft mit ihr sprach.

Sie fegte in die Küche, schnalzte dort mit der Zunge wegen der Unordnung, trank einen riesigen Zinnbecher Kaffee und stimmte zu, daß die Welt als solche unberechenbar sei und daß Reis und Kartoffeln in jenem Jahr von schlechter Qualität seien, und sie hielt kurz inne, um dann in ihrer hohen und leicht schockierten Stimme zu sagen:

»Compadre Benito«, dies war ihr Verwandtschaftsverhältnis, Ada war die Patin von Benitos totem Sohn, »Compadre Benito, was, frage ich dich, sieht ein Mann in einem räudigen Hund? Ein Hund frißt dein Essen und gibt dir keins – nicht wie die Schweine oder Hennen. Wozu ist das gut? Und der widerwärtig fettige Gestank seines Fleisches in der Nase, wenn du arbeitest. Duckt sich mit traurigen Augen und hungrigen Zähnen; ich gebe nichts auf ihre Schmeicheleien. Sogar ein Meerschweinchen ist gekocht eine gute Medizin für ein fieberndes Kind, und selbst ein krankes Kind kann Bohnen pulen und das Feuer unterhalten. Gott hat alles mit einem Zweck erschaffen: Planzen zum Heilen, ihre Farben, um sie zu unterscheiden, und was keine Heilkraft hat, soll das Auge erfreuen, wie Kolibris und Orchideen. Aber der Anblick eines halb verhungerten Köters, dessen Gerippe auf kranken Beinen schwankt, macht überhaupt keine Freude!«

Sie warf Benitos beigefarbenem Lieblingswelpen einen besonders vernichtenden Blick zu. Dazu war, wie über den teuren Lebensunterhalt und das knappe Korn, mehr nicht zu sagen; so war es immer, wenn Ada zu etwas eine dezidierte Meinung hatte. Woraufhin sie sich auf dem Absatz umdrehte, mit der Zunge schnalzte und wieder hinausfegte, eine Spur aus Verabschiedungen und frommen Wünschen hinterlassend.

Arturo Lino war solange draußen auf seinem Stein geblieben, er stellte sich einen Augenblick vor, worüber sie gesprochen hatten. Es war leicht zu erraten, in diesem Tal geschah nichts Neues; es gab neue Kinder und neue Tote, neue Ehefrauen und neue Totenwachen. Jemand ging zur ersten Kommunion, jemand anderes hatte die Masern; Reis war teuer, ein Leben wohlfeil; er hatte das alles hundertmal gehört, und es langweilte ihn.

## II

Er hatte einmal gehofft, etwas anderes zu werden, beispielsweise ein Erfinder oder Schiffskapitän, aber alles, was er geschafft hatte, war, die Gewalt der Berge zu übertrumpfen. Er sammelte sie in seinen Händen und trug sie in die Stadt, ließ seinem Zorn ebenso willkürlich und grausam Lauf, wie es die Elemente taten, wenn sie Menschen, Bäume und Flüsse dezimierten. Aber auch das fand er langweilig. Als Kind hatte er einmal an der Tafel seines Vaters ein Gedicht aufgesagt, das viel Applaus fand, und von da an, endlose Jahre lang, hatte er dasselbe Gedicht vortragen müssen, mit demselben monotonen Reim, immer und immer wieder. Es hieß immer: »Da ist der kleine Arturo; Arturito, sag mal dein Gedicht auf!« Aber es war nicht sein Gedicht, es war von jemand anderem, er hatte es nur gern gemocht, aber durch die Wiederholung widerte es ihn an, bis ihm schließlich die Worte wie Bleitropfen aus dem Mund fielen. Er hatte seine ganze Kindheit mit einem Mund voller Kieselsteine zubringen müssen, die er nach dem Belieben anderer fallen lassen mußte. Sie nahmen sein mürrisches Schweigen hin, solange er von Zeit zu Zeit für sie den Clown spielte. Und jetzt, nach einigen Jahren Ungezügeltheit, stand er ganz allein draußen in der Kälte.

Nüchtern gab es nichts als das Abgestandene und die Nutzlosigkeit, und die wartenden Bussarde. Wenn er trank, war er mehr als einer der Nachkommen seines Vaters, mehr als ein Nerven- und mehr als ein Wäschebündel. Und doch brauchte er seine Stärke für sich selbst: Sie war wie der Umhang eines Zauberers, in den er sich wikkelte. Eigentlich störte es ihn nicht mehr, wenn andere ihn provozierten; aber es hatte ihn früher gestört, und man erwartete von ihm, daß es ihn wieder störte: Da purzelten ihm die Kieselsteine aus dem Mund, da dröhnte ihm der alte Reim im Kopf.

Nichts geschah in den Bergen, nichts berührte ihn; es war nicht seine Welt. Seine übrige Familie ging zur Jagd und betrieb Landwirtschaft, stahl sich durchs Land in unterschiedlichen Graden der Exzentrik; und mit der Zeit formte sie sich nach den Bergen und formte die terrassierten Hänge nach sich selbst. Doch bei Arturo Lino war es anders. Seit er Kind gewesen war, eines von acht in El Generalísimos Haus, hatte er das beklemmende Gefühl gehabt, bereits tot zu sein. Er fand Leichen interessant, während seine Brüder sie beunruhigend fanden, etwa so wie die Holz- und Gipsheiligen. Nur Arturo Lino schien von ihrer wächsernen Reglosigkeit fasziniert und davon, wie jede Bewegung einen Knochenbruch bedeutete. Das bedeutete Bewegung auch für ihn – eine extreme Anstrengung und ein gebrochenes Glied. Sein Gesicht hatte eine entstellte Reglosigkeit. Andere Gesichter starrten ihn mit dem gleichen ehrfürchtigen Schauder an, mit dem sie in Särge blickten.

Arturo Linos eigene Beklommenheit schien seine Adern zu verstopfen. Fliegen wählten ihn und ließen sich auf ihm nieder, ihre schimmernden Flügel schienen zu sagen: »Wir werden hier bleiben und warten, wir erkennen totes Fleisch auf Anhieb, und wir sind lieber hier als auf dem toten Hund am Ende der Straße, denn dein Körper wird unsere Larven besser behausen.« Arturo Lino hatte panische Angst, er könnte gestorben sein, ohne es zu wissen; und wenn die Leute lächelten oder nickten oder sich gar abwandten, meinte er, sie kommentierten seinen Zustand körperlicher Verwesung, und wenn er sie schlug, schlug er nach seinen eigenen Ängsten, zerstreute seine eigenen Zweifel, wenn er zustach und die Achseln zuckte. Sie waren Schatten in seinen Alpträumen, Geister seiner eigenen Phantasie, sie setzten ihm auf seiner Flucht nach.

Manchmal war es nur sinnlose Wut, die ihn zum Angriff trieb; Gott war sein Zeuge, er griff sich selbst oft genug an, schalt sein ganzes Wesen wegen seiner Nutzlosigkeit, Einsamkeit und der aufgestauten Gefühle, die kein anderes Ventil hatten als diese Gewaltausbrüche. Manchmal war es Rache.

Insbesondere bei der Gelegenheit, als ein Händler aus der Nachbarschaft ihn bei einem Kauf betrog. Benito erzählte Lydia, wie er seinen Herrn in der Dämmerung mit Gewehren und Munition im Halfter aufbrechen sah, mit Kerosin und Verpflegung am Sattel, und neugierig habe er sich gefragt, was vorgehe. Arturo Lino blieb zwei Tage und zwei Nächte fort. Man sprach über seine Abwesenheit, weil er nicht mit seinen Brüdern auf der Hacienda La Bebella Silvester feierte.

Inzwischen war Arturo Lino den weiten Weg zum Haus seiner neuen Feinde geritten, das am Rand von Lara lag. Dort setzte er sich, um zu Abend zu essen und die Menschen zu beobachten, die in das Haus des dicken Händlers gingen, um Silvester zu feiern. Als alle drinnen waren, verbarrikadierte Arturo Lino die beiden Hinterausgänge und verteilte Kerosin ums Haus. Er entzündete einen Feuerkreis und verschanzte sich etwa sechs Meter entfernt hinter einem Gemäuer. Neben ihm lagen fünf geladene Gewehre und seine Pistolen. Er wartete, bis Familie und Gäste durch die einzige offene Tür zu stürmen begannen, dann erschoß er sie, einen nach dem anderen, Männer, Frauen, auch die Kinder. Viele verbrannten lieber drinnen, benommen vom Qualm, als dem unbekannten Heckenschützen entgegenzulaufen. Andere näherten sich ihm, nur um niedergeschossen zu werden. Es gab keine Überlebenden, er arbeitete nach dem Grundsatz, daß Verwundete rächend wiederkehren könnten – wie er selbst –, während Tote niemals wiederkamen.

Er nahm sich Zeit, zusammenzupacken, er nahm sich Zeit, aufzusitzen, und als er nach Hause kam, schlief er, besinnungslos betrunken, bis tief in den folgenden Morgen. Als er schließlich aufwachte, war sein Kopf empfindlich wie die Fäden eines Spinnennetzes, und er war steif vom Alkohol; er wußte, daß die Nachricht durch das ganze Tal lief, in alle Hütten und Häuser, daß Arturo Lino es wieder getan hatte. Er konnte regelrecht hören, wie ihre Zungen lauter schnalzten, als die Hennen in ihren Höfen scharrten. Sie machten Staubwolken. Dann gähnte er, weil alles so ermüdend war, so öde.

Er lag in seinem hohen, schmalen Bett, es war das Jahr 1900, Jahrhundertwende, und nichts geschah. Er wünschte, seine Mitmenschen würden mit ihrem Leben etwas anfangen; warum mußte immer er es für sie tun? Das war doch sicher nicht die einzige Möglichkeit, den Vorhang vor der abgestandenen Kleinstadthitze hochzuziehen, damit Bewegung hineinkam? Räder bewegten sich, Vögel und Wolken bewegten sich, warum sollten sie alle in der unerträglichen Erstarrung gefangen sein, der eingefleischten Reglosigkeit dieser Stadt mit so viel Vergangenheit und keiner Zukunft? Selbst die Häuser erstickten die Straßen mit ihrem glühenden Orange und Gelb, die in der Sonne gleißten und die Augen bis zum Abend quälten. Dann trieb die gleiche stickige Hitze zum anderen Ende der Stadt, ins Puffviertel mit seinem zahnlosen Lächeln und geöffneten Händen, die die starren, zusammenhangslosen Tage jedes Manns und das fehlende Leben, den fehlenden Sinn linderten, in Hinterzimmern, auf schweißnassen Laken. Ehefrauen und Töchter blieben in ihren vergitterten Häusern und wurden durch Mangel an Liebe bitter und heimtückisch, während die Männer bezahlten, um liebkost zu werden, und in den Bordellen Schlange standen.

Arturo Lino ging auch manchmal in die Bordelle, aber nie hatte er jemanden aus den besseren Wohngegenden der Stadt getötet. Wie er Rodrigo immer sehr rasch mitteilte, hatte er nie jemanden aus der Familie angerührt. Seine Schlägereien blieben auf Bordelle und Bars beschränkt. Nicht, daß seine Ausbrüche je echte Schlägereien waren, doch er sprach gern so darüber, soweit er überhaupt darüber sprach. Aber es war zu heiß dort unten im Puffviertel, und wenn er es nicht sehr dringend brauchte, war es zu langweilig. Er verbrachte die Abende viel lieber im Haus seines Onkels Juan, aber in letzter Zeit hatte sein Onkel ihn nicht eingeladen.

## III

Ada teilte ihre Zeit zwischen Don Juans und Don Rodrigos Haus, flatterte hin und her wie ein besorgtes Huhn. Sie war immer zutiefst bekümmert, wenn sie über die Ereignisse dieser beiden Haushalte nicht genauestens Bescheid wußte. Besonders ärgerte sie der Gedanke, daß sogar Matilde, das freche kleine Mädchen, das für Don Juan arbeitete, von früh bis spät Wasser trug, immer als letzte zu essen bekam und nie ein Haarband für sonntags besaß, etwas wissen könnte, was sie nicht wußte. Nichts auf der Welt ärgerte sie mehr, als bei Klatsch übergangen zu werden.

Ada wußte sehr wohl, daß sie in den zwei großen Beltrán-Haushalten auf den zwei benachbarten Ländereien unentbehrlich war, wie auch für die unzähligen Familien der Dienstboten und Arbeiter, die rundum wohnten. Sie war an allen wichtigeren Ereignissen der Beltráns beteiligt, sie kannte all die kleinen Dinge, die sie taten – und noch viel mehr, wenn sie sich einmal herbeiließ, davon zu erzählen. Alle wollten Ada dabei haben, wenn etwas von einiger Wichtigkeit passieren sollte, da allein ihre Anwesenheit eine solche Effizienz ausstrahlte, daß alles in Ordnung schien, wenn sie nur da war. Und obwohl sich die Definitionen der Menschen von »in Ordnung« immens unterschieden, hatten sie doch, in letzter Konsequenz, eine gewisse Gleichheit, die bedeutete, daß das fertige Produkt mit Sicherheit stets allgemein akzeptabel sein würde.

Die Beltráns waren eine exzentrische Familie, kreuz und quer von Fehden und Duellen, Spielern, Dissidenten und Trunkenbolden durchzogen, alle betrieben Landwirtschaft und hatten Zuckerfabriken und tyrannisierten die Täler und Städte. Aber zuletzt waren sie wie Zuckerrohr, das in die Fabrik kam, in Form und Größe ganz verschieden, aber es tropfte der gleiche Saft heraus, schwächer oder stärker, und wenn es eingekocht war, war es eine einzige klebrige Masse – und das war es, was das Leben in den Bergen mit allen machte, früher oder später. Es gab einige Ausnahmen, aber Ausnahmen widersprachen Adas persönlicher Regel, weswegen sie sie ärgerlich beiseite fegte und heftig nach den Steinen am Weg trat, statt eines faßbareren Übeltäters, an dem sie ihre Wut auslassen könnte. Jedesmal, wenn sie Don Juans Haus besuchte, hastete sie die Allee zwischen den beiden hohen Zypressenreihen hinauf, die Gedanken liefen ihr voraus, und sie sah bereits das Grinsen der im Haus wohnenden Dienstboten, falls es eine Neuigkeit gab, die sie verpaßt hatte.

Es war der März 1900, sie war auf dem Weg zum großen Haus, weil man sie gerufen hatte, und sie kochte geradezu vor aufgestauter Wut. Falls Don Juan glaubte, sie käme lächelnd und knicksend, würde er sich umsehen. Sie hätte durchaus Lust, gar nicht zu helfen! Sie hatte weder Angst vor ihm noch dem Rest von ihnen, mittlerweile wußte sie zuviel, um buckeln zu müssen. Sie hatte wie eine Sklavin für sie gearbeitet, als sie jünger war, und nach und nach hatte sie sich die Bitterkeit dieser Plackerei, die das Leben eines jeden Armen in diesem Teil des Landes war, versüßt.

Ada hatte eine Fehde mit Don Juans Vorarbeiter; sie ging schon seit Jahren. Das war ein gerissener, plumper Mann. Einige meinten, er habe in jungen Jahren gut ausgesehen, aber Alkohol und Krankheit hatten ihn verändert. Er war einmal hinter ihr her gewesen, und sie hatte ihn abgewiesen – um die Wahrheit zu sagen, weil seine letzte Frau eine Schlampe gewesen war und ihn verlassen hatte, und sie wollte bestimmt nichts, was so eine zurückgelassen hatte. Seither hegte er einen Groll gegen Ada, den er nicht offen zu äußern wagte, obwohl er keine Gelegenheit ausließ, sie insgeheim zu belästigen oder an ihr herumzumäkeln. Sie war sicher, daß er es von einem Besucher gehört haben mußte und daß er sogar so dumm war, sich einzubilden, es mache ihr etwas aus, nicht diejenige gewesen zu sein, die es ihm erzählt hatte. »Bei Gott, der wird dafür zahlen, wenn er es wagt, sich aufzublasen!« Und da stand er tatsächlich hinter den Ställen und grinste ihr anzüglich zu.

Sein Hohn war mehr, als sie ertragen konnte, und sie stürmte die Stufen zur Veranda in solch blinder Wut hoch, daß sie weder Don Juan sah, der ihr entgegenkam, noch seine Begrüßung hörte: »Guten Morgen, was sagst du zur letzten Heldentat meines Bruders Arturo Lino!«

»Man sollte ihn auspeitschen«, zischte Ada. »Und ihm beibringen, seinen dreckigen Köterleib zu waschen, bevor er einem anständigen Menschen wie mir nahe kommt!«

Don Juan sah seinen Vorarbeiter hinter den Ställen lachen, und da er die Ursache von Adas Gereiztheit erriet, amüsierte auch er sich darüber, wie schwer sie ihren Sturz in der Klatschhierarchie nahm. Sie würde gleich platzen, weil sie nicht als erste von der Gewalttat berichtet hatte. Sie würde schockiert sein, wenn sie hörte, wie weit Arturo Lino dieses Mal gegangen war. Don Juan begann, sie auszulachen, verfiel in Husten, würgte und kämpfte; plötzlich fand er sich mitten in einem der alptraumartigen Anfälle gefangen, die seine Nächte heimsuchten. Jedermann wußte, daß er unter furchtbaren Alpträumen litt.

Es waren sein verzweifeltes, ersticktes Rufen und die folgende Ohnmacht, die Ada zur Besinnung brachten; sie war es, die seinen Stehkragen öffnete und ihm Luft zufächelte, als er ausgestreckt auf dem polierten Holzboden lag. Binnen Sekunden war das ganze Haus in Aufruhr.

Don Juan kam rasch zu sich. Langsam entspannten und lockerten sich seine Gesichtsmuskeln, der starre Ausdruck wich der üblichen Mischung aus Stirnrunzeln und Lächeln. Seine Leute kehrten zu ihrer Arbeit zurück und dachten nicht mehr an ihn, sie alle wußten, daß er Gespenster sah, wußten von seinen Marotten, seinen Alpträumen. Er hatte solche Angst vor der Dunkelheit, daß sein Diener mit ihm im selben Zimmer schlafen mußte; selbst wenn er eine Frau dort hatte – was sehr häufig der Fall war –, mußte der Diener dort bleiben, und ein Junge mußte immer vor seiner Tür schlafen. Jedesmal wenn er zur Toilette ging, mußte jemand mit ihm gehen – er sagte, man müsse ihm Papier reichen, die Kerze halten oder das Handtuch –, aber sie wußten es besser. Schließlich hielten seine nächtlichen Schreie manchmal die halbe Nachbarschaft wach. Und er schlief nie oben im großen Haus, er schlief immer in einem kleineren weiter unten auf dem Anwesen. Und doch konnte ihn kaum jemand in einem Kampf oder Duell schlagen, und nur ein Fremder, der obendrein ein Narr war, hätte es gewagt, ihn herauszufordern.

Angesichts dieser plötzlichen Wendung vergaß Ada ihren Zorn und lauschte ruhig den Neuigkeiten von Arturo Linos letzter Heldentat. Offenbar war er am Vortag in die Stadt geritten und hatte sich für sich gehalten, wie es seine Art war. In einer kleinen Schenke hatte er mehrere Stunden lang getrunken, und nach einer Weile, da ihm die Atmosphäre gefiel, hatte er alle eingeladen, mit ihm zu trinken; aber ein Mann, der während der Einladung geredet hatte, war wenige Augenblicke später zur Theke gegangen und hatte selbst etwas bestellt: woraufhin Arturo Lino wütend bemerkt hatte, daß er die Getränke bezahle und daß alle trinken müßten, was er ihnen vorschreibe.

Der Fremde hatte sich ahnungslos in etwas hineinbegeben, was, wie alle andere Anwesenden erkannten, ein weiteres Exempel von Arturo Linos unberechenbarem Zorn sein würde. Eine Flasche des stärksten Schnaps wurde bestellt, und Arturo Lino hatte dem Fremden befohlen, sie in einem Zug auszutrinken. Der hatte laut gelacht und das für einen Scherz gehalten. Dann aber war ihm aufgrund der besorgten Gesichter der Umstehenden und Arturo Linos eigenartiger Beharrlichkeit unwohl geworden, und er hatte halb gemurmelt, halb gerufen: »Sie sind wohl verrückt! Und wer sind Sie überhaupt?« Worauf er erfuhr: »Mein Name ist Arturo Lino, Sie sind nicht der erste, der an meinem Verstand zweifelt, und Sie werden nicht der letzte sein. Aber gestatten Sie, daß ich zwei Dinge zu meinen Gunsten anführe: Ich vertrage jede Menge Schnaps, und Sie können sich immer darauf verlassen, daß ich in dem, was ich tue, konsequent bin.« Sein Tonfall war unnatürlich höflich gewesen, und der Fremde, etwas beruhigt, hatte den Ton plötzlicher Zuvorkommenheit aufgenommen. Und so bedankte er sich gerade überschwenglich bei ihm, als er den Tod fand, durch einen Messerstich. Arturo Lino sei jetzt wohl auf seiner Farm und schlafe seinen Rausch aus.

Ada zuckte die Schultern, wie die anderen es getan hatten. Es gab schließlich so viele Tote – was machte schon einer mehr? Aber sie wußte, daß eines Tages jemand oder etwas kommen und Arturo Lino in die Schranken weisen würde. Er war kein Kind, und niemand hatte das Recht auf so viel Aufmerksamkeit. Das Schicksal aller anderen gehorchte der Mühsal der Berge. Niemand konnte sein Leben bestimmen und es von Anfang bis Ende führen, ohne daß Krankheit oder Zerstörung von Zeit zu Zeit den Ton angab. Warum sollte er allein ihren Naturgesetzen trotzen? Mit der Zeit würde er für sein Trotzen zahlen. Er würde dafür zahlen, den Lebensfluß gestört zu haben, vielleicht sogar für die Leben selbst. Nun, wenn er glaubte, daß sie sich seinetwegen Sorgen machte, hatte er sich getäuscht! Sie hatte anderes zu tun: Abendessen zu beaufsichtigen, dann mußte ihre Familie etwas zu essen bekommen, nicht zu reden von den Wäschebergen, die auf ihre Rückkehr warteten.

## IV

Lydia hatte Ada kennengelernt als sehr alte Dame mit Augen von porzellanhellem Blau, aufgrund des grauen Stars. Ada hatte einen wunderbaren Garten mit Unmengen dunkler Hibiskusbäume, sie hatte eine Nähmaschine sowie reihenweise Photographien, die ihre mageren Hühner ständig umstießen. Manchmal, am frühen Abend, war es der alte Benito, der einen mit dem Erzählen seiner Geschichten tyrannisierte. Er wollte nie lange über Leute wie Ada sprechen, er wollte immer zu den tragenden Pfeilern seiner Geschichten zurückkehren, vor allem zu Arturo Lino.

Tageslichtsplitter krochen durch die Ritzen von Arturo Linos geschlossenen Fensterläden, stießen nach seinem schmerzenden Kopf, während er lag und wartete, daß Benito kam. Die Laken seines Bettes waren beschmutzt, seine Inkontinenz war nicht zu übersehen. Vor Jahren hatte er große Pläne gehabt, was er tun würde, er würde ganz anders sein. Davon war ihm das Anderssein geblieben, die Pläne aber waren ihm entfallen; nur wenn er auf seinem Stein saß, konnte er sie vage spüren. Benito kam mit seinem Kaffee; auch er sah müde aus und hatte die Nacht offenbar ebenfalls mit Trinken zugebracht. Er trank allerdings keinen Rum wie Arturo Lino, vor allem, weil er ihn sich nicht leisten konnte; eigentlich mochte er ihn auch nicht – obwohl er nichts gegen einen gelegentlichen Schluck aus der Flasche seines Herrn hatte, wenn dieser betrunken nach Hause kam. Nein, wenn Benito trank, dann Zuckerrohrschnaps, hinter dem Rücken der spionierenden Miliz gebraut, und er trank, um sich zu betrinken, wie alle, mit denen er zusammen war. Dennoch waren seine hochgeschlossene Baumwolljacke und die passenden Baumwollhosen sauber, gut gestärkt und gestopft: Adas fleißige Hände hatten dafür gesorgt – sie hatte sich besondere Mühe gegeben, als sie mit dem heißen Bügeleisen über den Stoff seines *liki-liki* fuhr. Arturo Lino dachte, mißgünstig, daß sie Benito dafür vermutlich nicht einmal etwas berechnete. Seit Jahren hatte Arturo Lino von niemandem ein Zeichen der Freundschaft erhalten, ganz zu schweigen von der Chance, zu lieben, nach der er sich sehnte. Niemand würde sich je kümmern, und obwohl es ihn einmal gekümmert hatte, war dieses Kümmern so verzerrt und eigenartig geworden wie sein Sehvermögen dann, wenn das Delirium besonders schlimm wurde.

Er trank seinen Kaffee, und Benito nahm die Tasse, betastete deren Verzierungen, als er sich zur Tür wandte. Er räusperte sich.

»Die Rüsselkäfer haben dieses Mal die Maisernte vernichtet, Herr«, sagte er. »Und viel von dem, was übrig war, hat der Regen kaputtgemacht. Es wird auf dem Markt keinen guten Preis erzielen, und ich habe mich gefragt, ob wir es nicht hier in der Gegend verkaufen sollten und damit, so Gott will, unsere Verluste decken.«

Don Arturo stützte sich unsicher auf einen Ellbogen und beobachtete, wie Benito zu Boden starrte; sie kannten einander, seit Arturo ein Kind gewesen war, dennoch sah Benito ihm nie in die Augen: Wohin er auch ging, wen er auch traf, Benito blickte nach unten oder weg.

»Es steht nicht gut, Benito, aber noch brauche ich nicht zu betteln. Wirf den Mais den Schweinen vor und laß es gut sein!«

»Aber die Schweine sind an der Pest gestorben, Herr.«

»Dann sollen die Mäuse sich am neuen Mais ebenso gütlich tun wie am alten.«

Benito verließ den Raum schweigend und mit finsterem Blick. Er hatte einen Tagelöhner angestellt, um bei der Maisernte zu helfen, zusammen hatten sie die gelblich grauen Kolben sortiert und zum Trocknen ausgebreitet, er hatte stundenlang auf der gefliesten Verandatreppe gesessen und die Körner ausgepult, bis seine knochigen Finger schmerzten und steif wurden; und jetzt, da das Korn trokken, eingesackt und zum Verkauf bereit war, mußte er sein Pferd absatteln und wieder der Schwäche seines Herrn für das langsame Nahen ihres gemeinsamen Untergangs aufwarten. Jetzt würde er vom Verkauf kein Geld bekommen, es würde keinen neuen Hut geben, keinen kostenlosen Schnaps, keine Fahrten in die Stadt. Er fand, daß Gott nicht zulassen sollte, daß sein Anteil Ernte und sein Anteil Leben auf diesem baufälligen Hof verrotteten; aber er wußte, daß Gott diesen Teil der Welt vergessen hatte. Er hoffte, daß Er sich vielleicht später einmal wieder erinnern würde.

Arturo Lino stand auf und rasierte sich, musterte sein Gesicht im Spiegel: Er hatte zerzauste kastanienbraune Locken, Forellenbauch-Augen, in deren gesprenkelten Flecken etwas Wildes lag, das viele mit Wut verwechselten. Er hatte die hohe Stirn und das kantige, gespaltene Kinn der Beltráns, doch die weiche Blässe seiner Haut war durch Wind und Regen verdorben: Durch Jahre exzessiven Trinkens wirkte alles an ihm eine Spur abgestanden und fahl. Er rasierte die rötlichen Bartstoppeln und ließ den störrischen Schnurrbart wachsen, wie er wollte. Dann wischte er sein Rasiermesser ab und zog seinem eigenen Spiegelbild eine Grimasse: Das war er – hochgewachsen und verloren; und mit fast vierzig hatte er sich gebrüstet wie ein Schulbub. Warum hatte er dem Mann in der Bar gesagt, er vertrage jede Menge Schnaps, wenn er in Wirklichkeit oft genug nichts als ein verknitterter Haufen am Stadtrand war? »Niemand darf es wissen.« Sein Vater, El Generalísimo, hatte behauptet, die Stadt werde nicht von Männern oder von der Dürre regiert, nicht einmal von Krankheiten, sondern von dem geflüsterten Gesetz des: »Was werden die Nachbarn sagen?« »¿Qué dirán? ¿Qué dirán? ¿Qué dirán?« krächzten sie, lauernd wie Raubvögel, auf die geringste falsche Bewegung wartend, die winzigste Schwäche.

Arturo Lino wußte, daß irgendwann irgend etwas anders werden würde – es mußte. Er wußte aufgrund der Verschwendung von Zeit und Kraft, aufgrund seines und des Lebens anderer und aufgrund der Öde, die er spürte, daß er nichts Besseres tun konnte, als auf diese Veränderung zu warten. Er wollte Bewegung, er wollte, daß Menschen reagierten. Wie ein Überträger von Krankheiten war er, er spürte in seinem Körper die Qual einer Bewegung, die er nicht ausdrücken konnte. Er hatte zunächst versucht, die glühend heiße, brodelnde La Caldera-Brühe mit feineren Mitteln aufzurühren, aber nichts war geschehen. Auf seinem Stein hockend, beunruhigte er sie durch sein Schweigen, erzürnte sie durch Gewalt und wartete auf den Tag, an dem sie ihn bändigen würden, auf den unvermeidlichen Zusammenprall. Und manchmal versuchte er, den Prozeß zu beschleunigen:

»Ihr, Don Arturo Lino Beltrán, Sohn einer bedeutenden und ehrenhaften Familie, wohnhaft auf Eurem eigenen Land, habt einen Mord begangen an der Frau, Juana, ohne festen Wohnsitz, am vierzehnten Tag des Aprils dieses Jahres, während die arme Frau ihren Säugling an der Brust trug ...

Wegen Eurer Familie hat das Gericht über Eure frühere Vergehen hinweggesehen, aber Ihr seid zu weit gegangen ... Dem Herrn sei Dank, daß wenigstens Euer Vater, El Generalísimo, diese Schande nicht mehr erleben muß ...«

## V

Nach dem Prozeß wurde Arturo Lino in ein Irrenhaus gebracht: ein langes, niedriges, kasernenartiges Gebäude. Zwei Wachen begleiteten ihn durch das riesige Eisentor; sie ließen ihn in einer einzelnen Reihe von Zellen zurück. Viele waren leer, einige hatten zwei oder drei Insassen, die meisten schmachteten dahin, manche verfaulten sogar. In der Zelle neben der seinen spielten drei Männer Karten und scherzten. Er fragte sich, wie sie alle es aushielten; und er wußte, daß er es gut aushalten würde: Er hatte den Ast, auf dem er hockte, lediglich vom Stein in die Zelle verlegt, er war noch immer das gleiche halbgelähmte Geschöpf, das nicht fliegen konnte, das darauf wartete, daß die Geier ein Urteil fällten: ihn für tot genug hielten, um ihn zu verschlingen.

Er wurde bei seiner Vernehmung gefragt, ob er etwas zu sagen habe, aber es langweilte ihn so, auf dieser Bank zu sitzen und zu versuchen, das endlose Stimmengedröhne abzuwehren, daß er sich nicht die Mühe einer Antwort machte. Auf die Frage, ob er schuldig oder nicht schuldig sei, hatte er gesagt: »Ich bin ein Adler«, und dies waren die einzigen Worte, die er während des ganzen Prozesses sprach. Obwohl er still war, lief die ganze Straße, die sich durch das Tal der Stadt entgegenwand, ein Raunen entlang, das halb Wut, halb Häme war; man schüttelte den

Kopf, drohte mit dem Finger, und man täuschte Bedauern vor, weil sich das so gehörte. In den Straßen und auf dem Markt schnalzten die Zungen wie das Geschnatter der Geier, sie sagten:

»Ist es nicht furchtbar?« »Mir gefriert geradezu das Blut, wenn ich daran denke.« »Und noch mit ihrem armen Kindchen auf dem Arm!« »Hat man so etwas schon gehört!« »... Und dabei kommt er aus so einer angesehenen Familie!«

Und seine angesehene Familie besuchte ihn hin und wieder, und ihr war es zu verdanken, daß er meist in Ruhe gelassen, besser ernährt und besser versorgt wurde als die anderen; weil alle Familien dort bezahlten, aber einige bezahlten mehr als andere und einige bezahlten höhere Bestechungsgelder. Wenn sie ihn besuchen kamen, dann um zu sehen, ob es ihm »gut gehe«. Er war ihr Verwandter, und daher war es ihre Pflicht, ihn zu besuchen. Er sehnte sich nach einem wirklichen Freund und danach, frei zu sein von seiner Familie, von seiner »bedeutenden und ehrenhaften Familie«, der er niemals wirklich angehören und der er niemals wirklich entfliehen konnte. Der Vetter seines Vaters, Cristóbal, war Vagabund, er war fast jeden Tag an seinem Haus vorbeigekommen, und Don Arturo hatte ihn oft um seine Freiheit beneidet. Cristóbal war älter als er, hatte aber von Anfang an getan, was er wollte. Er selbst hatte etwas anderes tun wollen, etwas ganz Besonderes und Unbekanntes, aber seine Vorstellungen waren abgedriftet und zerstoben; er hatte versucht, sie zurückzuholen, auf sie gewartet und sich die Zeit mit Trinken vertrieben, während er wartete – doch es kam nichts als Leerlauf.

Soweit er wußte, passierte Cristóbal noch immer sein Land in Tempé, die baufälligen Resten seines Hauses und der Schuppen. Auf den Berghängen stünde jetzt das rosa

Rispengras hüfthoch, das süß war, wenn man es kaute; und die Akazien und der Holunder, die Avocados und die Orangen klammerten sich wohl immer noch an die lockere Erde der Abhänge, oder sie standen hoch und schattig in den dunklen sandigen Lichtungen entlang den Schluchten, die Wurzeln dick im Adlerfarn, die Äste übersät mit Vögeln. Sein Dach würde inzwischen so viele Löcher haben, daß die Schwalben keines mehr fänden, durch das sie noch ein- und ausfliegen könnten, und Benito, der jünger war als er und geblieben aus Loyalität, wäre fort oder fluchte auf den kalten Steinstufen. Jetzt würde es kein verdorbenes Korn mehr geben und keine Mäuse. Nur der Morgennebel wäre der gleiche und der Mühlstein, überwuchert von Unkraut, der mehr von seinen Katerstimmungen gesehen hatte als Getreide.

Jahre vergingen, und die Beltráns waren in ihren Kampf mit den Briceños und dessen Folgen verstrickt. Arturo Lino erfuhr nie den Ausgang der Fehde und wußte auch nichts vom langen Treck zur Kaserne in den Bergen, wo mehr als die Hälfte seiner Angehörigen erschossen wurde. Er erfuhr es nie, denn als der Rest schließlich zum Besuch erschien, etwa achtzehn Monate nach dem Massaker und der Trauerzeit, fehlte von ihm jede Spur. Und im Register, am Tor, stand neben seinem Namen: »Don Arturo Lino Beltrán, Adliger, der nicht mehr ist.« Ein Wachposten, der dabeistand, erklärte: »der nicht mehr ist« bedeute ermordet oder dem Verhungern preisgegeben.

Ein Gutteil ihres Landes war nun unbestellt, und viele Familienmitglieder waren tot; daher empfand niemand einen Verlust oder Trauer um einen Mann ohne Selbstkontrolle und mit so wenig Würde.

Die Geier, die über dem Momboytal kreisten, krächzten, und ihr Geschnatter schien zu sagen: »Auch gut. Es war eine heimtückische Tat«, aber in Wirklichkeit zankten sie nur um einen Hundekadaver am Weg; an Arturo Lino erinnerte man sich nur wegen des Ortes, wo sein Haus einmal gestanden hatte, wegen Benito, der ihn vermißte, und wegen seiner vielen Morde, die sich in der Phantasie aller irgendwie noch vervielfachten.

# IV DAS JAHR DER HEUSCHRECKE

## I

Lydia fand immer, daß la comadre Matilde umherzog wie ein Vogel von böser Vorbedeutung. Im Alter von fünfundsechzig Jahren führte sie nach wie vor das Leben, das sie immer geführt hatte, sie ging als Köchin von einem Beltrán-Haushalt zum nächsten; sie schien immer von ihrer eigenen Unförmigkeit verschlungen und von allen um sie herum verwirrt zu werden. Matilde wechselte von einer Anstellung zur nächsten, ihr flatterndes Bündel Kleider und Unterröcke auf dem Kopf, und sie brachte ein Samenkorn Schwermut mit, das sie ins Maisbrot knetete und in die Suppen rührte, die sie kochte. Die Menschen sagten ihr oft, die Zeiten seien andere geworden, sie hätten für ihre Prophezeiungen und Leidensgeschichten keine Zeit. Sie aber wußte, daß Zeit etwas war, das sich in ein vor und ein nach dem Jahr der Heuschrecke aufteilte, und die Zeit danach war nichts als ein langsames Zerfallen zum Tode hin.

Anders als die meisten Momboytal-Bauern war la comadre Matilde sowohl dick als auch häßlich. Ihre Häßlichkeit erreichte erstaunliche Ausmaße – sie verlieh ihr eine Aura grotesker Unwirklichkeit. Sie war wie eine Abfolge loser, unförmiger Klumpen, vom Wulst ihres Kropfes bis zum Fett ihrer Oberschenkel. In den Anden hatten viele Frauen einen Kropf, weil ihrer Ernährung Jod fehlte, aber la comadre Matildes fiel schwer auf die Brust, hing als gewaltige Deformation herab. Sie hatte einen großen, zahnlosen Mund, eine ungesunde, gelblichgraue Gesichtsfarbe, und ihre Nase war so breit und auseinanderlaufend, daß sie aussah wie eine riesige Seekuh, die durch die Berge walzte.

Lydia erkannte ihren eigenartigen Gang auf Meilen. Selbst ihr Hinken war unnachahmlich – ein sonderbarer Ausfallschritt, bedingt durch ihren kranken Fuß, den sie dem Sturz durch die Planken einer provisorischen Brücke verdankte, sowie geschwollene Hüfte und kaputte Niere, wo eine wildgewordene Kuh sie vor vielen Jahren gestoßen hatte. La comadre Matilde kehrte von einem Besuch bei ihrer alten Tante zurück, ihr Voranschreiten war ein unablässiges Schwanken von Verletzung zu Verletzung, von Fuß zu Fuß, wobei sie ständig etwas vor sich hinmurmelte. Lydia vermutete, daß sie vom Jahr der Heuschrecke murmelte, denn obwohl seit der Heuschreckenplage fünfzig Jahre vergangen waren, sprach Matilde selten von etwas anderem. Sie plagte die Mädchen mit endlosen Vorträgen über Verschwendung und Abfälle, und jeden Morgen, wenn sie den Teig für das Maisbrot ausrollte, erinnerte sie den ganzen Haushalt daran, daß es eine Zeit gegeben hatte, als die einfache Verbindung von gemahlenem Mais und Wasser, wie sie sie durch die Hände zog, ein unerhörter Luxus gewesen sei. Sie ließ nicht zu, daß jemand die Hungersnot von 1904 vergaß.

Sie wäre wie jede andere Bauersfrau im Tal gewesen, wären da nicht ihre außergewöhnliche Häßlichkeit und ihre Vorahnung vom allgemeinen Untergang gewesen. Man sah sie oft mühsam den Camino Real hinuntergehen, auf dem Weg zur Arbeit oder zu einem Besuch bei ihrer blinden, altersschwachen Tante, die in den Bergen hinter Don Juans Haus lebte. Diese Tante war für Matilde wie ein Altar, zu dem sie, trotz ihres Hinkens, immer wieder zurückkehrte, in nie endenden Wallfahrten, um ihre liebsten Besitztümer als Opfergaben darzubringen. Matilde bekam überall, wo sie arbeitete, kleine Geschenke, die sie zum Bleiben bewegen sollten. Die Menschen wurden von ihren geflüsterten Gebeten und ihrem Schimpfen, von ihrer mürrischen Diktatur über die Küchen geradezu abhängig. Sie war mehr als nur eine gute Köchin – sie schien irgendwie zur Familie zu gehören, und jedesmal, wenn sie ein Haus verließ, brachte ihr Abschied ein Gefühl von Verlust und böser Vorbedeutung. Alle nannten sie »comadre« und machten sie so zu einem Ehrenmitglied der Familie, in der Hoffnung, sie zum Bleiben oder wenigstens zu einer späteren Rückkehr zu überreden. Jedoch la comadre Matilde packte einfach ihre Sachen und ging, und nur zu ihrer blinden Tante in den Bergen kehrte sie jemals zurück.

Ihre Tante lebte in einer Zwei-Zimmer-Lehmhütte mit niedriger Holztür und einem vom Holzqualm gebeizten Strohdach. Matilde legte ihre Geschenke nieder, führte sie vor, eines nach dem anderen – eine kleine Bibel mit Goldschnitt, ein Taufbecher, ein Messerkasten, eine Teeschale, ein Stickmustertuch. Ihre Tante besah sich die Dinge mit blinden Augen, die ganz hellblau waren, dann wurden sie zum Berg anderer Dinge geräumt, die den Raum zur Hälfte füllten. Ihrer Nichte schien es nichts auszumachen, daß ihre Geschenke nicht bewundert wurden, sie war es zufrieden, nur dazusitzen und in dem ganzen Gerümpel auszuruhen, das sie selbst angeschleppt hatte. Jedesmal wenn sie hinging, fragte ihre Tante:

»Ich habe gehört, daß die Zeiten anders werden, stimmt das?« und Matilde beruhigte sie:

»Alles ist, wie es war, Tante; jetzt wird es sich nicht mehr ändern.« Dann beugte sich ihre Tante vor und fragte:

»Und haben sie das Jahr der Heuschrecke vergessen?«

»Sie fangen an, sich zu erinnern, Tante, du weißt, daß ich sie es nicht vergessen lasse.«

Dann, erst dann, dankte die alte Frau ihrer Nichte für die Geschenke. Matilde stand auf und verabschiedete sich, erhielt den üblichen Segen, flatterte den Berg hinunter wie eine staksige Elster und dachte an die sonderbare Heuschreckenplage, die am 1. Januar 1904 gekommen und gegangen war. Sie schienen den Himmel mit Blut zu erfüllen, sie schwärmten wie Wolken, die die Sonne verdeckten, und sie fraßen jedes Feld und jeden Baum kahl, jede grüne Pflanze, bis die ganze Ernte zerstört war und das Land wüst.

Sie verschwanden in einem Sturm schlagender Flügel, und wohin sie kamen, verwüsteten sie das Land und hinterließen eine Spur formloser Dünen. Niemand hatte je etwas wie diese seltsamen Eindringlinge gesehen. Die Insekten schwärmten zu Millionen, sie beschädigten die Häuser, vernichteten die Ernte und waren ebenso schnell verschwunden, wie sie gekommen waren. Die Heuschrecken hatten jedes grüne Blatt im Tal gefressen, mit Ausnahme der zerrissenen und zerfetzten Bananenstauden, die sie aus irgendeinem Grund mieden. In jenem Jahr gab es nichts auf den Feldern und daher keine Ernte. Jede Familie lernte, sich von der verkümmerten, sonnenlosen Frucht der Bananenstauden zu ernähren. Sie waren gepflanzt worden, um dem Kaffee Schatten zu spenden, nicht um ihrer Früchte willen. Die Anden waren für eine solche tropische Pflanze zu kalt und zu windig, aber als Überfrucht tat sie gute Dienste: Die riesigen Blätter hielten die kurze Mittagssonne von den empfindlichen Kaffeepflanzen ab. Trotz des unpassenden Klimas gab es immer Hunderte von Bananen, sie wuchsen dicht aufeinander und waren wegen der fehlenden Wärme winzig. Das Jahr der Heuschrecke und diese unreifen Früchte waren für alle, die es durchlebt hatten, untrennbar verbunden. Das graue Tröpfeln des nicht zu entfernenden Palmharzes wurde ein Symbol ihres Kampfes.

Als die Heuschrecken fortgeflogen waren und auch

nicht mehr als drohende Wolke am Horizont hingen, wagten sich die Menschen hinaus. Sie blickten auf die Trümmer ihres Landes und wußten nicht, was sie getroffen hatte, sie wußten nur, daß es sie hart getroffen hatte. Es schien keinen Grund für die plötzliche Heimsuchung zu geben, ausgenommen eine Strafe des Himmels, und viele meinten, sie würden für das heimtückische Massaker im Vorjahr gezüchtigt. Ironischerweise endete das Jahr, das so im Zeichen der Gerechtigkeit begonnen hatte, mit einem dramatischen Glaubensverlust. Die zwölf Hungermonate waren zu lang gewesen, zu hart, viele waren innerlich abgestumpft, ihre Gefühle erstarrten und tauten nie wieder auf. Das Schlimmste war vielleicht, daß man niemandem die Schuld geben konnte.

Die toten und sterbenden Insektenhaufen wurden nicht angerührt, alle verschmähten ihre stachligen Körper, verachteten das braune, tropfende Fleisch, ohne zu ahnen, daß sie es später im Jahr mit Freuden probiert hätten. Denn später im Jahr aßen sie jede Art von Wurzeln und Tieren – einfach alles, was mit Wasser zerstoßen und als Saft getrunken werden konnte, um ihre eingesunkenen Bäuche zu nähren und die aufgesprungenen Lippen zu besänftigen.

La comadre Matilde war mit den anderen Kindern auf die leeren Felder hinausgegangen, und sie hatte mit Stökken in den toten Insekten herumgestochert. Das Tal sah ganz anders aus ohne sein Laub, und als sie zur Stadt hinunterblickte, überfiel sie ein Gefühl von Schwermut, das ihr ins Mark kroch und sie nie mehr verließ. Eine Zeitlang brachte sie mit ihrem Stock die dicken Kadaver zum Platzen, dann ließ sie die anderen Kinder allein weiterspielen, ging in die enge, rußfettige Hütte, in der sie wohnte, und dort, an der Feuerstelle, spürte sie mit der Wärme des Feuers eine schwere Last der Verantwortung in ihren Körper sickern: Nur sie schien zu wissen, daß das Tal zum Aussterben verdammt war.

1904 war die schlimmste Hungersnot in der Geschichte des Landes, und sie blieb den Menschen im Gedächtnis haften wie die trockene Erde im Hals. Nichts konnte so furchtbar sein wie der wütende Hunger jenes Jahres. Noch lange erinnerte man sich an das Entsetzen des unabwendbaren Todes und der eiligen Beisetzungen. An manchen Tagen waren ihre Hände zu schwach, um die Erde zu schaufeln. In jenem Jahr scharrten die Bauern die Felder mit bloßen Händen auf, um etwas Eßbares zu finden. Nicht einmal die übliche Menge flackernder Kerzen begleitete ihren Fortgang. Doch der Tod blieb nicht auf die Armen beschränkt, denn auch bei den Beltráns starben die ganz Alten und die ganz Jungen, und die übrigen waren geschwächt wie noch nie. Da es so bald nach dem Massaker des Vorjahrs geschah, waren viele Familien noch in Trauer oder pflegten ihre Verwundeten, als die Heuschrecken kamen, und die Hungersnot traf sie an ihrem Tiefpunkt.

Man konnte nicht kämpfen, denn ihr unfaßbarer Feind war verschwunden; man konnte nichts tun, als sich dem Hunger zu stellen und langsam die Felder neu einzusäen. Die Heuschrecken kamen nie wieder: Verirrte Winde aus Afrika hatten die unbekannten Insekten über den Atlantik und wieder fort geweht. Unmittelbar nach der Invasion gab es eine Mißernte, doch nach einem Jahr kehrte das Land zu seiner früheren Fruchtbarkeit zurück. Damit verloren auch die Menschen, die im Tal lebten, den Hunger, der sie alle gleich gemacht hatte, und kehrten zu der vorherigen Verteilung von Armut und Reichtum zurück, doch die Erinnerung an ihre Entbehrungen lebte in allen als dumpfer Schmerz im Hinterkopf weiter.

Auch la comadre Matilde spürte diesen dumpfen

Schmerz, aber bei ihr war es ein Dröhnen im Gehirn. Andere versuchten, die Schrecken des Hungers zu vergessen, Matilde hingegen tat alles, um sich daran zu erinnern. Er war eine Warnung, die viele ignoriert hatten; sie sah es als ihre Berufung und heilige Pflicht, seine Bedeutung so weit wie möglich bekanntzumachen. Dies tat sie, auf ihre halbanalphabetische Weise, so gut sie konnte, indem sie von Familie zu Familie, von Hacienda zu Hacienda zog und von der Kanzel jeder Küche sprach. Nach ein paar Jahren zog sie weiter und begann von vorn.

Nur ihre blinde Tante in den Bergen und sie waren in diese Kampagne eingeweiht – möglicherweise wußte und verstand es der einbeinige Cristóbal, aber alle anderen schienen nur zuzuhören und dann zu vergessen, wenn sie ihnen erzählte, wie erst die fremden Winde kamen, die die lockere Erde aufwirbelten und das Getreide beugten, und danach die Heuschrecken – wie die Pest auf eine Insel, wovor es kein Entrinnen und wogegen es kein Mittel gab. Es schien, als gäbe es keine Hoffnung auf Überleben und kaum Ruhe im Tod, da die Hungersnot mehr Todesopfer forderte, als der Friedhof aufnehmen konnte. Reich und Arm gleichermaßen schwappten auf die angrenzenden steinigen Felder über, viele setzte man in flachen Gräbern auf bereits belegten Parzellen bei, als zweite oder gar dritte Schicht. Nach den ersten Monaten gediehen nicht einmal mehr die Geier, denn Scharen hungriger Jungen durchkämmten die Berge nach ihren Nestern und Eiern, und ihre Zahl sank.

La comadre Matilde vergaß niemals die Hungersnot von 1904, und sie hoffte, daß vielleicht Lydia Sinclair sich ihre Warnung zu Herzen nehmen würde. Wenn sie den Teig knetete, einen Kuchen oder eine Pastete machte, erinnerte sie Doña Lydia jedesmal daran, wie wichtig es sei, mit den Zutaten sparsam umzugehen. Sie sagte: »Der Eßlöffel

Mehl, den man heute spart, kann einem morgen das Leben retten.« Jede Ausgabe, so gering sie sein mochte, erachtete Matilde immer als Extravaganz. Sie war von dem Gedanken besessen, daß das Land nur eine bestimmte Menge geben würde und dann nichts mehr. Also machte sie, im Gegensatz zu den örtlichen Gepflogenheiten, aus den Resten des einen Tages die Pastete des folgenden, und alles tauchte auf die eine oder andere Art in den Suppen wieder auf, die sie ständig kochte. Lydia war während des Zweiten Weltkriegs aufgewachsen und dieser Rationierung nicht abgeneigt – sie ähnelte der ihrer Mutter.

Matilde blieb länger bei Lydia als irgendwo sonst. Sie führten einen vereinten Feldzug gegen Verschwendung, begleitet von Matildes ständiger Erinnerung, wie sie gezwungen war, am ersten Tag jeder Woche schleimiges Wasser zu trinken, um am folgenden die gekochte grüne Frucht und am dritten Tag die fast giftigen, fasrigen Schalen zu kauen. »Der Untergang eines Hauses kommt durch den Kücheneingang«, sagte sie. »Am vierten Tag fasteten wir, und am fünften gab es wieder diesen suppigen Schleim«, und so weiter. Von ihren zehn Geschwistern überlebten außer ihr nur zwei. Die, die starben, hatten die Schalen nicht essen wollen. Matilde hörte nie auf, sich zu erinnern, wie jede Faser, die in ihrer Kehle würgte, Spuren hinterlassen hatte, unauslöschlicher noch als die grauen Flecken auf ihrer Kleidung. Ihr langsamer Gang und ihre stumpfen Augen erinnerten sich an dieses Jahr, der Schmerz in ihren Nieren und in ihrem Fuß erinnerten sich, doch wohin sie auch kam, waren die Menschen für ihre düsteren Vorahnungen taub, und niemand außer Lydia schien es zu interessieren, daß sie im Delirium der Hungersnot die Dürre vorhergesehen hatte.

## II

Zu Don Rodrigo Beltráns Haus kamen die Heuschrecken, als wollten sie Schwere und Ausmaß der familiären Katastrophe betonen. Don Rodrigo selbst war noch in New York, wo er sich zur Wiederherstellung seines Gesichts einer Operation nach der anderen unterzog. Als er Ende 1904 zurückkehrte, war die schlimmste Hungersnot vorüber. Er war mit einem Schiff der Union Castle Line nach Hause gereist und hatte einen jungen Magnolienbaum dabei, sorgsam in feuchten Torf gehüllt. Das Schiff hatte zum Auftanken in Port of Spain angelegt, am verfallenen Landesteg jenes Teils der Insel, der unpassenderweise Brighton hieß. Der Rudergänger hatte die Bedeutung der ungewöhnlichen Strömungen, die auf seiner Karte vermerkt waren, verkannt, und als er seitlich anlegte, war das Schiff breitseits gegen den wackligen Landesteg geprallt und hatte alle Hafenarbeiter ins Wasser geworfen. Die Reise verzögerte sich um Tage, während Beamte Formulare ausfüllten und den Schaden schätzten. Don Rodrigo saß in seiner Kabine oder ging auf dem Oberdeck auf und ab, betastete mit einer Hand sein neues Gesicht mit Platinkiefer und Transplantationen und umklammerte mit der anderen den Magnolienbaum, den er als symbolischen Dank für seine Genesung mitbrachte. Er brauchte vier Wochen vom Hafen auf seinen Besitz, und als er schließlich ankam, war es nicht mehr der gleiche Besitz, den er ein Jahr zuvor verlassen hatte – und es waren auch nicht mehr die gleichen Menschen.

Als erstes war er entsetzt, als er erfuhr, wie viele seiner Angehörigen gestorben waren, sei es ermordet, sei es verhungert. Dann bemerkte er, wie kränklich alles aussah: seine Söhne, seine Dienstboten, seine Freunde, sogar die Bäume und der aufschießende junge Mais. Seine Kinder waren antriebslos und dünn, ihre Augen waren stumpf. Die Hungersnot war ihnen unter die Haut gekrochen und hockte dort, triumphierend. Später, als sie wieder gut genährt waren, schien sie zu verschwinden, in Wahrheit aber sank sie nur ein wie ein Leidenszug, gegen den sie immer ankämpfen mußten. Die Hungersnot hinterließ in der Familie eine Narbe, so tief, daß dort für Jahre jedes Lachen ohne Freude war. Zunächst aber zeigte sie sich nur als Stumpfheit in den Augen der Kinder und als mangelndes Interesse an dem Spielzeug, das ihr Vater ihnen aus New York mitgebracht hatte. Nicht einmal Alejandro freute sich über das Modell einer Zuckerrohrpresse, das speziell für ihn angefertigt worden war. Er sagte höflich »Dankeschön« und sah weg: Der Geschmack muffiger, gekochter Früchte und das schleimige Gefühl, das sie im Hals erzeugten, waren zu stark, als daß er echte Aufregung hätte fühlen können.

Alejandro und sein Bruder Elias bolzten im Hof. Ihre Tante Delia trug die Last des Haushalts, und sie war es auch, die sie irgendwie lebend durch das Hungerjahr bekommen hatte; aber er, Alejandro, war es, der seinen Vater über seinen sonderbaren Metallkiefer hinwegtrösten und der seinen Bruder Elias beruhigen und unterhalten mußte, um den allnächtlichen Verlust ihrer Mutter wettzumachen, die aus ihrem eigenen Haus verbannt war. Jeden Nachmittag, um Punkt vier Uhr, sattelte man ihr Maultier und brachte sie in ein Nachbardorf, und jeden Morgen um sechs Uhr kam sie zu ihren Kindern zurück. Elias weinte ihr nach, sogar im Schlaf; und er klammerte sich an sie, wenn sie fortging, jeden Nachmittag, durch all die Jahre ihres Exils. Don Rodrigo brauchte vierzehn Jahre, um ihr zu verzeihen, daß sie ihn nicht vor jenem Hinterhalt gewarnt hatte, bei dem er seinen Kiefer und mehr als die Hälfte seiner Verwandten verlor. Es waren vierzehn Jahre des Schweigens und der Tränen, das schlimmste davon war das Jahr der Heuschrecke.

Lydia fragte Benito, wie es ihm während der Hungersnot ergangen sei, und er sagte, er sei nach Arturo Linos Prozeß und dessen endgültigem Verschwinden noch drei Jahre auf dessen vernachlässigtem Hof geblieben. Doch als ihm 1903 ein Zuhause auf Don Rodrigos Besitz angeboten wurde, zog er hinunter an den Fluß und blieb dort bis zu Don Rodrigos Tod. Benito war gut dreißig, als die Heuschrecken kamen. Für ihn waren sie wie eine Narbe in seinem Bauch, die ihm anhaltendes Unwohlsein bereitete. Als es wieder reichlich zu essen gab, waren die Menschen auf eine Weise vorsichtig, wie sie es zuvor nicht gewesen waren, aber Benito übertraf sich, indem er wie besessen Reste und Vorräte hortete. Sein Zimmer war immer voll von Mäusen, Getreidekäfern und verdorbenem, verfaultem Essen. 1904 starben mehr Menschen, als er im Gedächtnis behalten konnte – woran er sich jedoch deutlich erinnerte, war das Sterben der Hunde. Einige starben zu Beginn des Jahres, als klar war, daß der Hunger bleiben würde. Andere, darunter Benitos zottige Meute, teilten die magere Kost ihres Herren und überlebten. Doch wenn Menschen von dem Bananenschleim, den es als einziges gab, leben konnten, die Hunde machte er krank und wirr. Sie standen als erste nicht mehr auf, und sie legten sich als erste mit den Lähmungserscheinungen hin, die der Mangel auslöste. Sie hatten tagelang gelegen und die Luft mit ihrem kaum hörbaren Stöhnen erfüllt. Die Langsamkeit ihres Sterbens hatte Benito entsetzt. Er sah zu, wie sich ihre stumpfen, flehenden Augen in dem bereits reglosen Körper bewegten, der nicht mehr war als ein Haufen Knochen mit straff gespannter Haut darüber. Ihre Augen bettelten um Erlösung von der Qual, aber Benito liebte sie, er wollte, daß sie überlebten, also sah er zu, wie sie litten, von Fliegen übersät; und wie einer nach dem anderen starb. Alle verloren ihre Hunde: Einigen machte es etwas aus, anderen nicht. Als das Jahr voranschritt, verbrauchten sich die Gefühle und stumpften dauerhaft ab.

Sara und Rosa Beltrán waren die einzigen überlebenden Kinder Pedros, eines weiteren Bruders von Rodrigo. Ihre Mutter, die immer etwas verstimmt gewesen war und unter nervösen Kopfschmerzen, Rückenschmerzen und Migräne gelitten hatte, schien in diesem Jahr nach dem Massaker ein Alter zu erreichen, das ihr tatsächliches weit übertraf, und sie wurde hart und bitter. Pedro, der Vater der Mädchen, war der Mittelpunkt der Familie gewesen; er war es gewesen, der mit den Kindern spielte, mit ihnen sprach, ihnen etwas vorsang; ohne ihn war das Haus wie eine Diktatur, in dem der Hunger nur eine ihrer vielen Geißeln war. Sara war die ältere, und sie vor allem bemerkte, daß ihre Speisekammer sich leerte und nicht aufgefüllt wurde, daß ihre Mahlzeiten jeden Tag spärlicher wurden, daß ihre Dienstboten gingen in dem Glauben, anderswo mehr zu essen zu bekommen, ohne zu ahnen, daß das ganze Land hungerte. Am Jahresende waren sie verwirrt und von der Welt abgeschnitten, die Mutter übersiedelte mit ihren Töchtern nach Italien, wo sie zwanzig Jahre lang blieben. Als die Töchter schließlich zurückkehrten, lebten sie, klösterlich abgeschieden, in einem großen, baufälligen Stadthaus, an einem von La Calderas Plätzen gelegen, das zum Gefängnis und Schutzraum zugleich wurde. Unverwandt sahen sie durch das Wohnzimmerfenster auf die sterbende Pracht des Marktplatzes und rüttelten mit dürren Fingern an den schmiedeeisernen Gittern. Sara jedenfalls verlor nie den angespannten, eingesunkenen Blick ihrer Augen.

La comadre Matilde durchwatete die Hungersnot in einem Zustand der Verwirrung. Alle Regeln und Mauern ihrer Gesellschaft waren unter der Last der Not zusammengebrochen. Sie konnte nicht herausfinden, wo sie stand oder warum. In der muffigen Wärme der Lehmhütte ihrer Mutter hatte sie mit ihren Schwestern um eine Feuerstelle gehockt, auf der der Tontopf mit den üblichen grünen Bananen kochte. Matilde hatte zugesehen, wie sie während der Kochens erst weiß, dann gelb und schließlich rosa wurden, und sie hatte den klebrigen Gummi abgeribbelt, der ihr vom Schälen an den Fingern haftete. Jeder einzelne ärmliche, verbeulte Gegenstand in der Hütte hatte graue Flecken von der rohen Frucht. Kein Stück Stoff, kein Kleidungsstück, nichts blieb im Laufe des Jahrs von den untilgbaren Flecken verschont, die wie Erinnerungszeichen des Leidens übrigblieben.

La comadre Matilde unterschied sich von anderen Menschen im Tal dadurch, daß sie sich niemandem verpflichtet fühlte. Mit zehn Jahren hatte sie gesehen, wie die Heuschreckenplage ihr Zuhause und ihr Land zerstörte, und sie hatte gesehen, daß niemand stark genug gewesen war, den Schaden ungeschehen zu machen. Die Dinge nahmen ihren Lauf, ihre Schwestern, das Vieh und die Nachbarn starben. Nur die Zwergbananen hatten ihr Tal vor der Ausrottung bewahrt. Sie, Matilde, gehörte zu den Überlebenden, dank dieser kümmerlichen Frucht und nichts anderem; ihr Überleben machte sie so stark und ehrenwert wie jeden Mann im Tal. Als die Hungersnot vorüber war, wurde sie arbeiten geschickt, und sie arbeitete ihr restliches Leben, aber ihre trägen Kuhaugen schienen immer zu sagen:

»In der Not sind wir gleich – während der Hungersnot gab es keine Herren.«

Sie sah, wie Kaffee und Palmen dem Zuckerrohr wichen. Die Bananen hatten ihnen das Leben gerettet; ihr

Verschwinden machte ihr Angst. Für sie konnte die Veränderung nur Schlechtes bringen. Es schien wie die natürliche Folge ihres Verschwindens, daß das kühle, neblige Klima, das für die Anden typisch war, langsam der neuen, stickigen Hitze wich, die kam und blieb. In einer Küche nach der anderen arbeitete Matilde, aß und betete: Sie murmelte Gebete vor sich hin, während sie die Bohnen rührte und das Maisbrot ausrollte. Niemand wußte, was sie sagte, aber alle Kinder hatten Angst vor ihr, sie rannten fort und versteckten sich, sobald Matildes schwerfällige Gestalt in ihre Nähe kam.

Ada, die Waschfrau, war stärker und selbstsicherer gewesen als die anderen Bauern der Hacienda La Bebella. Sie hatte eine bessere Hütte mit einem richtigen Garten, eine echte Öllampe und gut geratene Kinder, die lesen und ihren Namen schreiben konnten. Juan Beltrán hatte Ada sehr geliebt, und in vielen Haushalten im Tal war sie unentbehrlich gewesen. Ihre Besuche waren für sie wie Balsam auf jeden blauen Fleck und jede Wunde. Man verließ sich darauf, daß sie jedes kleinere Mißgeschicke richtete. Doch selbst sie konnte aus leeren Speisekammern kein Essen zaubern. Nachdem das abgemagerte Vieh geschlachtet und gegessen worden war, die Knochen ausgekocht, die Hufe zu Sülze gekocht, ein Teil des Fleisches getrocknet oder eingemacht, konnte Ada nichts mehr tun. Weder konnte sie das gerettete Fleisch vor dem Verderben bewahren, noch konnte sie verhindern, daß der Fluß austrocknete und die Ernte eingehen ließ, die gleich nach den Heuschrecken gepflanzt worden war. Sie konnte nur zu Hause sitzen und ihre Söhne pflegen, die mürrisch und kränklich waren. Matilde hatte Ada schon als Kind gekannt. Als das Jahr sich weiterschleppte, beerdigte Ada ihre Kinder bei den anderen Kindern am Hang.

Nachdem die Hungersnot vorüber war, blieb sie immer

häufiger zu Hause, allein mit ihrer einzigen Tochter und dem ihr verbliebenen Sohn, der schwachsinnig war und sabberte, wenn er sprach. Sie wusch weiterhin Wäsche, aber ihr Stolz war gebrochen, und wenn sie die nasse Wäsche gegen ihren Stein am Flußufer schlug, drosch sie so heftig, daß der Stoff dünn wurde und unter ihren Händen Löcher bekam.

Über jedes Haus fiel wie ein Leichentuch die Verzweiflung, stieß bis ins Innere vor, wo sie zu einem harten Kern wurde, der nie mehr ganz verschwand. Das Ende der Hungersnot und des Überlebenskampfes kamen zu spät: Als es soweit war, steckte der Untergang in jedem. Niemand, der es gesehen hatte, würde die aufgeworfene Erde des Friedhofs vergessen, der so von Gräbern übersät war, daß er einem gepflügten Feld glich, oder den bunten Teppich toter Vögel, der eines Tages dalag, oder das gequälte Starren der Hunde, als sie starben, oder den Krampf des Hungers. Ein ganzes Jahr lang war das Geräusch des Flusses dem leisen Stöhnen und Klagen der Verzweiflung gewichen, Kinder hatten die Erde aufgekratzt, sie hatten Verputz und Schimmel von den Wänden geschabt, um sie zu essen. Das Jahr der Heuschrecke hatte sich über aller Leben gebreitet. Wenn das Massaker ihr Tod gewesen war, waren die Heuschrecken das Zunageln ihrer Sargdekkel und die Zukunft nur ein langsames Sterben in diesem Sarg – ein unvermeidlicher Zug zum Friedhof. Ihr restliches Leben würde ein ritualisiertes Begräbnis sein; Matilde und ihre blinde Tante wußten das, den anderen dämmerte es langsamer.

# V DIE FÜNF RÄDER

## I

Benitos Lieblingsfigur war Lydias toter Schwiegervater, Don Alejandro Beltrán, für den er fünfzehn Jahre lang gearbeitet hatte, und er hatte nie einen so guten Freund gehabt. Er hatte Don Alejandro gekannt, seit dieser ein kleiner Junge gewesen war, und zu seinen lebhaftesten Erinnerungen zählte, wie Alejandro im Hof seines Hauses mit seinen kleinen Spielzeugmühlen gespielt hatte. Er konnte stundenlang dasitzen und sich mit den Modellen beschäftigen. Als er älter wurde, träumte Don Alejandro Beltrán von dem Tag, an dem er die größte Zuckerrohrpresse der Anden finden und aufbauen würde. Er hatte seines Vaters Land, Mühle und Zuckerfabrik geerbt; und schon damals überragte der ungeheure rote Backsteinschornstein alle anderen im Umkreis von mehreren hundert Meilen. Er war höher, als es jemals nötig sein würde, und er stand herausfordernd auf dem großen rechteckigen Fundament, fast stolz auf den langen Riß, der vom oberen Rand bis auf halbe Höhe hinabreichte. Hoch oben unter dem Fabrikdach gab es ein riesiges Wasserrad. Das Rad war als genauer Nachbau eines englischen Entwurfs aus dem neunzehnten Jahrhundert gebaut worden. Wie der Schornstein, zwischen hohen, vom Wind verbogenen Bäumen und Adlerfarn gelegen, erinnerte auch das Rad an eine Fabrik im Moor von Yorkshire. Aber in diese Fabrik kamen weder Wolle noch Baumwolle: es war ein *trapiche* – eine Zuckerfabrik, beliefert von endlosen Kolonnen beladener Esel; von sechs Uhr früh bis sechs Uhr abends wurden sie in der stumpfen Eintönigkeit ihrer müden Schritte eingesetzt.

Nach der Arbeit wurden die Esel über die Brücke zu den Ställen geführt. Unter deren gewölbtem Zederndach mit dem herabhängenden Zaumzeug bäumten sie sich auf und bockten in wilder Erwartung, wenn die vier Hengste aus ihrer Einzäunung freigelassen wurden und in ihrer Eile den Hang hinunterschlitterten. Es folgte ein etwa zwanzigminütiges Halsknuffen, Wiehern und Besteigen, dann wurden die Hengste torkelnd fortgeführt. Don Alejandro sah dem immer gern zu, danach badete er, zog sich um und tauchte eine halbe Stunde später in einem makellosen Leinenanzug wieder auf, das helle Haar noch feucht glattgekämmt.

Don Alejandro glaubte an häufige Siestas, von denen die vor dem Abendessen sicherlich die wichtigste war. Er legte sich in eine cremefarbene, bestickte Hängematte, die auf der gefliesten Veranda zwischen Säule und Balken hing, mit Blick auf seinen Rosengarten. Um eine andere Säule lief eine Schnur mit Troddel, und wenn er diese Schnur hielt, konnte er seine Hängematte ständig schaukeln lassen, ohne aufstehen oder jemanden rufen zu müssen, der ihn anstieß. Er bedeckte sein Gesicht mit einem geöffneten Buch oder einer Zeitung, täuschte Schlaf vor und vermied so jede Störung, dann stellte er sich beim sanften Wiegen seines Körpers die riesige neue Zuckerrohrpresse vor, die er finden und montieren würde. Sie würde die ausgezeichnete, aber längst nicht so leistungsfähige »Squire« ersetzen, die jetzt dort stand, kompakt und stark beansprucht, wie ein Zwerg neben Rad und Schornstein, die dringend nach etwas ebenso Gewaltigem verlangten.

Die neue Presse würde fünf *mazas* besitzen – gußeiserne Zahnräder, die ineinandergriffen und die Maschinerie antrieben. Niemand besaß einen fünfrädrigen *trapiche*. Niemand wußte die Würde des Zuckerrohrs zu schätzen oder die Einzigartigkeit des riesigen Schornsteins und Wasserrades. Das war nicht nur eine Fabrik, es war ein Kunstwerk, ein Tempel der Fülle und Leere, ein hungriger Leerraum. Außerdem mochte er Zuckerrohr, er lutschte und kaute es gern, er betrachtete gern seine fiedrigen Blüten, die wie hohe Maisfelder im Wind wogten, und die schattigen Alleen, die es quer durch sein Land zog, und er mochte die hellbraunen Blöcke Rohrzucker, zu denen es wurde. Don Alejandro liebte es, wenn unerbittliche Kraft effizient genutzt wurde, und er liebte mechanische Perfektion – wenn alle Teile des Ganzen im Gleichklang arbeiteten, nicht wie sein eigener Körper, der so oft geplagt und zum Stillstand gebracht wurde von der Meuterei seines Herzens, das wie in einem enger werdenden Stahlband gefangen war. 1933, im Alter von vierunddreißig, hatte er bereits zwei schwere Herzanfälle gehabt.

Don Alejandro war dreimal Gouverneur der Provinz, und er war so beliebt, daß die Einheimischen sagten, es sei seine Güte, die sein Herz abgenutzt und verbraucht habe. Aber es würde noch vieler Herzanfälle bedürfen, um seine Stärke zu brechen. Er war entschlossen, zu leben und sich an seinen Freunde, seiner Familie und Diego, seinem Sohn, zu erfreuen. Außerdem hatte er noch seine Arbeit und seine Liebhabereien: die Gitarren, die er in seiner Freizeit baute, die Bäume, die er veredelte, seine vielen Orchideen. Und er hatte Isabel, seine Gebliebte, die schön war und zu der er hin und wieder ging, die ihn aber ständig wollte und die sich die dunklen Augen ausweinte, wenn sie in ihrer Villa vor Wut und Frustration glühte.

Die Leute sagten, Isabel werde sein Untergang sein. Dies wurde, halb hinter seinem Rücken, auf jene wissende, besorgte Weise gesagt, die ihn warnen sollte, aber er wischte es fort wie Haar von der Stirn. Das einzige, was ihn aufmerken ließ, waren das mutwillige Schlagen seines

Herzens und das unerbittliche Klopfen des *trapiche*-Rades, nicht Nächte der Lust. Isabel wollte meist streiten. Ihm mißfiel diese Seite ihres feurigen Temperaments, also ließ er sie dann wutschäumend zurück und ritt vergnügt fort. 1934 dann kaufte er ein Auto – einen großen schwarzen Bentley.

Isabel gefiel das Auto, und es gefiel auch seinem Sohn Diego. Für Don Alejandro war es nur ein Spielzeug, bis Diego bei einem Jagdunfall von einer Kugel in den Hals getroffen wurde und nichts das Blut stillen konnte, damals brachte das Auto ihn zum Chirurgen und rettete sein Leben, und damit wurde es fast zu einem Familienmitglied ehrenhalber. In den folgenden Jahren sollte es zahlreiche Autos geben. Lastwagen ersetzten die Esel und Jeeps die Maultiere, die das Futter für die gefräßigen Maschinen herbeischafften. Kinder fuhren immer noch gern im Auto ihres Vaters mit, aber Autos wurden so alltäglich, daß sie nie mehr das Herzflimmern auszulösen vermochten, das Diego in jenem ersten Gefährt hatte. Diego liebte später die Geschwindigkeit an sich, aber sein Vater liebte einfach das Spielzeug, sein glänzendes Schwarz, die Rundungen seines Leders, das Pochen seines Motors und sein synchronisiertes Getriebe.

## II

Isabel und Alejandro waren entfernt verwandt: eigentlich waren alle im Umkreis von hundert Meilen entfernt mit Alejandro verwandt. Von ihren Familienbanden abgesehen, hatte Isabel mit dem übrigen Tal sehr wenig gemeinsam. Das Kommen und Gehen ihrer Landsleute interessierte sie nicht. Sie hatte weder einen Ehemann noch Kinder zu versorgen, und im Unterschied zu den meisten

Witwen der Stadt war sie weder alt noch trauerte sie. Sie war fünfundzwanzig, schön und hatte ausreichend Geld, um bescheiden leben zu können, was hieß, daß ihre Dienstboten in aller Regel noch unterbezahlter waren als die meisten und daß ihr Haus und ihre Möbel nicht ebenso gepflegt waren wie ihre Garderobe.

Ihre Großmutter hatte auf Beltrán-Land gelebt und als Köchin für deren Zuckerfabrik-Arbeiter gearbeitet. Benito mußte sein ganzes Feingefühl aufbieten, um Lydia mit dem gebotenen Anstand den Ursprung von Isabels Blutsverwandtschaft mit den Beltráns zu erklären. Die eine Familie hatte offenbar zahlreiche Zweige, an einige Angehörige erinnerte man sich wegen bedeutender Taten, an andere wegen Leistungen, die geringer oder bizarrer waren. Zu letzteren gehörten Alejandros Onkel Chappie und Cheo, die Jahre ihres Lebens darangaben, meilenweit entlang dem Camino Real systematisch die gesamte weibliche Bevölkerung zu verführen. Es hieß, daß sie die Ehefrauen und Töchter ihrer eigenen Familie respektierten und nur die Bäuerinnen umwarben, aber das glaubten nur wenige. Um Streitigkeiten vorzubeugen, nahm Chappie die eine Seite der Straße, Cheo die andere, und jeder beanspruchte für sich etwa eine Meile Hinterland.

Warum dieser Plan eigentlich funktionierte und zu welchem und wessen Nutzen, wurde nie wirklich geklärt, denn es gingen zwar viele attraktive Frauen und hübsche Mädchen durch ihre Hände, aber es kamen auch viele alte und scheinbar nicht begehrenswerte dran. Grob gesprochen, galten alle Kinder – und es waren viele –, die nördlich der Straße geboren wurden und einige Familienähnlichkeit mit den Beltráns aufwiesen, als Chappies, die südlich der Straße Geborenen als Cheos. Es gab wilde Spekulationen darüber, was wohl mit den Frauen geschah, die die Straße überquerten.

Isabels Mutter gehörte zu dieser ziemlich umfangreichen Generation bäuerlicher Beltráns. Sie wurde ihrerseits die Geliebte eines weiteren Beltrán, der seine Schwester überredete, Isabel – Frucht seiner Liebschaft – als Sechsjährige bei sich aufzunehmen. So stammte sie trotz unehelicher Geburt aus angesehener Familie und hatte zwar keine Mitgift, aber eine gute Erziehung. Sie war auch schlau genug, um zu wissen, daß – vorausgesetzt, sie spielte ihre Trümpfe richtig aus – ihr Charme ausreichte, um einen der wohlhabenden Besucher des Hauses an sich zu binden, wenn nicht für immer, so in jedem Fall lange genug, um zu heiraten und unabhängig zu werden.

Es hatte Isabel immer geärgert, daß sie mit den Töchtern des Hauses das Spielzimmer teilte und mit ihnen aß, aber ihre Tante niemals »Tante« nennen konnte, sondern »Patin« nennen mußte. Und während die anderen Mädchen Besuche machten, zu Festen und später zu Bällen gingen, lud man sie nie ein, weil sie unehelich war. Sie mußte zu Hause bleiben, wo sie brütete und schmollte. Bei solchen Gegelenheiten lief sie zur Fabrik hinunter und kletterte, mit geschürzten Röcken, auf das feuchte, vom Mühlbach bespritzte Mauerwerk. Dort saß sie, hinter dem Wasserrad versteckt, beobachtete, wie die Arbeiter schufteten oder sich ausruhten, und sie beobachtete, wie die großen, öligen Räder die Presse antrieben. Es faszinierte sie immer, daß sie wie Liebende zusammenkamen, sich küßten und trennten, wie Abschiedsworte, die einer anfahrenden Kutsche nachflogen, sich irgendwie an das Unmögliche klammernd.

Jetzt war Alejandro das erste Rad und sie das zweite. Die Räder wurden von einer langen, gußeisernen Welle bewegt, die mit dem riesigen Wasserrad verbunden war, so wie der Fluß Momboy die Welle war, die sie und alle anderen zwang, sich zu drehen. Beide Wellen arbeiteten mit der gleichen gedankenlosen Tyrannei, erzeugten den gleichen Hunger. Es war ein Hunger, der brannte und quälte, ein Hunger, der den Arm fraß, der das Zuckerrohr auf die Walzen fütterte; er berührte, aber hielt nie fest, zermalmte Gewebe, das weicher war als sie.

Seit ihrer Kindheit war Isabel in ihren Cousin Alejandro verliebt. Maria Yolanda liebte seinen Bruder Elias, und sie hätten vielleicht sogar geheiratet; aber für sie gab es nur Alejandro. Er war der schönste Mann, den sie je gesehen hatte, und er war unterhaltsam. Sie hatte mit ihm geflirtet, er fand sie attraktiv. Doch sie war nicht nah genug mit ihm verwandt, um seine Ehefrau zu sein, aber sie gehörte auch zu sehr zur Familie, als daß er sie beiläufig hätte verführen können, und sie war – jedenfalls mit sechzehn – nicht hübsch genug, um ihn solche Skrupel vergessen zu lassen. Wenn er zu Besuch kam, blieb er immer aufreizend kühl und zeigte mehr Interesse an den Dienstmädchen, die sie aus diesem Grund haßte. Isabel akzeptierte nichts, wie es war, wenn es ihr nicht gefiel, aber sie verstand es, auf ihre Chance zu warten.

Mehrere Kaufleute, die zu Besuch kamen, waren an einer Ehe mit ihr interessiert, und sie nahm den, der ihr am wenigsten zuwider war. Sein früher Tod war eine Erleichterung, nur gelegentlich durch Bedauern getrübt, wenn ihr langer, seidiger Körper nach Zärtlichkeit oder Brutalität verlangte. Dann schien ihr jeder beliebige Mann besser als keiner.

Nach einem Jahr – was als skandalös kurz galt, bei einem Ehemann – legte sie ihre Trauerkleidung ab und fand rasch einen »Galan«, wie sie die jungen Männer nannte, die ihr den Hof machten. Er liebkoste sie ein wenig unter den gezielt blinden Blicken ihrer Mutter, der sie gestattet hatte, zurückzukehren, um Anstandsdame zu spielen. Isabel hatte sie auf überaus untöchterliche Weise davon in

Kenntnis gesetzt, daß sie nur kommen könne, wenn sie Mund und Augen geschlossen halte.

Ihr Galan löschte zwar das Feuer nicht, das in ihr brannte, aber seine Anwesenheit brachte es zuwege, daß Alejandro auf seine inzwischen ausgesprochen schöne Cousine Isabel eifersüchtig wurde. Er machte sich daran, sie zu verführen, während sie ihr Netz um ihn zu spinnen begann. Er hätte für sie ein Kolibri oder ein Nachtfalter sein können, er hätte kommen, saugen und verschwinden können; aber er hatte sie verschmäht, und sie war stolz. Nun würde er, so sehr sie ihn liebte, ihre Fliege sein, sie würde ihn reizen, quälen und dann wieder anlocken. Sie warf ihren Galan fort wie ein Stück ausgepreßtes Zuckerrohr. Ihr Leben war leer, abgesehen von Alejandro, was ihr viel Zeit ließ, ihr Spiel zu planen und zu berechnen, und sehr viel Zeit zum Grübeln.

Wenn Alejandro ihr Haus verließ, stieg die hungrige Leere ihres Lebens in ihr auf und blieb als dumpfer Schmerz in Kopf und Schoß. Dann rief sie ihre Mutter und ihr Dienstmädchen und ging langsam den steilen Pfad hoch zu Maria Yolanda, ihrer Cousine ersten Grades und besten Freundin. Sie waren zusammen aufgewachsen, wie eine Schwester hatte Maria Yolanda ihr beigestanden und sie geliebt. Von der gemeinsamen Kindheit abgesehen, verband die beiden Frauen auf den ersten Blick wenig. Maria Yolanda konnte weder grausam noch berechnend sein; aber beide hatten eine Kränkung erlebt, die sie quälte; beide waren in einem Räderwerk gefangen, das sie nicht anhalten konnten. Beide waren enttäuscht worden, und beide trugen eine gefräßige Leere in sich, die ihr Leben beherrschte.

## III

Maria Yolanda, das dritte Rad, ahnte nicht, daß sie leer war, bis sie ein Jahr nach ihrer Heirat noch immer nicht schwanger war. Ihr Ehemann José Ignacio Beltrán hatte Geduld mit ihr, nicht jedoch die Familie; es war ihre Pflicht, einen Erben zu produzieren. Es war ihr nie in den Sinn gekommen, daß sie anders sein könnte als andere Frauen – auch sie war jung und stark. Die Hänseleien, die als scherzendes Geplänkel begannen, steigerten sich langsam zu einer ständigen Folter. Maria Yolandas Verblüffung wurde zu Enttäuschung, dann zu Schuldgefühl und Scham. Ihre freundliche Begeisterung wechselte mit Panik- und Verzweiflungsanfällen und einer lauernden Depression. Nach sieben Ehejahren war sie von ihrer Unfruchtbarkeit besessen, und ihre ganze Existenz hatte sich um die Reglosigkeit ihres Schoßes gekrümmt. Sie dachte, ihr Leben wäre erträglicher, wenn sie wenigstens eine Fehl- oder Totgeburt hätte; dann wäre sie wenigstens eine Frau, wenn auch eine unzulängliche. So aber waren an ihr Anzeichen von Fruchtbarkeit nicht erkennbar, und der Besitz würde keinen Erben haben. Ihr war, als hätte sie ihren Ehemann mit einer List dazu gebracht, sie zu heiraten.

Sie folgte jedem Rat, wie eigenartig oder schmerzhaft er sein mochte, und verbrachte täglich viel Zeit damit, alles zu tun, zu trinken und zu vergraben, was ihrer Meinung nach helfen könnte, sie schwanger zu machen. Der lange gekachelte Küchenherd stand immer voller Stößel, Schalen und Untertassen mit eingeweichten Pflanzen und Wurzeln, zerstoßenen Blättern und brodelndem Sud. Ihr bitterer Geschmack begleitete sie, brachte Krämpfe und Erbrechen, Schlaf und Alpträume, aber keinen Erben. Ihre Dienstboten rührten die Rezepturen etwa so herablassend zusammen, wie sie Sandkastenkuchen für ein Kind angerührt hätten. Doch im Gegensatz zu einem Kind war sie seit sieben Jahren kinderlos verheiratet, und darum achtete man sie nicht. Sie war eine Last für die Familie und sollte sterben, um einer echten Frau Platz zu machen, die Söhne haben würde.

Während ihrer Depressionsanfälle saß sie in einer Ecke ihres hinteren Salons, wo sie über das Land ihres Mannes blicken konnte, auf die Fabrik und den Schornstein, die sich ins Tal schmiegten. Das Klopfen des Rades gehörte zu ihrem Leben, sein Steigen und Fallen schien zu sagen: »Bekomm ein Kind, bekomm ein Kind, bekomm ein Kind.« Mit der Zeit fühlte sie sich an das Rad geschnallt, und selbst ihre Stricknadeln klapperten im Takt mit seinem Drehen. Früher hatte sie dagesessen und auf die Straße gesehen, wie es üblich war, so konnte sie alle Nachbarn und Passanten grüßen, nicken und lächeln, kleine Neuigkeiten austauschen. Jetzt aber wich sie zurück wie eine Ausgestoßene, versteckte sich vor ihrem Hohn und ihren spöttischen Fragen. In ihrer Ecke weinte sie viel. Sie hatte gelernt, geräuschlos zu weinen und die überfließende Anspannung in sich in einer stillen Hysterie hochkommen zu lassen, die sie erschöpfte und apathisch machte. Sie betete stundenlang den Rosenkranz, begann mit vielen Ave Marias und endete mit Gebeten um ein Kind oder den Tod. Sie sehnte sich im Halbdunkel ihres Zimmers nach den Krankheiten, die so viele bekamen, und nach dem erlösenden Tod. Sie hatte sogar mehrfach Familien besucht, in denen bekanntermaßen Fieber und Typhus herrschten. Aber Yolanda sollte noch lange leben, und das Tuch, das sie strickte, wurde immer größer, umhüllte sie wie ein herabstürzendes Meer aus Baumwollrosetten. Das Klicken ihrer Stricknadeln klang besonders verzweifelt und rasend an den stillen Nachmittagen, wie ein sterbendes Insekt, das in die Freiheit zu krabbeln versucht.

Hin und wieder blickte sie auf ihren Garten oder die Straße. Sie besuchte selten ihre Eltern, um den zahllosen Fragen zu entgehen. Sah sie doch einmal auf und richtete ihren etwas leeren Blick auf umherstreunende Hunde oder Hähne im Hof, wurde sie von einer Woge des Zorns nahezu erstickt. Sie wurde wütend, wie auch Knospen und Blüten sie jetzt wütend machten; die ganze Welt vermehrte sich, und sie konnte nicht einmal sterben. Nur Isabel konnte sie trösten, von ihrer eigenen Leere sprechen und sich so einen Weg durch den wuchernden Pilz ihres schon gräulichen Strickwerks bahnen. Isabel, die einzige Frau, die kein Kind wollte, Isabel, die ihr keine Vorwürfe machte, Isabel, die sie noch brauchte.

## IV

Selbst Lydias Mann Don Diego wandte sich immer wieder von seinem Buch oder seinen Tagträumen ab, um Benito in seine abgeschiedene Zimmerflucht zu rufen und den Erinnerungen des alten Mannes an seinen Vater und seinen Onkel Elias zu lauschen. So oft er sie auch hörte, Diego war von den Einzelheiten stets bewegt. Und er stachelte Benito an, indem er vorgab, sich nicht zu erinnern, und er äußerte Bitten wie: »Erzähl mir von Elias' Atmung.«

Durch die nebligen Morgen und die heißen Sommertage konnte man Alejandros toten Bruder Elias atmen hören. Wenn Alejandro innehielte und lauschte, konnte er ihn in dieser Mischung aus Mühlrad und Fluß, Kolibris, dem Geräusch von Grillen und Hühnern hören. Manchmal schien jeder kleinste Luftzug durch Elias' Lungen gegangen und mit schmerzlicher Mühe hinausgekeucht worden zu sein, wiederkehrend, wie die Zähne der Zahnräder, ineinander verhakt und dann weit entfernt, stets wiederkehrten.

Elias, der ältere, war von unheimlicher Schönheit gewesen. Mit achtzehn war er nach New York gegangen, um Malerei zu studieren, und selbst dort, 1918, in der Euphorie des Waffenstillstandes und der folgenden, glanzvollen Monate, blieben die Leute auf der Straße stehen, um ihn anzuschauen und sich zu versichern, daß er nicht eine Erscheinung war. Elias hatte Alejandro bezaubernde Briefe auf Papier geschickt, das aus Seide gemacht war, handgeschrieben mit schwarzer Tinte in großen Druckbuchstaben. Alejandro war damals gerade neunzehn, Elias zwanzig. Oft hatte sein Bruder davon gesprochen, daß er ihm später folgen müsse, und von den wunderbaren Dingen, die er sehen würde, den Farben und Moden, Geschäften, Cafés und Tänzen. Dann wurden die Briefe traurig und enthielten immer einen Hinweis darauf, daß ihm sein Zuhause fehle.

Nur die allerletzten Briefe, die sie bekamen, erwähnten seine Gesundheit. Sie kamen nach seinem Tod, nachdem die Familie jemand geschickt hatte, ihn zurückzuholen, nach seiner Beerdigung in New York. Diese letzten Briefe waren lange unterwegs, und als sie ankamen, durchzog sie ein Gefühl des Fallens, des unwiderruflichen Hinabgleitens. Alejandro bewahrte alle Briefe, mit schwarzem Band verschnürt, auf, und er hatte Elias' wegen fünf Jahre lang eine schwarze Armbinde getragen. Das Papier war vergilbt, und er las sie nur selten. Sie waren wie die Briefe eines Soldaten, der auf einem fernen Schlachtfeld sterben mußte. Entstanden inmitten jenes eigenartigen Wirbelwinds, der New York Anfang der 20er Jahre gewesen war, beschrieben sie den anstrengenden Taumel aus Trinken und Festen, Studium und Freunden. Er hatte geschrieben:

»Ich fühle mich müde, aber ich bin nicht wirklich müde, nur gedämpft, eine Schwere ist auf meiner Brust, Kälte in meiner Wirbelsäule.«

Und dann, nur wenige Tage später, hatte er gesagt: »Ich spüre die Kälte in den Knochen, ein Bleigewicht auf einer Lunge, und Veränderung, die mein Fenster verdunkelt wie ein trister Vorhang.« In diesem Brief hatte er geschrieben:

Dieser Winter scheint ohne Ende. Wir sind nicht für den Winter gemacht, jeder Tag scheint länger als der vorhergehende. Ich bin jetzt zu schwer, um hinauszugehen, jeder Atemzug muß durch volle Sandsäcke hindurch. Von meinem Fenster aus wirkt das Leben erbärmlich, mit seinem grauen Schnee und den grauen Menschen. Es sind die Einzelheiten des Lebens, die erbärmlich wirken. Ich wünschte, Du wärst in diesem Augenblick bei mir. Ich bin traurig und erregt. Ich möchte die Berge wiedersehen, den Fluß, den fiedrigen Bambus voller Kolibris. Ich möchte nach Hause fahren, Alejandro, und bei Dir sein. Wir sollten zusammen sein; aber die Maschinerie dieser Stadt zermalmt die Menschen, sie hat all die grauen Menschen auf der Straße zermalmt, und jetzt hat sie sich meine Lunge geholt. In diesen ruhelosen Stunden, in denen ich darauf warte, daß sie mich freigibt, fehlst Du mir sehr. Bitte denke an mich, Alejandro, und mögest Du Deinen Atem niemals so benötigen wie ich den meinen.

Dein Dich liebender Bruder,

*Elias*

Elias starb dort an Lungenentzündung, und Alejandro dachte sein Leben lang an ihn: so sehr, daß er von Geräuschen heimgesucht war, die das schwere Atmen seines Bruder zu sein schienen; in späteren Jahren, als seine eigene Gesundheit nachließ, meinte er sich mit Elias zu drehen – ein Zahnrad, das sich mit seinem Bruder drehte und dann anderen zuwandte, sich mit dem Geräusch des Flusses und des Wasserrades drehte, dem Keuchen und den weichen Melodien der Zwanziger.

Alejandro war sechsundvierzig Jahre alt, als er erkannte, daß er keinen weiteren Aufschub mehr bekommen würde. Er hatte seinen Körper trotz fünf Herzanfällen und seiner schmerzenden Lungen zum Weitermachen gezwungen. Er hatte sich an das Leben geschirrt, er hatte seinen unwilligen Körper über das holprige Terrain des Tals geschleppt und dabei Charme und Sicherheit ausgestrahlt. Aber im Januar 1945 lag er in seiner Hängematte, lauschte dem ständigen Plätschern des einsetzenden Regens, sah zu, wie das Wasser seinen durchweichten Rasen überschwemmte und seine veredelten Rosen sich mühten, Wasserpflanzen zu werden, und er wußte, daß er starb. In der Regenzeit mußte sich alles anpassen oder verfaulen, und er verfaulte.

Jahrelang hatte Don Alejandro gespürt, daß er eine Antriebswelle war, ein Sonnenstrahl, um den die Menschen sich drehten. Jeder brauchte und wollte ihn, denn er hatte die tröstende Ausstrahlung seiner Ahnen. Er meinte, er habe seine Kraft von Elias bekommen, aber jetzt, merkte er, auch wenn er noch Gouverneur der Provinz war, verebbte seine Kraft. Der Regen spülte ihn in den Fluß, und der Fluß toste fort. In seinen Augenwinkeln saßen der Hunger und die Leere, und er litt unter seiner Weigerung, zu kapitulieren. Er verstand auch, was Elias gemeint hatte und was Isabel meinte und was die Augen seiner Cousine Maria Yolanda meinten, wenn sie zu Feuer wurden.

In seinem Arbeitszimmer war ein Stapel Kisten und Kartons. Alle waren aufgerissen, sie enthielten die vielen Schrauben und Bolzen, um die neue Zuckerrohrpresse zu montieren, die im dritten Stock der Fabrik gelagert war. Dreißig Männer mit dicken Eisenstangen waren nötig gewesen, um die Teile durch den Maschinenraum zu stemmen. Die Zahnräder hatten einen Durchmesser von fast zwei Metern, die ganze Presse war so groß wie sein Salon. Es würde ein Jahr dauern, sie zusammenzubauen. Er hatte kein Jahr mehr zu leben.

Diegos Geburtstag war im April. Er war gerade vierundzwanzig. Alejandro und er verbrachten fast ihre ganze Zeit zusammen, sie brauchten einander in einem Maße, das keiner von beiden verstand. Es hieß oft, sie seien wie ein Liebespaar. Alejandros Zimmer hatte einen Marmorboden und vier Fenster, die auf den Garten hinaus gingen. Sein Bett war sehr hoch, aus dunklem Mahagoni, mit Seidenholzintarsien an beiden Enden. Sein Bettüberwurf war aus Häkelspitze. Er erinnerte ihn an die riesige Decke seiner Cousine Maria Yolanda, die mit jeder Masche ihrem Hunger Luft gemacht hatte. Er wußte noch, wie sie in den Radschacht gefallen und übel zugerichtet worden war, bevor sie im Mühlbach ertrank. Nach ihrem Tod wußte niemand, was man mit ihrem Strickwerk machen sollte, und so blieb es als Berg in ihrem Wohnzimmer liegen.

Im Juli waren seine dunklen Augenringe zu Höhlen geworden, jeder Atemzug war eine bewußte Anstrengung. Diego wurde in einer Art sympathetischen Verfalls schmaler und kränklich. Die beiden Männer saßen auf Alejandros Bettkante, sprachen und scherzten Tag für Tag, während beider Gedanken den Tod fortzwangen. Der Krieg in Europa war gerade zu Ende gegangen, sie besprachen den Tod ihres Verwandten Gabriel an der Front in Frankreich; sie spekulierten über das Ende des Krieges in Japan. Die Geräusche des Vogelgezwitschers und das entfernte Stöhnen der heranziehenden Dürre, das schwere Schaufeln des

Wasserrads und Elias' schmerzhaftes Atmen krochen durch das gemusterte Fenstergitter und erfüllten den Raum. Am Ende des Monats war der Raum so voll, daß es erstickend war. Alejandro saß von Kissen gestützt, inzwischen zu schwach zum Aufstehen, ja zu schwach, um die Dokumente zu unterzeichnen, die vom Sitz der Regierung kamen. Seine letzten drei Wochen verbrachte er im Bett. Er interessierte sich besonders für Nachrichten vom Krieg in Japan, er und sein Sohn lauschten dem knisternden Überseeprogramm des BBC, das sie in klaren Nächten mit Mühe empfangen konnten. Er konnte die Menschenmenge hören, die durch seinen Innenhof mit den beschädigten Orchideen und Rosen hereinkam. Er meinte, hören zu können, wie sie sich die Füße abtraten, bevor sie auf die blanken roten Fliesen der Veranda traten, die durch dicke, geschnitzte Säulen hindurch den Blick auf die Blumen freigab. Und dann hörte er das unterdrückte, ratlose Murmeln ihrer Stimmen, in Gebet und Trauer gedämpft.

## V

Diego saß am Bett, ging zwischen Fabrik und Haus hin und her, erklomm den steilen Hang, hinter sich das Geräusch des Rades. Die lange Veranda entlang tönte ihm ständig das Geräusch der unwilligen Lungen seines Vaters im Kopf, jeder Atemzug ließ ihn zusammenzucken, da er wußte, wie Alejandro litt. Das Haus war voller Menschen, die auf Neuigkeiten warteten; alle Freunde und Verwandte waren da. Alejandro schloß die Augen und hielt die Hand seines Sohnes fest. Manchmal hielt er seine Hand Stunde um Stunde, umklammerte sie, bis sie blutleer war, und er hörte Elias sagen: »... mögest du deinen Atem niemals so benötigen wie ich den meinen.«

Das Rad vollendete seine Drehung, krachte auf ihn herab, kam zurück. Eisige Schweißperlen sammelten sich auf seiner Oberlippe, jede Bewegung, so geringfügig sie sein mochte, versetzte seinen Körper und das Zimmer in einen schwindelerregenden Sturzflug. Immer wieder folterte ihn die Übelkeit, die die Schmerzen erregten, er klammerte sich an den äußersten Rand des Bewußtseins, während jeder Teil seines Körpers schmerzte, jedes Glied, jeder Nagel, jedes Haar. Das Rad hatte ihn endlich erwischt, es verspottete ihn: »Einatmen, ausatmen, einatmen, ausatmen«, während die Maschinerie durch seine Adern schaufelte und ihn zwischen ihren gigantischen Walzen zermalmte.

Jemand kam auf Zehenspitzen herein, um ihn zu waschen, und Diego ging. Er fuhr wie ein Wahnsinniger in die Stadt und erklärte dem Telegraphisten, was er wollte. Er wollte Telegramme nach Houston, an den besten Herzchirurgen, den es gab, und ein Privatflugzeug, das ihn nach La Caldera bringen sollte, zu seinem Vater. Sie hatten ihm gesagt, es gebe keine Hoffnung, aber er würde diesen Chirurgen holen, der sollte ihm berechnen, was er wollte – wenn es sein mußte, würde er die Zuckerfabrik verkaufen, um seinem Vater einige Tage Leben zu kaufen. Diego bat den amerikanischen Spezialisten, um jeden Preis zu kommen. Er hatte in Zeitungen von ihm gelesen; wenn irgend jemand seinem Vater jetzt helfen konnte, dann er. Aber die Ärzte, die seinen Vater zu Hause versorgten, sagten, es sei zu spät. Sie wollten ihm Morphium geben, um sein Leiden zu lindern, aber Don Alejandro wollte die letzten Momente seines Lebens spüren, er wollte nichts verpassen, nicht einmal den Schmerz. Isabel und seine Familie weinten im Wohnzimmer; Abgeordnete vom Sitz der Regierung und Freunde aus La Caldera waren in der Halle; sie kamen nacheinander herein und standen in seinem Zimmer. Das ganze Haus krümmte sich in unterdrücktem Weinen.

Ein Priester wurde geholt, um ihm die letzte Ölung zu geben; aber Don Alejandro, der im ganzen Tal als Heiliger verehrt wurde, hatte ausdrücklich gesagt, er wolle keinen Priester sehen, so daß Diego, als es soweit war, die Tür mit seinem Körper versperrte und den Mann fortschickte. Dann kehrte er ans Bett zurück, hielt die ruhelose Hand seines Vaters, strich über sein zerdrücktes Haar und flüsterte: »Es gab eine bedingungslose Kapitulation.« Alejandro versuchte, seinen Blick auf das Halbdunkel einzustellen, er wollte Diego ein letztes Mal sehen, etwas über den Sieg der Alliierten sagen, aber er konnte nur das Rumpeln der entfesselten Maschinerie hören, das Quietschen von Metall und kreischendem Stahl. Dies war keine kleine Presse, die ihn verletzen und ihm etwas von seinem Saft lassen würde, sie war riesig, ihre Walzen würden aus ihm noch den letzten Tropfen Lebensblut herausquetschen. Die Walzen ergriffen ihn langsam wie ein Stück Zuckerrohr, dann schluckten und preßten sie, bis nur noch trokkene, sägemehlartige Fasern übrig waren. Er sah, wie sich die Zahnräder drehten, wie ihre Zähne ineinandergriffen und die Maschinerie antrieben, und er schrie ein letztes Mal auf: »Diego, die fünf Räder zerquetschen mich«, dann fiel er zurück und starb.

Diego hielt noch einige Stunden lang seine Hand und weigerte sich, jemanden hereinzulassen. Als der Tod schließlich entdeckt wurde, lösten sie Don Alejandros starre Finger, zogen ihn aus und wuschen ihn mit seiner Lieblingsseife. Dann parfümierten sie seine Leiche mit Toilettenwasser aus Malaguetta-Holz, das er selbst gemischt und immer benutzt hatte. Es roch wie Bay Rum, nur milder. Man zog ihm einen cremefarbenen Leinenanzug an. Die Möbel wurden aus dem Zimmer geräumt, und er wurde in den Sarg gelegt, umgeben von Bündeln weißer Lilien, die am Fluß wuchsen, und Blumenkränzen, die aus der Stadt gekommen waren. Menschen aus der ganzen Provinz reisten an, um ihm die letzte Ehre zu erweisen; sie kamen, ob gut gekleidet oder in Lumpen, ob jung oder alt: den Kopf entblößt und gesenkt, mit geröteten Augen; sie füllten das Haus zu Hunderten.

Diego sprach mit niemandem, und niemand wagte, sich ihm zu nähern, während er am Kopfende des offenen Sarges saß. Er konnte es nicht ertragen, als erster zu gehen, er würde warten, bis sein Vater beigesetzt war. Danach würde er fortgehen und allein sein und das Wasserrad anhalten, das jemand nicht festgebunden hatte und das sich ungehindert weiterdrehte, es quietschte und trieb die leere Presse an, knallte in seinem Kopf wie eine Abfolge von Schlägen. Die ganze Nacht über strömten Menschen herein, tranken die übliche Schokolade, aßen Kekse und belegte Brote, die die Dienstboten geschäftig zubereiteten. Diego hielt die ganze Nacht Totenwache, das gedämpfte Stimmengemurmel kroch durch die tauben Mauern seiner Trauer, und er dachte: »Es sollte Stille herrschen.« Jeder Neuankömmling trat zu ihm hin und murmelte sein Beileid, aber Diego gab kein Zeichen des Erkennens, keine Antwort; er saß wie kataleptisch neben dem Sarg, kein Gefühl erreichte ihn außer der Leere seines Verlustes und seiner Weigerung, ihn zu akzeptieren.

Um neun Uhr wurde der Sarg zugeschraubt, um zehn Uhr wurde er zur Kirche in der Stadt gebracht. Nach der Messe wurde er in einer langsamen Prozession, die die Straßen füllte, die zwei Meilen zum Friedhof getragen. Die Leute gingen zu fünfzehnt nebeneinander, der gewundene Zug der Trauernden war mindestens eine Meile lang. Es waren über viertausend Trauernde, die aus dem ganzen Land zu Fuß oder zu Pferd, mit dem Auto oder dem Flugzeug gekommen waren, um Gouverneur Alejandro Beltrán zu seinem Grab zu geleiten. Aber die meisten stammten aus den Bergen und Tälern, wo er immer gelebt hatte. Es war die Beerdigung einer ganzen Epoche. Diego führte die Prozession an, er ging und trug, abwechselnd mit anderen, schwer an einer der Vorderecken von seines Vaters Sarg den Hang hinunter auf dem Weg zum Friedhof.

Trotz der allgemeinen Trauer und des langsam schwankenden Trauerzuges, der ihm folgte, sah Diego in einigen Häusern am Wegesrand junge Mädchen lächeln, alte Frauen schwatzen und Kinder im trockenen Lehm vor ihren Hütten miteinander spielen. Er betrachtete diese Saboteure seiner Trauer verletzt. Sie waren die wenigen, die den Mann nicht kannten, und ihre Weigerung zu trauern, selbst als Fremde – ihr mangelnder Respekt vor dem Tode seines Vaters –, war etwas, das er nicht verzeihen konnte. Sie wurden zu lauter Zysten in ihm. Die ganze Welt mußte seine Trauer teilen, sie aber taten es nicht, wollten nicht. Hunde hörten nicht auf zu bellen, Hähne nicht zu krähen, Hühner kratzten und Zuschauer plauderten weiter. Die ganze Welt sollte wegen des Verlusts einen Moment in Stille verharren. Nach der Beisetzung würden andere ihn vergessen, ihn, den geliebtesten aller Menschen, Diego aber verharrte in diesem Augenblick, und ebensowenig verzieh er den Unbetroffenen ihre Weigerung zu trauern wie Alejandros Freunden die Kurzlebigkeit ihres Kummers.

Diego war, darüber herrschte Einigkeit, der letzte Beltrán, nicht der letzte der Familie, denn es gab noch einige andere, sondern wegen seines aristokratischen Auftretens und seiner außergewöhnlichen Schönheit. Nach dem Tod seines Vaters nahm Diego das Stahlband, das Don Alejandros Herz wie ein schmerzender Schraubstock zusammengedrückt hatte, und pflanzte es sich ins Fleisch wie einen Dorn. Als Kind, in der Jesuitenschule in San José, hatte er als Buße einen Stachelgürtel getragen, der Löcher in seine Taille bohrte. Ein paar der eifrigsten Jungen hatten dieses freiwillige Marterinstrument auch getragen. Aber Diego trug ihn Tag und Nacht, selbst beim Fußballtraining. Wenn er an jene Tage des Fanatismus zurückdachte, sah er die Verletzungen, die der Gürtel ihm zugefügt hatte, als Kinderspiel. Jetzt, nach dem Tod seines Vaters, würde er diesen neuen Gürtel nie mehr ablegen.

Als der letzte Spaten Erde aufgefüllt und die Blumen in zusammengedrückten Bergen auf das Grab und die angrenzenden Gräber gehäuft worden waren, da es zu viele waren für das Doppelgrab, in dem Don Alejandro lag, ging Diego allein fort und flüchtete in den dritten Stock der Fabrik. Dort war es feucht und kühl, das Mühlrad hatte aufgehört sich zu drehen. Die Maschinerie stand jetzt still, nur der Mühlbach bewegte sich. Diego stand dort, am Rand des großen Lochs, wo das Wasserrad in den Fluß eintauchte; und er blieb drei Tage und Nächte dort. Niemand wagte es, zu ihm zu gehen, niemand näherte sich seinem Weinen. Als er endlich das Gebäude verließ, band er die Seile los, die das Rad hielten, und ging unter dem Lärm der Zuckerrohrpresse fort, die hinter ihm ratterte. Es war das Drehen des fünften Rades, es durchfurchte seine Leere, wühlte in seinem Verlust, fraß sich in den ererbten Grundsatz, nicht aufzugeben.

Lydia lauschte der Geschichte, dann verglich sie ihren Ehemann, wie er damals war, als er mit vierundzwanzig Jahren vom Grab seines Vaters fortging, damit, wie er jetzt war, mit vierzig und gelähmt im Zimmer über ihr. Er hatte versucht, das Leben seiner Freunde und Nachbarn zu erleichtern, er hatte zu ihrer Verteidigung gekämpft, aber letztlich hatte sich die Dürre als stärker erwiesen, das

Land trocknete aus, der Staub war wieder zu der Erde gekommen. Und doch würde man sich an ihn als ehrenwerten Mann erinnern, nicht aufgrund dessen, was er tat, sondern aufgrund dessen, was er war. Die Beltráns waren Neuerer gewesen, Erfinder, führende Militärs und großzügige Männer; vor allem aber waren sie starke Männer, die beherzt allen Widrigkeiten begegneten und eine Bresche schlugen, durch die das ganze Momboytal hatte folgen können. Sie waren Führer in einem Land ohne Chance.

# VI DAS KARTENHAUS

## I

Lydia hatte Benitos Geschichten gelauscht und begann langsam, alle Menschen, die er erwähnte, in einem Stammbaum unterzubringen. Diegos Großvater Rodrigo stach als zentrale Figur heraus, aber es gab andere, kleinere Figuren, die sie auch interessierten. So war sie beispielsweise äußerst verblüfft über die Ähnlichkeit der beiden Beltrán-Schwestern Sara und Rosa (die sie selbst in ihrem staubigen Salon hatte sitzen sehen, hinter Gittern Karten spielend) mit den letzten de Labastida-Zwillingen, die nahezu zwei Jahrhunderte zuvor ebenfalls eingesperrt am Fenster gesessen hatten.

Pedro, der Vater der Beltrán-Schwestern, der beim Massaker von 1903 starb, war Gutsbesitzer und Anwalt gewesen. Nach seinem Tod hatte ihre Mutter sie in einer Atmosphäre wortloser Verbitterung erzogen. Sie schien den beiden Mädchen die Schuld daran zu geben, daß sie die Tragödie überlebt hatten. In der kümmerlichen Restfamilie erinnerte sie deren Anwesenheit ständig an ihren Verlust. Sie liebte nur die Toten und errichtete ihnen einen Schrein mit ihrer Zierporzellansammlung. Niemand wußte, warum sie mit ihren halberwachsenen Töchtern nach Italien ging, ob sie die Orte verlassen wollte, deren Erinnerungen sie schmerzten, oder ob sie nur Porzellan kaufen wollte, sie erfuhren es nie. Aber sie behielt sie über zwanzig Jahre lang dort, tadelte ihre Schwächen und verspottete ihre Ängste.

Als sie starb, hinterließ sie ihnen ihr weitläufiges Stadthaus in La Caldera, ihr Vermögen und ihr gehortetes Porzellan. Und sie hinterließ ihnen die Leere, die sie selbst seit jenem Tag empfunden hatte, als ihr Mann und ihre halbe Familie erschossen worden waren. Rosa und Sara hatten sich danach gesehnt, von der Tyrannei ihrer Mutter befreit zu sein. Doch als sie schließlich starb, waren sie in mittlerem Alter, hatten feste Angewohnheiten und lebten so zurückgezogen, daß sie sich außerstande fühlten, es mit der Außenwelt aufzunehmen. Sie kamen mit dem Schiff aus Italien und bezogen das alte Haus in La Caldera, das seit ihrer Kindheit leer stand. Sie waren so lange fort gewesen, daß sie in ihrer Heimatstadt Fremde geworden waren, und es blieb ihnen nichts als ihr Porzellan und sie selbst. Um dieses Porzellan kümmerten sie sich mit klösterlicher Hingabe. Im Laufe der Jahre feuerten sie sogar alle Dienstboten, damit kein Stück angeschlagen oder zerbrochen würde. Daraufhin mußten sie allerdings endlos darüber zanken, wer von ihnen die Hausarbeit machen sollte. Also ließen sie die Karten entscheiden, wer das Porzellan abstauben sollte, und mit der Zeit spielten sie um jeden Handgriff.

Sie wurden abhängig von den Karten, der geordneten Gesellschaft ihres Bézique-Spiels. Sie lebten in der Pracht der dünnen Kartengesellschaft und für das Ritual des Austeilens und der Stiche. Zu wissen, was sie mit ihren Händen anfangen sollten, schien den Verfall der Stadt aufzuhalten. La Caldera war außergewöhnlich trocken, und eine dünne Staubschicht sammelte sich auf allem. Es schien, als verwittere jeder Backstein und jede Fliese, und als schwebten die Erosionspartikel in der Luft. Auf dem Porzellan der Beltrán-Schwestern schien sich mehr Staub zu sammeln als irgendwo sonst. Mehr als die Hälfte aller Partien wurde gespielt, um die Entscheidung herbeizuführen, wer alle unteren Regalbretter und die Tische voller Figurinen, Dosen, Teller und Schüsseln abstauben würde. Es war mühsam, sie sauber und spinnwebfrei zu halten.

All die bemalten Schnupftabakdosen, japanischen Vasen und ihre Reihen chinesischer Ingwertöpfe verschwanden unter zähem Schmutz, an unzugänglichen Stellen wie oben auf den Schränken. Die Fenster hatten schmiedeeiserne Gitter und Läden, sie wurden fest verschlossen gehalten, um den Staub abzuwehren. Nur das Wohnzimmerfenster wurde je geöffnet, es ging auf den Marktplatz und rahmte den Verfall ihrer Familie.

Auf der anderen Seite des Platzes, ihrem Haus direkt gegenüber, war die Drogerie, dessen Besitzer der uneheliche Sohn ihres eigenen Vaters war. Sie konnten diesen Mann, ihren Halbbruder, in seinem Rollstuhl zu jeder Tageszeit sehen: Er war wie ein deformierter Riese, er hatte ein gewaltiges leeres Gesicht wie das einer Wachspuppe, und statt einer Hand hatte er am rechten Arm eine Art Stahlgabel. Von seinem Vater schien er lediglich Absonderlichkeiten und Körpergröße geerbt zu haben. Er saß den ganzen Tag im Rollstuhl, briet Leber in einer Pfanne, und seine Hauptsorge war offenbar, in einer ständigen Stafette von Pfanne zu Teller die tropfenden Fleischstücke mit seiner Metallhand aufzuspießen. Er hatte sehr große, stumpfe Augen, die sein Tun fast mechanisch verfolgten, und sein Gesicht war ausdruckslos. Die ganze Zeit über kletterte ein kleinwüchsiger, katzbuckelnder Junge wie ein Affe die Regale mit Arznei auf und ab und besorgte die spärlichen Ladengeschäfte. Das groteske Äußere des Drogisten war ihnen als Erinnerung ihres Niedergangs ständig vor Augen. Dieser Halbbruder war einer von nur vier lebenden männlichen Erben. Sobald Sara ihn zufällig erblickte, sah sie fort, betete ihren Rosenkranz, rieb verärgert die Perlen und knallte die Karten auf den Tisch.

Nichts war geworden, wie Rosa und sie es sich gewünscht hatten. Die beiden hatten ein Leben im Wartestand geführt. Sie hatten darauf gewartet, daß all das geschähe, was ihr Vater in Aussicht gestellt hatte. Sara war zehn, als ihr Vater ermordet wurde – sie konnte sich noch lebhaft an ihn erinnern. Er war sehr groß und breitschultrig gewesen, und er hatte immer verschossene Tweedjakken mit Gürtel und Lederflicken auf den Ärmeln getragen sowie Reitstiefel, die besonders hoch waren, um ihn vor Schlangenbissen auf seiner Hacienda zu schützen. Wenn er in der Stadt war, trug er den gestärktesten aller Stehkragen, und wenn er sie fest umarmte, rieb seine Uhrkette ihr gegen das Gesicht, aber sie sagte ihm nie, daß ihr das weh tat. Er war immer als erster zum Abendessen umgezogen, und wenn er fertig war, beugte er sich über die Brüstung im ersten Stock, rief seine Kinder zu sich, und dann gingen sie Hand in Hand hinunter. Sara war groß, dünn und hatte graue Augen, ganz wie er.

Sara ordnete ihre Karten auf der Hand, erst As, dann der König, und dann begann sie, Karten vom Stapel aufzunehmen, dann vergaß sie es, weil sie an die Geschichten dachte, die ihr Vater, Pedro Beltrán, ihnen erzählt hatte. Sie handelten meist von ihrem Großvater, von Onkeln und Ahnen, und er erklärte ihnen immer und immer wieder, daß sie und ihre vielen Verwandten der Stadt und all den Dörfern im Umkreis ein Vorbild sein müßten. Er hatte gesagt, in ihrem Leben werde es zahllose Diners und Bälle, Hochzeiten und Taufen geben. An dieser Stelle machte er stets eine Pause, klopfte auf das vergoldete Wandpaneel und sagte:

»Das ist nicht alles, wißt ihr. Es ist nicht alles Verzierung: Ihr werdet Macht haben, und damit müßt ihr zweierlei tun – erstens, ihr müßt sie nutzen, und zweitens, ihr müßt sie recht nutzen.«

Sara wartete immer noch auf den Tag, an dem sich die Vorhersage ihres Vaters erfüllen würde. Allem, was er sie gelehrt hatte, nachgrübelnd, weigerte sie sich, die Gegenwart hinzunehmen und die Vergangenheit zu vergessen. Wenn sie nur geheiratet hätte, dann hätte sie ein Kind und Erben – nicht nur für das Familienvermögen und die Ländereien, sondern, und das war wichtiger, für ihre Geschichte. Aufgrund ihrer Angst vor Inzucht hatte sie Gabriel Beltrán, ihren Cousin ersten Grades, nicht geheiratet. Sie wußte, daß es die Inzucht der de Labastidas war, die diese Familie ursprünglich zugrunde gerichtet hatte. Seit ihrer Kindheit wurde sie von Bildern entstellter und geistesschwacher Kreaturen heimgesucht, die ihre Ländereien erbten. Diese Bilder verfolgten sie bei Nacht, und bei Tag beunruhigte das Bild der de Labastida-Schwestern, die hinter den Gittern ihres zerfallenden Herrenhauses dahinwelkten, ihre Gedanken. Erst in den letzten Jahren vor ihrem eigenen Tod begriff sie, daß die beiden Schwestern Rosa und sie waren, auch wenn sie schon lange wußte, daß die Geistesschwachen sich auf der anderen Seite des Platzes befanden, als zwei Ladenbesitzer getarnt. Gabriel hatte schließlich sein Werben aufgegeben und war nach Frankreich gegangen. Sie und ihre Schwester hatten Europa wegen der Unruhen und des Geredes von Krieg 1938 verlassen. Gabriel hatte ihr eine Postkarte aus Grenoble geschickt; es war eine Photographie von ihm selbst in der Uniform eines französischen Offiziers. Der einzige weitere Brief mit Neuigkeiten von ihm brauchte acht Monate, um anzukommen: Er unterrichtete sie, als seine nächste Verwandte, davon, daß er gefallen war. Die Stimme ihrer Schwester drängte sie, eine weitere Karte aufzunehmen, sie tat es und zählte dabei die noch verbliebenen Angehörigen ihrer Familie. Da waren sie selbst und Alejandros Sohn Diego; der hinkende Cristóbal, der mißgebildete Drogist und eine aufgeblähte, zwergenhafte Kreatur, die am anderen Ende des Platzes einen Süßwarenladen besaß. Er behauptete, ihr Cousin zu sein, ein unehelicher Sohn von Don Juan Beltrán, der neunzig uneheliche Söhne und keinen rechtmäßigen Erben hatte. Es war wie ein grausamer Hohn, daß alle seine Söhne, auch die drei brillanten Ingenieure, gestorben oder verschwunden waren und nur dieser aufgedunsene Gnom übrig sein sollte.

Die Drogerie und der Süßwarenladen standen wie Ecksteine von La Caldera, der Stadt, die nahezu zweihundert Jahre zuvor durch die Heirat zweier bedeutender Familien entstanden war. In der Mitte des Platzes befand sich eine Statue, die ihren Großonkel General Mario Beltrán auf einem steigenden Bronzepferd zeigte. Er wurde auf einer Seite von ihrem eigenen baufälligen Haus belagert, auf der anderen von dem verkrüppelten Riesen mit der Stahlforke statt Fingern und dem Zwerg. Mehr als die Hälfte seiner direkten Nachfahren gehörten auf jene Seite: Was würde er sagen, wenn er sie jetzt sehen könnte? Sara war froh, daß er tot war und niemals sehen würde, wie tief die Familie gesunken war.

»Du mischst, ich hebe ab.«

Nur Cousin Alejandro und sein Junge hatten ihr aristokratisches Wesen nie verloren. Alejandro war oft mit einem Blumenstrauß oder etwas Gebäck für sie vorbeigekommen; er hatte ihnen sogar ein ledernes Toilettenköfferchen gebracht, in das Dosen und Flaschen aus Porzellan eingepaßt waren. Er war so freundlich, sie hätte ihn fast hereingelassen, aber er schien über die Jahre ganz zufrieden damit, vom Trottoir aus erst seine Tweedmütze, später seine Kreissäge und noch später seinen Panamahut zu ziehen. Als er starb, hatten sie sich zum ersten Mal seit sechs Jahren nach draußen gewagt und waren bei der Beerdigung hinter seinem Sarg gegangen. Während der Totenmesse waren sie entsetzt, daß sie in dieser großen Menge so wenige Menschen kannten. Ihr Vater hatte ihnen versprochen, sie würden wie die Königinnen des Tals sein, und doch war klar, daß die einzigen Kronen und Zepter auf ihre Spielkarten gemalt waren, und ihre einzige Gelegenheit, sich unter Adlige zu mischen, blieb auf ihre Bézique-Partien beschränkt. Sie spielten nie etwas anderes als dieses Spiel, das am französischen Hof entstanden war: Es war das Spiel der Kavaliere, ein Spiel für die Wartezeit zwischen Schlachten.

Vom Tag, an dem Alejandro Beltrán starb, bis zum Tag, an dem sie selbst starben, trugen die Schwestern tiefe Trauer. Sie trugen sie nicht nur für ihren Cousin, sondern für alle Menschen, die ihnen fehlten, und für den Lebensstil, der für immer verschwunden war; und Sara trug sie für Gabriel und den Tod der Familie, zu deren Auslöschung ihre eigene Ehelosigkeit beigetragen hatte. Sie spielten ihr Leben, ausgeteilt wie die Karten zu zweien und dreien, unter der turbulenten Deckenbemalung, von ihrem staubigen Porzellan umgeben. Sie mischten und gaben, gaben und spielten, mit der Eilfertigkeit von Falschspielern. Nichts außer einer fehlenden Karte konnte ihr Spiel stören oder beenden. Unwetter und Hitzewellen, Beben und Fieber zogen an ihnen vorüber und hinterließen keinen größeren Eindruck als der Botenjunge oder der Klempner.

Rosa meldete eine Doppel-Bézique, die Partie war vorüber. Es waren zwei Karo-Buben und zwei Pik-Damen; es konnten Tage vergehen, ohne daß es eine Partie mit einer solchen Kombination gab. Es war ein gutes Omen, wenn es geschah, wie die Wiederholung der ersten Heirat zwischen den umherziehenden Beltrán-Brüdern und den de Labstida-Zwillingen, wie ihre eigene Erlösung aus diesem zerfallenden Gefängnis von einem Haus. Auch sie saßen am Fenster, tagein, tagaus, zwei Schwestern, die darauf warteten, daß Märchenprinzen herbeiritten und ihr Leben veränderten. Es war in ihrer Familie schon einmal geschehen, als sie degeneriert und nahezu ausgestorben war, und es geschah innerhalb der strengen Regeln ihres Kartenspiels: Warum sollte es nicht auch ihnen geschehen? Unterdessen warteten sie einfach und vertrieben sich die Zeit. Sara war mit Fegen dran. Sie sammelte alle Krümel und Stücke des modrig bröckelnden Putzes sowie sehr viel Staub auf das Stück Blech, das als Kehrblech diente. Sie war mit Mischen und Geben dran, Rosa mit Abheben. Sie gab drei Karten, dann zwei und dann drei – wie sie es immer taten; dann deckte sie die Trumpfkarte auf, es war Kreuz, und die Teestunden-Partie nahm ihren Anfang.

## II

Der Süßwarenmann von gegenüber hatte einen Klumpfuß. Er war erst nach La Caldera gekommen, als sie im Ausland waren. Nach ihrer Rückkehr hatten sie, ohne recht bei der Sache zu sein, den Versuch unternommen, eine lebenslange Isolation durch Besuche bei ihren Nachbarn wettzumachen. Doch die Notwendigkeit von Gegenbesuchen veränderte ihre Pläne schon bald. Niemand durfte ihr Haus betreten – bereits einige Stunden außer Haus machten ihnen panische Angst, während ihrer Abwesenheit könne etwas zu Bruch gehen. Man hatte sie, bei einer dieser Visiten, über ihre Verwandtschaft mit dem Besitzer des Süßwarenladens in Kenntnis gesetzt, und gemeinsam hatten sie ihn aufgesucht. Rosa schien von ihm unbeeindruckt, ja gelangweilt, sie hatte auf dem Absatz kehrtgemacht und war gegangen; aber Sara war ebenso fasziniert wie entsetzt von dem, was sie sah, und hielt sich länger in seinem Laden auf.

Von außen war der Süßwarenladen lediglich eines der halbverfallenen Häuser, die schief am Platz standen. Sobald man jedoch drinnen war, veränderte sich jedes normale Gefühl für Proportionen. Es war ein riesiges Gewölbe, wie ein Kaufhaus, das den Eindringling zu verschlucken schien. Es war dunkel und völlig leer, mit Ausnahme einer winzigen Ladentheke ganz hinten. Der Ladenbesitzer selbst, ein Zwerg, stand hinter der Theke; sein Gesicht und seine Hände waren so aufgedunsen, daß seine bleiche, gedehnte Haut Schwierigkeiten zu haben schien, eine eigentümliche Krankheit zurückzuhalten, die jeden Augenblick durchzubrechen und auszufließen drohte. Sara beobachtete seine reptilienartigen Bewegungen und fragte sich, wie in aller Welt dieser groteske Mann ein Sohn von Juan Beltrán sein konnte. Ihre Familie war immer so gutaussehend gewesen – wie hatte sie zu so etwas degenerieren können?

Der Blick des Ladenbesitzers trotzte ihr aggressiv, er erriet einige ihrer Gedanken. Seine Augen waren kaum zu sehen, so klein waren sie, und unter den transparenten Säckchen, die sie fast bedeckten, schossen sie pfeilgleich hin und her. Seine bläuliche Haut schien unablässig zu pulsieren, dadurch sah er aus wie eine Schüssel frischer Lunge beim Metzger. Über der Theke waren nur sein Kopf und seine Arme zu sehen, und seine geschwollenen Wurstfinger trommelten auf der fliegenübersäten Verkaufsfläche, voller Ungeduld, daß die Frau vor ihm sprechen oder gehen würde. Sara brachte es nicht über sich, den wahren Grund ihres Besuchs im Laden zu nennen, also bat sie um ein Pfund Lebkuchen und schickte sich zum Gehen an. Seine aufgedunsenen Hände packten den vertrockneten Kuchen in solcher Eile in ein Stück fleckiges braunes Papier, daß alle Fliegen darauf zu Boden fielen. Keine der Schwestern kehrte je in den Laden zurück, aber wenn sie aus dem Fenster blickten, sahen sie ihn deutlich. Die Beltrán-Familie hatte immer Extreme beherbergt und erzeugt: Früher einmal waren sie stolz darauf gewesen. Nun besetzte der aufgedunsene Süßwarenladenbesitzer, ein längst ertrunkenes Kind, aufgetrieben bis kurz vor dem Bersten, die eine Ecke des Platzes, der verkrüppelte Riese von einem Halbbruder die andere. Die zwei Schwestern saßen zwischen ihnen gefangen, eingesperrt in ihr eigenes Scheitern. Sie warteten immer noch darauf, daß etwas geschah.

»Eine Bürger-Mariage!«

Für ein Ereignis wie dieses sparten sie ihre Kraft auf.

»Bézique; nimm eine Karte, Sara.«

Sara nahm ein As auf, spielte vier Asse. Sie nahm ihre acht Karten auf und spielte die verbleibenden acht Stiche, indem sie jeweils in der Farbe bediente oder abwarf. Am Ende der Partie blieb einem keine Wahl. Endlich einmal war es ihr gelungen, eine Partie zu gewinnen, also mußte Rosa in die Küche gehen und Tee machen.

Das Scheuern von Rosas Handgelenken an der Tischkante drohte die Gehässigkeit zu entdecken, die sie unter der Haut spürte; sie haßte es, zu verlieren: Sie fand, sie habe im Leben so viel verpaßt, daß sie es einfach nicht ertragen konnte, auch beim Kartenspiel verlieren zu müssen. Zu ihrem Glück verlor gewöhnlich Sara – was wirklich nicht überraschend war, da sie ihr halbes Leben damit zubrachte, in den Tag hinein zu träumen und aus dem Fenster zu starren. Sie selbst hatte keine Lust, die Nachbarhäuser zu betrachten oder die Leute, die vorübergingen: die ganze Stadt verfiel – es war schlimm genug, den Staub überall auf dem Porzellan zu haben, da mußte man nicht auch noch jedem einzelnen Backstein beim Verwittern zusehen.

Der Nachmittagstee war Rosas Lieblingsmahlzeit: Fast lohnte es, die Teestunden-Partie zu verlieren, da sie dann die Kuchen und Sandwiches anrichten konnte, die sie aßen. Sara aß sowieso fast nie etwas und knauserte daher oft beim Brotbelag und der Größe der Scheiben. Rosa legte Zimtkekse und Rührkuchen auf die Etagere, hübsch symmetrisch angeordnet. Sie hatte alles sorgfältig in besondere Formen geschnitten und war unschlüssig, ob sie die Ränder und abgeschnittenen Kanten essen oder so nett wie möglich arrangieren sollte. Sie polierte die Tassen, bis sie glänzten, und servierte den Tee mit Zitrone. Sie rollte den Wagen den düsteren, modrigen Flur entlang zum Wohnzimmer und steuerte dabei geschickt an den vollgestellten Ecken vorbei. Sie dachte voll Genugtuung, daß kein Fremder es schaffen würde, ihren Flur entlangzugehen, ohne mindestens den niedrigen Tisch mit Schäferinnen umzustoßen, der auf halbem Weg hervorstand. Sie vermutete zu Recht, daß ihre Schwester zur Drogerie hinüberstarren würden, wenn sie hereinkäme. Sara aß wie üblich fast nichts.

Mit Rosas ungeduldigem »Du hebst ab« begann eine neue Partie. Sara starrte die meiste Zeit aus dem Fenster, wie eine Gefangene, die den Gefängnishof überblickt. Sie hatte ihre Kindheit an die Ritzen der Fensterläden gepreßt verbracht und voll Sehnsucht auf die verbotene Welt hinausgeblickt. Sara aß nicht und schlief nicht, sie war abgezehrt und allein, wachsam und scheu zugleich.

Das Haus der beiden Schwestern war wie ein Stundenglas, das Verrinnen der Zeit war an der Dicke von Staub und Sand zu messen, die sich auf jeder Fläche sammelten. Spielkarten bewegten sich auf dem Tisch, bis die gemalten Gesichter abgegriffen waren und verblichen; dann nahmen sie ein anderes Blatt in Gebrauch, das favorisiert wurde und herrschte, bis auch dieses zu Tode gespielt worden war. Jeder Tag folgte dem vorigen in der gleichen Weise. Es schien Sara, als hielte sie einen Zipfel eines riesigen Zeltes – die anderen beiden Zipfel hielten der Drogist und ihr Cousin, der Ladenbesitzer, während der vierte im Wind schlug. Hin und wieder hinkte Cristóbal, ihr anderer Cousin, vorbei, um darauf zu achten, daß keiner von ihnen losließ. Sara wußte, daß ihre Kräfte schwanden und daß ihr nur die Hoffnung blieb, genau so zu bleiben, wie sie war – eine Bewegung und der kostbare Stoff wäre verloren, und der Zeltstoff war alles, was geblieben war, um sie vor dem Wüstenwind und der Sonne zu schützen. Während also Rosa aß, bis sie nicht mehr konnte, hielt Sara die Monotonie ihres eigenen Exils aufrecht und bemühte sich, dafür zu sorgen, daß die Gleichförmigkeit unverändert blieb.

In allem war Gleichförmigkeit; überall im Haus und auf dem Platz stellten Saras starr blickende Augen ihr Vorhandensein fest. Die Ankunft des Botenjungen war gleich, auch wenn über die Jahre der Junge selbst mehrfach wechselte. Es war die gleiche dürre braune Hand, die ihre Pakete durch die halbgeöffnete Tür reichte; und im Halbdunkel der Diele war es die gleiche Zusammenstellung von Schachteln mit verschüttetem Reis und Linsen; und die Lebensmittel waren immer die gleichen zweitbesten für diese Schwestern, die stets ihre Rechnungen bezahlten, aber ihre Waren nie aussuchten. Das gleiche Unkraut wuchs um General Mario Beltráns Statue auf dem Platz, und seine Wüstenblüten unterschieden sich nie. Der Drogist mit seinem leeren Blick und seinen gebratenen Leberstücken änderte sich nie; und der kleine Junge, der für ihn arbeitete und den Kopf rasiert hatte und wie ein ängstlicher Affe an den vollgestellten Regalen auf- und abkletterte, wuchs nie, sondern wurde nur alt und verhutzelt, während er das Geschäft seines Herrn versorgte.

Sara hatte sie genau beobachtet, hatte aber weder herausfinden können, was den kleinwüchsigen Diener dort hielt, noch was er am Verhalten seines Herrn so sehr fürchtete. Der Drogist schien sich nie zu bewegen oder zu sprechen; dennoch blieb seine schweigende Tyrannei unverändert. Alles blieb gleich; selbst Veränderungen geschahen durch solch unmerkliche Verschiebungen, daß sie in die Gleichförmigkeit von früher hinüberglitten. Offenbar war das Klima heißer geworden, das Land kahler, die Menschen weniger; aber die Pakete mit Leckereien aus dem Süßwarenladen auf der anderen Seite des Platzes blieben die gleichen. Rosa faltete das klebrige Papier auseinander, klaubte die Fliegen ab und aß die zuckrige Manscherei trotzdem, ihre Taille wurde immer dicker und verschwand, bis ihr ganzer Körper gleich schien. Und die Köpfe ihrer Statuetten, die unter dem Staub hervorragten, waren gleich; Saras Sehnsucht nach jemandem, den sie lieben könnte, blieb sich gleich; die Bézique-Karten auf dem Tisch waren gleich; und so blieb es in der zwanzig Jahre andauernden Eintönigkeit ihres Lebens in dem Städtchen La Caldera.

## III

Rosa starrte über den Kartentisch hinweg auf ihre alternde Schwester. Es war sechs Uhr, der Tee war vorüber, und Rosa hatte sich überfressen, wie immer. Rosa war dick, ihre Schwester dünn geworden. Die Karten und die Blöcke lagen wieder auf dem Tisch bereit. Pik war Trumpf, die Partie begann. Rosa bemühte sich vergebens um die Aufmerksamkeit ihrer Schwester; sie fühlte sich aus den Gedanken ihrer Schwester und aus dem Leben als solchem hoffnungslos ausgeschlossen; doch es schien ihr nichts auszumachen; ihre eigenen Gedanken sammelten sich vage und zerstreuten sich wieder; es war eigenartig, wie wenig und wie sehr sie einander verstanden.

»Ich komme raus«, sagte sie und steckte die gerade aufgenommenen Karten um.

Sie kam meistens raus. Rosa hatte vier Könige auf der Hand, ihre Schwester vier Buben – beide wollten sie sie ansagen.

Rosa schien an diesem Tag wie nicht bei sich, die Hitze schien ihr noch mehr zuzusetzen als sonst, kein noch so heftiges Fächern konnte ihr Erleichterung verschaffen. Unter den Eiderdaunen ihres Fleisches erstickend, japste sie nach Luft, rang mit dem Ansturm von Panik und Schmerz, der ihre Brust ergriff; dann sackte sie zurück in einen tiefen Schlaf. Sara beobachtete sie und fragte sich, warum sie solche Anfälle von Magenverstimmung erlitt. Zwei Stunden waren vergangen, Saras Augen schmerzten vom Blick auf den Platz; nichts hatte sich verändert, aber sie spürte in sich eine Regung, als werde sich etwas verändern – und tief drinnen hoffte sie, daß es zum Besseren sein würde. Unmittelbar vor Sonnenuntergang trottete Cristóbal mit seinem Stab und seiner Prophetenmähne vorüber. Er hinkte meist um diese Zeit vorbei, doch trotz ihrer Verwandtschaft beachtete er Rosa und sie nie; daher war sie überaus verwundert, daß er an jenem Abend sogar vor ihrem Fenster stehenblieb und ihnen zunickte, bevor er langsam weiterging. Sara spürte, wie ihr Körper vor Freude glühte; etwas bahnte sich an, ohne daß sie losgelassen hätte – dies war der besondere Tag, auf den sie gewartet hatte. Rosa und sie hatten nie etwas anderes gemeinsam gehabt als den Schutz, zu zweit zu sein, sie waren weniger verletzlich, wenn sie einander beschirmten; dann aber dachte Sara, daß ihre Schwester trotz ihrer Unterschiedlichkeit alles war, was sie hatte, und daß sie sie auf ihre Weise liebte – wenn sie aufwachte, würde sie es ihr sagen –, daher stand sie auf, um sie zu wecken und an der kommenden Veränderung teilhaben zu lassen.

Sara schüttelte ihre Schwester an der Schulter, und als deren Hand steif hin- und herschlenkerte, begriff sie, daß die Veränderung tatsächlich eingetreten war: Rosa war tot. Sie ließ die tote Fleischmasse los, die sie in der Hand hielt, glättete das Kleid ihrer Schwester, dann setzte sie sich und starrte auf den Platz hinaus. Sie beschloß, den ersten Menschen hereinzurufen, der an diesem Abend an ihrem Haus vorüberginge; die Uhr der Kathedrale schlug die Stunden, aber niemand kam. Die Drogerie war geschlossen, der Süßwarenladen lag im Dunkeln. Sie spielte mit dem Gedanken, hinüberzugehen und um Hilfe zu bitten, doch die Vorstellung von abgestandener Leber und ranzigem Fett sowie der Gedanke, die Stahlklaue des Drogisten könnte sie trösten, brachten sie davon ab. Bis Mitternacht war kein Passant vorübergekommen, und Rosas Leiche füllte den Schaukelstuhl. Sara versuchte, das reglose Fleisch ins Leben zurückzuschütteln, spürte aber nichts als das Gewicht und die empörte Stimme ihrer Mutter, die schalt: »Sara, du vergißt deine Herkunft.«

Bei den letzten sieben Stichen vor Spielende muß bedient werden, stand auf der Rückseite ihrer Blöcke. Jetzt, wo Rosa tot war, mußte Sara bedienen.

Als sie entschieden hatte, was sie tun würde, mußte sie noch entscheiden, wie sie es tun würde. Rosa war leicht gestorben, und ihre Schwester wünschte sich einen ähnlichen Tod, aber sie sah voraus, daß ihre letzten Stunden ebenso langsam und quälend sein würden, wie es ihr Leben gewesen war. Rasche Bewegungen waren nie ihre Sache gewesen, und jetzt würde es auch keine geben: Kein Schuß oder Schnitt würde den letzten Atemzug herbeizwingen, alles mußte gleich bleiben. Die Nacht nahm ihren Lauf, doch Sara kam zu keiner Entscheidung über Zeitpunkt oder Art ihres letzten Stichs. Sie wartete, wie sie es ihr Leben lang getan hatte, auf eine letzte Chance, hoffte auf einen Aufschub. Sie streifte ziellos durch den dicken Staub und die vollgestopfte Enge ihres Hauses, entschied sich für Gift, fand die alte Hausapotheke, in der die Gifte aufbewahrt wurden, und holte sie herunter.

In dem Schränkchen befand sich eine zusammengewürfelte Ansammlung von Flaschen und Tiegeln, in den meisten nichts als ein Hauch abgestandenen Puders oder Spuren dunklen Gummis, das am Boden klebte. Laudanum und Arsen, Chloroform und Morphium, alles war leer, Silbernitrat und Kupfersulphat vor langer Zeit ausgelaufen, es war nur eine angestoßene Flasche verfärbten Schwefels geblieben, den man verbrannte, um Fledermäuse zu vertreiben, sowie weißes Antimon, mit dem die Pferde gestriegelt worden waren. Sara wußte, daß irgendwo ein Glas mit bitteren Mandeln stand, die Rosa von dem verkrüppelten Baum im Garten gepflückt hatte, aber sie konnte sich nicht erinnern, wohin sie es gestellt hatte. Der alte Baum hatte nie zuvor Früchte getragen, aber im vergangenen Jahr hatte er auf einer Seite geblüht, und Rosa hatte die Mandeln gepflückt, die er bekommen hatte.

Sara dachte bitter, daß Rosa es immer geschafft hatte, den letzten Stich zu machen und die Bedingungen für die letzte Runde zu diktieren. Ihr eigenes Schicksal war es immer gewesen, zu bedienen oder abzuwerfen. Sie wollte, daß Rosa aufwachte und ihr zeigte, wo die Mandeln waren. Sara durchwühlte die Gifte, angewidert von diesem letzten Beweis ihrer Pechsträhne. Sie würde auf die bitteren Mandeln verzichten müssen, um Rosas Beispiel zu folgen. Sie mischte sich ein Gebräu aus kaltem Tee und Antimon, dann befingerte sie die Minton-Tasse und wünschte sich, daß statt dessen das Bronzepferd vom Platz hereinreiten und mit dieser Mixtur gestriegelt würde, die sie für sich zubereitet hatte, aber gar nicht gern schlucken wollte.

Sie zündete die Lampe an, drehte die Flamme hoch und

beobachtete, wie von innen ein grüner Schatten in die Nase ihrer toten Schwester stieg. Vorsichtig nahm sie die vier Könige aus Rosas Hand und spielte, eingezwängt zwischen der Hitze und ihrer Tasse Gift, ihre letzte Bézique-Partie. Die rechte Hand spielte gegen die linke, die rechte Hand gewann; daher führte sie die Siegerhand an die Lippen, schluckte das Antimon in einem langen Zug und lehnte sich zurück, um den Morgen durch die Fenstergitter kommen zu sehen.

## IV

Auf der anderen Seite des Tisches schien ihre graugrüne Schwester zu schlafen, aber Sara wußte, daß es in ihrem dicken Bauch gärte. Ein nagender Schmerz kratzte in ihr, sie reichte hinüber und hielt Rosas steife Hand in ihren knochigen Fingern. Vom Moment des ersten Schmerzanfalls bis zum Moment ihre Todes kam jede Empfindung, die bis in ihr Bewußtsein vordringen konnte, in aufeinanderfolgenden Wellen gut gezielter Schläge. In ihr waren Ratten und heiße Kieselsteine, in ihren Adern floß kaltes Blei statt Blut. Sie meinte, Rosa in den Frühstadien der Zersetzung schnarchen zu hören, sie hörte die Leber des Drogisten zischen, das Pferd des Generals wiehern und die Warnung des Pferdeknechts: »Laß die Finger vom Antimon!« Alles Porzellan im Haus schien zu Boden zu fallen, zu zweien und dreien, die gemalten Cherubim an der Decke zwinkerten ihr zu, auf obszöne Weise, und Übelkeit zerrte in einem Strudel an ihren Eingeweiden. Nur die lange Jahre geübte Selbstbeherrschung bewahrte sie davor, zu schreien, und das sich durchsetzende Verlangen nach Gleichförmigkeit hielt sie davon ab, sich zu übergeben.

Erst als die Sonne auf die andere Seite wanderte und sich

die toten Stunden näherten, konnte Sara den Schmerz hinter sich lassen und wirklich anfangen, zu entgleiten. Ihr Leben und ihr Selbstmord waren ein langsames Sterben, aber in der reglosen Hitze des Nachmittags spürte sie, wie sich der Zipfel des Zeltes, den sie so viele Jahre gehalten hatte, losriß; als er gen Himmel flatterte, schlug er wie eine Fahne, fächelte frische Luft in Saras muffiges Haus, und die Brise begann, die Sandhaufen zu bewegen. Gabriel, ihre Mutter und ihr Vater waren unter dem Sand, halb beerdigt mit allen anderen, die sie je gekannt hatte; sie selbst hatte auf ihnen gelebt, sie war über ihnen alt und leer geworden, hatte sich wegen jeder Falte gegrämt und mehr Hoffnungen und Ängste genährt, als sie ertragen konnte. Sie hatte sich in selbstgenügsames Schweigen gerettet, und sie hatte alles aufbewahrt, was ihr nahe kam. Jetzt, in der Stunde ihres Todes, mußte sie bersten und sich zerstreuen wie ein vertrockneter Bovist, sie mußte explodieren, um ihr Leben zu rechtfertigen. Statt dessen sackte sie nur nach vorn, und ein kleiner Klumpen aus ihrem Magen lief an dem langen schwarzen Kleid und dem Stuhlbein hinunter, in einer letzten, postumen Entleerung. Dies war das einzige Bersten ihres Körpers – ansonsten verweste sie einfach am Tisch zusammen mit ihrer Schwester.

Niemand wußte, wie viele Tage vergangen waren, bevor man die beiden Leichen entdeckte: Einige sagten Tage, andere sagten eine Woche. Wie lange es auch war, noch länger dauerte es, bis der Gestank ihres toten Fleisches die Stadt verlassen hatte, der Zuwachs an Fliegen und Geiern aber blieb, und keine noch so große Menge Kreosot konnte sie verscheuchen.

Die beiden Frauen wurden beerdigt, und ihre weitläufiges Haus wurde versiegelt. Kein Testament wurde verlesen, und keine Erben kamen, um auf Staub und Holzwürmer, Spinnen und Porzellan Anspruch zu erheben; also brachen erst die Ratten und dann die einheimischen Kinder ein und tobten in den vollgestopften Eingeweiden des Hauses umher. Anfangs wurden kleine, später größere Trophäen erbeutet, schließlich wurden die Türen aufgebrochen und das Porzellan der zwei Schwestern bis in den letzten Winkel von La Caldera verstreut, von der Calle Vargas bis zum Camino Real. Kinder spielten mit Puppen aus dem achtzehnten Jahrhundert, zerbrach der Porzellankopf, gingen sie zurück und holten neue; auch wurden das Zierporzellan, die Blumen und alle Statuetten zerschlagen und fortgeworfen. Räudige Hunde fraßen aus glasierten Puddingformen, Hühner pickten ihre muffigen Körner aus Trögen, die einmal Gebäck-Etageren gewesen waren. Ihre Spielkarten wurden fast ausnahmslos zerrissen und als Dochte benutzt, das Haus selbst verfiel und geriet fast unmerklich unter den Treibsand.

Wieder war die Familie praktisch ausgestorben, und wieder wurde viel angestoßenes und zerbrochenes Porzellan über das Land zerstreut. Das Tal war bedeckt mit leuchtend bunten Porzellanscherben und einer Schicht Verzweiflung. Nach dem Tod der beiden Schwestern übernahm die Dürre den Zipfel, den Sara Beltrán losgelassen hatte, preßte jedes Leben aus dem Land und brachte Untergang und Krankheiten, die das schmutzige Wasser übertrug. Die Dürre preßte so sehr, daß jene, die blieben, nicht nur Überlebende waren, sondern Kampfgefährten. Da waren das Land und die Dürre und Lydia Sinclair, die schwanger war, und ihr Ehemann Diego, der gelähmt war, und da war Cristóbal Beltrán, alterslos, allwissend, unzerstörbar. Cristóbal war derjenige, der den Sand durch das Stundenglas rinnen ließ, und er war es, der der dicken Rosa Beltrán das Zeichen gegeben hatte, zu sterben.

# EPILOG

## I

Am dritten Morgen nach dem Tod des alten Benito wachte Lydia auf und fühlte sich müder und verkrampfter denn je. Es war der Tagesanbruch des 3. September 1962, sie streckte sich und genoß die kurze Atempause vor der Sonne: Nur am frühen Morgen konnte die Höhe der umliegenden Berge dem Klima trotzen. Die Sonne stieg langsam über das Gebirge, bald würde die reglose, luftlose Hitze eines jeden Tages dasein, um die rissige Haut des Tales erneut zu schinden. Lydia rutschte vorsichtig aus dem hohen Mahagonibett mit den Seidenholzintarsien, zog sich leise an und ließ ihren Mann Diego in seiner massigen Reglosigkeit schlafen. Sie blieb eine Weile auf der Schwelle stehen und betrachtete seinen unbeweglichen Körper in dem siebten Monat seiner Lähmung und dem zweiten Jahr im Bett. Haare und Bart waren lang und grau geworden, so daß er mehr denn je wie sein entfernter Verwandter Cristóbal aussah, der immer noch jeden Tag an ihrem Haus vorbeihinkte.

Vom breiten Balkon aus, der zu ihren Zimmern gehörte, konnte sie die dicken, abgestorbenen Blätter des Malaguettabaums sehen, dessen aromatische Blätter dufteten, und die trockenen Reste eines dichten Jasminstrauchs; am anderen Ende des Hauses, am Fuß des Berges, der am nächsten war, stand eine einzelne Reihe Palmen, eine älter und höher als die andere, jede mit einer Traube vertrockneter Früchte oben in der Krone. Dort war ein Baum für jeden Beltrán, der auf der Hacienda geboren worden war, gepflanzt worden: einer für Rodrigo und einer für jeden seiner Söhne, einer für Alejandro und einer für Elias, einer für Diego und einer für ihren eigenen toten Sohn. Diese Palmen stammten nicht aus den Anden, sondern waren von der Küste heraufgebracht worden, und sie entrollten ihre Wedel wie Widerstandsbanner. In den vergangenen vier Jahren waren sie gediehen wie nie zuvor. Die Dürre und der Treibsand bekamen ihnen, sie reckten sich in der Hitze, die sie so geduldig erwartet hatten, und inmitten der Herbstfarben verbrannter und sterbender Bäume sowie der verkohlten Spuren von Feuer behielten sie ihren grünen Schimmer und trugen Früchte. Lydia sah mit Bedauern, daß jetzt sogar diese Palmen welk geworden waren, ihre Wedel lagen wie Feuerhaufen aus Adlerfarn um die fransigen Stämme gestreut.

In der Küche machte sie Kaffee, lehnte sich dann an die Balustrade zur Straße hin und wartete, daß Cristóbal in ihr Blickfeld hinkte. Der Kaffee war stark und mit Satz, er schmeckte wie alles im Haus nach Getreidekäfern. Und doch schmeckte er ihr an diesem Tag besonders gut, sie wußte, daß es die letzte Tasse Kaffee sein würde, die sie dort trank: Es war ihr letzter Tag auf der Hacienda. Nach drei Tagen und Nächten Arbeit war es ihr schließlich gelungen, aus der Flotte kaputter Autos in den Ställen einen kompletten Jeep zusammenzubauen und ihn auszustatten. Als sie dort stand und ins Tal hinunterblickte, schmerzte sie die Vorstellung, Cristóbal vor ihrer Abreise nicht noch einmal zu sehen, bis ins Mark.

Es wurde acht Uhr, bevor sie die vertrauten Geier sah, die sein Kommen ankündigten. Dann folgte er, dicht dahinter, auf seinen Stab gestützt. Als er sich dem Torbogen näherte, wo Lydia stand, versuchte sie, jeden Fetzen und jedes Detail an ihm in sich aufzunehmen, um sich später daran erinnern zu können. Sie prägte sich die struppige Mähne seiner grauen Haare und den zerfetzten Stumpf des verkrüppelten Beins ein. Wenn sie später an diesem Tag fortführe und ihren gelähmten Ehemann Diego sowie ihr ungeborenes Kind mitnähme, würde Cristóbal der letzte Beltrán im Tal sein und (möglicherweise) der letzte Mensch. Aber er war schon so lange dort, daß er fast das Tal war. Benito hatte gesagt, Cristóbal sei schon ein alter Mann gewesen, als er, Benito, noch ein Kind war. Er patrouillierte seit mehr als einhundert Jahren an den Ufern des Momboy entlang. Er bewegte sich in seinem endlosen Kommen und Gehen wie ein Pendel, und zwar mit solcher Gleichförmigkeit, daß er wie das Land selbst war. Nicht einmal der Tod hatte ihn, wie andere Menschen, eingeholt: Sein Alter war nicht das Alter eines Sterblichen. In allem, was er tat, war er ungewöhnlich – er bewegte sich zwischen Extremen, weigerte sich anzuhalten; und anders als andere würde er niemals auf eine Weise sterben, die den üblichen Übergang von Tod zu Verwesung beinhaltete. Er würde nicht sterben, er würde sich mit dem ganzen Tal langsam auflösen, und gemeinsam würden sie zu Sand werden. Die Dürre verdickte sein Blut, und er spürte, wie ihr unablässiges Vordringen seine Adern verstopfte. Der Wust seines Barts und seiner Haare waren versengt und schütter wie die letzten verdorrten Unkrauthalme, seine ehemals rötliche Haut war zu trockenen Schuppen verbrannt, die hinter ihm zu Boden fielen.

Lydia sah ihn an jenem Morgen auf sie zukommen wie ein langsames Gespenst. Seine Kleider wirkten zerrissener denn je, die Schnur, die seine Hose hielt, war zerrissen und schleifte hinterher. Benito hatte ihr die Geschichte dieser riesigen Vogelscheuche erzählt, seiner Verkrüppelung, viele Male, und doch war sie von ihrer Seltsamkeit immer wieder überrascht. Cristóbal war der dritte Sohn von Ernesto, der sowohl Finanzminister in Caracas als auch ein berühmter Richter in Trujillo gewesen war. Als Cristóbal sechs Jahre alt war, starb seine Mutter bei der

Geburt eines Jungen, der ebenfalls starb, sein Vater zog sich mit seiner Trauer in die Hauptstadt zurück und vernachlässigte seine drei Söhne zugunsten seiner früheren Laufbahn.

Die beiden älteren Jungen regierten den Haushalt und die Besitzungen der Familie mit autoritärem Fanatismus. Ihre vorzeitige Bürde hatte sie außergewöhnlich selbstbewußt werden lassen, und sie duldeten in ihrem Terrorregime keinerlei Nachgiebigkeit. Sie spürten, daß etwas von ihrer ehemaligen Macht ihrem Zugriff entglitt; es schien, als spüle der Momboy-Fluß die Sitten und Gebräuche ihrer Arbeiter fort, und sie sahen es als ihre Pflicht an, ein tadelloses Vorbild zu geben. Cristóbal jedoch war das nicht beizubringen. Die Riemen ihrer Peitschen hinterließen in seinem Denken keine Spuren, und je härter sie ihn straften, um so stärker verfiel er körperlich und um so weniger bereute er.

Nach dem Tod ihres Vaters empfanden sie Cristóbals Weigerung, sich anzupassen, offenbar als persönliche Beleidigung. Wohl am meisten erzürnte sie, zu wissen, daß dieser Bruder eine Energie besaß, von der sie nur träumen konnten – der Junge hatte die ungerichtete Kraft eines rastlosen Tigers. Sie meinten, wenn er nur dazu gebracht werden könnte, sich anzupassen, würde er nicht nur aufhören, ihnen Schande zu bereiten, sondern würde auch Großes erreichen. Doch er war störrisch und eigensinnig, und er streunte von zu Hause fort. Er war in allem anderen sanftmütig und zugänglich, ausgenommen das Beharren auf seiner Freiheit, in den Bergen umherzuziehen. Cristóbal behauptete, nur atmen zu können, wenn er so wandere, er klagte über Fieber in seinem Körper, wenn er still blieb. Eine Welle der Ruhelosigkeit stieg wie ein körperlicher Schmerz in ihm auf, den nur das Wandern lindern konnte. Daher blieb er nie lange zu Hause und konnte nicht still sitzen; er war oft zum Essen nicht da und lief ständig seinem Privatlehrer fort. Cristóbal kümmerte sich nicht um seinen bestraften und geschlagenen Körper, er kümmerte sich nicht um den Zorn seiner Brüder, er brach jeden Morgen auf, um einen weiteren Tag durch die Berge zu streifen.

Cristóbal wuchs irgendwie, trotz seiner Einsamkeit, und als Ersatz für familiäre Liebe wandte er sich nach dem Tod seiner Mutter den Bergen zu. Im Alter von sechs Jahren war er, der Mutters Liebling gewesen war, zum Sündenbock für jedermanns Trauer geworden. Statt ihn in seinem Gefühl von Verlassenheit zu trösten, gaben seine Brüder ihm, dem Jüngsten, irgendwie die Schuld am Verlust ihrer Mutter: Auch sie hatten ihr sehr nahegestanden, und jetzt war ihnen nichts geblieben als ein greinendes Kind. Seine Verwandten kamen von der Hacienda La Bebella und boten an, ihn mitzunehmen und mit den eigenen kleinen Söhnen aufzuziehen. Aber Cristóbals Vater wollte nichts davon hören – er sollte bei seinen Brüdern bleiben, die ihm ein Vorbild sein würden. Folglich blieb er mit seiner Trauer allein, und es gab nur die Berge, die ihn wiegten und sein Verlustgefühl stillten. Dort wuchs er auf, im Hochland, am Rande des kalten Páramo; von den Felsvorsprüngen, die er erkletterte, konnte er das ganze Tal überblicken, das sich unter ihm erstreckte; damals schwor er den Bergen, die zu seinem einzigen Trost geworden waren, Treue.

Seine Brüder versuchten alles, um ihn im Haus zu halten. Sie gaben ihm monatelang nur in Milch getunktes Maisbrot und gestatteten ihm weder Fleisch noch Bohnen oder Kaffee. Sie konfiszierten seine Bücher und verboten ihm, seine Verwandten zu besuchen; sie erlegten ihm zusätzliche Pflichten und Unterrichtsstunden auf, und sie schlugen ihn, bis ihre Arme schmerzten und seine Haut grün und blau war. Sein Gesicht hatte oft die Farben verblaßter Regenbogen, die sich auf seiner Wange kräuselten, wenn er zwinkerte, die verschiedenen Blau-, Grün- und Gelbtöne wanderten unter seiner Haut und erstreckten sich über die Beulen und Quetschungen, die ihre vielen Schläge verursacht hatten – und noch immer gehorchte er ihnen nicht. Sie sperrten ihn in sein Zimmer, aber er entkam durch das vergitterte Fenster und hinterließ einen Haufen zersplittertes Holz. Sie sperrten ihn nackt in sein Zimmer – er entkam dennoch und fand Kleider. Sie sperrten ihn in ein fensterloses Zimmer, ohne Kleider und ohne Licht, und dort starb er fast, von Insekten und eiternden Geschwüren gepeinigt. Dann erzählten die Dienstboten es den Dorfbewohnern, und die Dorfbewohner beschwerten sich.

»Schlagt den Jungen, geradeheraus, aber foltert ihn nicht.«

Und angesichts dieser Einmischung kippte die Wut seiner Brüder ins Grausame. Sie würden ihn zum Gehorsam zwingen. Selbst die Geier im Himmel schienen zu sagen:

»¿Qué dirán? ¿Qué dirán?«

Und Cristóbals zwei Brüder wußten gut, was ihre Nachbarn sagten; sie machten sich über sie lustig; sie tuschelten hinter ihrem Rücken, daß sie mit diesem eigensinnigen Kind nicht fertig wurden. Aber auch sie würden schon sehen. Sie alle würden sehen, was wirkliche Autorität sein konnte. Seine Füße waren es, die sie ärgerten – also würden sie diese Füße strafen.

Sie verbrannten seine rechte Fußsohle mit einem weißglühenden Brandeisen. Mit fünfzehn Jahren hatte Cristóbal die Kraft eines Ringers, und es dauerte einige Zeit, bis ihm der bleiche Schweiß des Schmerzes ausbrach, daher trieben sie das Eisen hinein, weiter vielleicht, als eigentlich beabsichtigt. Sein Fuß wurde so tief ins Fleisch hinein gebrandmarkt, daß es den Knochen versengte und der ganze Raum sich mit Qualm füllte.

Fünf lange Tag lag Cristóbal gesalbt und verbunden im Bett, bis seine Rastlosigkeit ihn in die Berge zurücktrieb. Nur sie konnten sein Blut kühlen, nur sie konnten lindern, was wie Eis über seine Wunde zu kratzen schien. Jede Zelle seines Körpers war versengt; es war, als habe sich sein Hinterkopf geöffnet und das Schädelinnere freigelegt; nun saugte und schluckte sein Gehirn unmittelbar aus seiner Umgebung, ohne die übliche Vermittlung durch das Nervensystem. Die ganze Welt kroch in seinen Kopf – blieb in diesem und jenem Hirnlappen, paßte sich den Furchen und Ausbuchtungen ein. Cristóbal stand in seiner gedrungenen Schönheit auf den Berggipfeln; es schien, als wüchsen Frangipani, Bukare und schwarze Cedrela unter seinem Schädel, sie boten ihm Schutz in den schwersten Augenblicken seiner unverheilten Wunde und seiner eigenartigen, selbstverursachten Schädelöffnung. Der dünne Schorf auf seinem Fuß brach auf, das Fleisch schwoll bis zur Unkenntlichkeit an. Die Wundränder klafften und näßten, der penetrante Geruch infizierter Brandwunden begleitete ihn, erfüllte die Luft und folgte ihm wie ein Abwasserkanal, wohin er auch ging. Unverzagt entrindete er einen dicken Ast und zog sich in die Berge zurück wie ein verwundeter Bär.

Es war Lysandro, der Vater des alten Benito, der den Fuß heilte, lange bevor Benito geboren war; er badete ihn in einem Sud aus wildem Rosmarin und Salz, das in den Wunden brannte. Er verband Cristóbal mit kühlen, faserigen Palmblättern und senkte sein Fieber. Cristóbal lag auf einer Flechtmatte auf dem Boden der verrußten Hütte. Jeden Tag lag er allein und wartete, daß der Mann von der Arbeit zurückkam, beladen mit allem möglichen, was er auf dem Weg aufgelesen hatte, Geiereiern zum Abendessen oder einer Tasche voll winziger, nach Rosen duftender Pflaumen, die wild in den umliegenden Wäldern wuchsen. Manchmal brachte er eine Porzellanscherbe oder eine rasselnde Tonpuppe, die vor Jahrhunderten von Indianern gemacht und vergraben worden war. Die Felder steckten voller Relikte, und dieser Mann hatte seine ganz eigene Art, deren Vorhandensein zu erklären, viel fesselnder als die von Cristóbals früherem Privatlehrer.

Nur ein Thema hatte Cristóbal in der langen Haftzeit seiner Schulstunden je interessiert. Er hatte weder für Theologie, noch Mathematik noch lateinische Grammatik Zeit gehabt; er interessierte sich nur für Geschichte. Er hatte stundenlang zugehört, wenn selbst sein langweiliger Lehrer zu Leben erwachte und die Geschichte seines Namensvetters Cristóbal Colón und der Entdeckung Amerikas erzählte. Seine eigenen Vorfahren hatten an dessen dritter Reise teilgenommen, erst landeten sie auf der Insel Santa Dominica, dann segelten sie zum Festland. Sie kamen mit einer Vision von der großen Zukunft El Dorados und mit dem Verlangen, dessen ruhmreichen Aufstieg mitzuerleben – sie selbst würden seine Geschicke bestimmen und dank seiner Reichtümer wachsen, blühen und gedeihen. Sie waren geblieben, die de Labastidas und die Briceños, die Aragons, die Gabaldons und die de Melos. Doch in Cristóbal traten die Gefühle seiner Ahnen in einer sonderbaren Mischung auf: Er sah ein anhaltendes Gedeihen des Tales vorher, aber er sah auch seinen verheerenden Niedergang. Das Land würde langsam zu Staub werden, und Cristóbal beschloß, da zu sein, wenn die Dürre, die er kommen sah, die Berge und Ebenen in den Würgegriff nehmen und aus dem Land seiner Heimat den allerletzten Lebenstropfen pressen würde.

Niemand sonst ahnte auch nur, was kommen würde; sie wußten nicht, daß ihre geordnete Gesellschaft wie ein

Kartenspiel zusammenfallen würde. Das Gelbfieber, das Massaker, die Hungersnot und die Dürre – alles würde überraschend kommen; niemand würde daran glauben, bis ihre Gewalt das Land ausgehöhlt haben würde. Alles würde anders werden: Nur Cristóbal würde da sein – als einzige Konstante inmitten von Aufruhr und Niedergang. Cristóbal würde für das Tal sein, was die Berge für ihn gewesen waren.

## II

Es dauerte nicht lange, bis seine Brüder ihn fanden, und als sie ihn fanden, hatten sie jedes christliche Empfinden verloren, das sie je besessen hatten, und mit ihrem Gesichtsverlust war ihr natürliches Mitleid geschwunden. Sie sprachen mit starrem Unterkiefer. Der Vater des alten Benito wurde aus seiner Hütte und von ihrem Land verjagt. Er belud sein Maultier mit seiner Habe, zog aus dem Hochland und dem Páramo fort, wo er geboren war, und wanderte in die angrenzenden Ländereien und Berge, die dem alternden Verwandten Cristóbals gehörten, der als El Generalísimo bekannt war. Die beiden Brüder behielten von ihrem scheidenden Arbeiter Stricke und eine Axt zurück, und als er gegangen war, banden sie Cristóbal auf eine lange Holzbank. Sie hatten das Brandeisen fürs Vieh mitgebracht und hielten es in die Glut der verlassenen Herdstelle. Cristóbal sagte nichts – zu entsetzt über die plötzliche Abreise seines neuen Freundes. Von dem Augenblick an, als Benitos Vater mit seinem überladenen Maultier, seinen schweren Säcken voller Steine und Geräte den Pfad hinunterzog, spürte Cristóbal die endgültige Lösung aller Familienbande. Was folgte, war nichts als die Bestätigung dessen, was er fühlte: Es waren lauter Fremde. Mit diesem

Augenblick verzichtete Cristóbal auf das Land, das sein Erbe war, er gab sein Vermögen auf, verleugnete die Verwandtschaft mit den vielen Zweigen seiner Familie, scheute jede menschliche Gesellschaft, sprach mit niemandem, ganz gleich mit wem, und entschied sich, statt dessen die Ufer des Momboy entlang zu patrouillieren, beobachtend und wartend.

Als das Eisen heiß war und die beiden Brüder ungeduldig, nahm einer die Axt, der andere das Brandeisen. Dann fuhr das grobe Beil, an einem verwitterten Schleifstein gewetzt, herab, zerschmetterte Fleisch und Knochen des Knaben, während der andere Bruder das rotglühende Eisen in den sprudelnden Brei rammte und die Wunde ausbrannte. Cristóbal hatte den Haß in den Augen seiner Brüder gesehen, und er hatte gesehen, wie sich das Licht im zerkratzten Beil fing, als es fiel, und nach dem ersten Aufflackern des Schmerzes war auch er gefallen. Als er zu sich kam, mit Lederriemen an sein eigenes Bett im Hause seiner Brüder geschnallt, fiel er immer noch, und nur die Ränder seines Bettes waren da – alles andere war entglitten. Er bemerkte einen nagenden Schmerz im rechten Fuß – die alte Brandverletzung auf der Sohle ließ ihm keine Ruhe. Erst als das Delirium nachließ, wurde ihm bewußt, daß er keinen Fuß hatte, der schmerzen konnte, daß sein ganzes rechtes Bein fort war, am Oberschenkel amputiert.

Im Haus herrschte gedämpfte Stille, die Dienstboten raschelten mit Eimern und Verbänden zu ihm herein und wieder hinaus, und er erriet in ihren roten Augen und düsteren Gesichtern die Meinung über seine Verstümmelung. In ihrer Welt war kein Platz für Verkrüppelte, und Tod war besser als Invalidität. Solche Dinge, das wußten sie, konnten weiter unten im Tal nicht geschehen: Hier, im Hochland, hatte der kalte Wind ihr Gehirn verdreht. Die Bauern gingen, einer nach dem anderen, in Richtung

La Bebella und Ebene. Unterdessen pflegte und härtete Cristóbal seinen unansehnlichen Stumpf, dann nahm er sich eine dicke Stange, so lang wie ein Hochsprungstab, und schwang sich vom Haus seiner Brüder fort, fest entschlossen, niemals zurückzukehren. Sein restliches Leben verbrachte er ausschließlich damit, auf einem Abschnitt von etwa zwanzig Meilen die faltigen Gebirgsausläufer zu patrouillieren, vom Marktflecken La Caldera zum Bergdörfchen Timotes und zurück. Er verkehrte regelmäßig wie ein Zug, sein Stab und der eine Fuß furchten die Fahrspur des Camino Real.

## III

Lydia fühlte ein solches Zögern, die Hacienda zu verlassen, daß jede ihrer Bewegungen langsam und ineffektiv geworden war. Jeder Gang zum Jeep und zurück dauerte ungewöhnlich lange. Ihre Füße schlurften, als sie ging, wollten, daß sie blieb; auf den ausgedörrten Hängen schien sogar ein Schimmer Leben zu sein, sie hätte schwören können, daß in den Feldern um sie herum noch andere Vögel waren als die Raubvögel. Aber es war nur die Sonne, die auf Schädel, Steine oder auf trockene Kürbisse fiel, die von den Telegraphenleitungen herabhingen oder um abgestorbene Bäume geschlungen waren. Als einzige Lebewesen waren sie, Diego, ihr Hund, Cristóbal und die Truthahngeier übrig, die verrückt nach Benitos Leiche waren. Als sie den Grabhügel verließ, um ihre Vorbereitungen zu treffen, waren die Geier dort gelandet, seither klammerten und kratzten sie am Stein, bis ihre Schnäbel rissen und bluteten – aber sie konnten den Haufen schwerer Felsbrocken nicht bewegen, den Lydia dorthin geschafft hatte. Sie wußte, daß sie versuchen würden, Diego zu bekommen, wenn sie ihn hinunterbrachte, da auch er leblos schien und sie den Tod in ihm spüren würden. Sie fand eine alte Plane, in die sie ihn einwickeln würde wie in ein Grabtuch, um ihn vor ihren scharfen Schnäbeln zu schützen.

Cristóbal saß vor ihrem Haus auf der Straße, lehnte sich an einen roh behauenen Meilenstein. Über seiner Schulter konnte sie noch die vertraute Zahl entziffern, die in den weißen Stein gehauen war: vierhundert – es waren vierhundert Meilen bis zur Hauptstadt, vierhundert Meilen zum Meer und über vierhundert Jahre, seit die ersten dieser Familie auf der Suche nach Gold gekommen waren. Jetzt blieb nur Cristóbal, der das Rund seiner Welt und deren Entdeckung auf das Abschreiten der angegriffenen Berghänge und ihrer verheerenden Erosion beschränkt hatte. Und ihr kam der Gedanke, daß seine Erscheinung ihr und ihren Zeitgenossen ebenso fremd schien, wie Cortéz und seine Männer es bei ihrer Ankunft in Mexiko den erstaunten Azteken gewesen waren. Lydia fühlte, wie sich das Kind in ihrem Schoß bewegte, und bemühte sich, ihre Vorbereitungen abzuschließen. Unterdessen blieb Cristóbal am Ende der Straße und begutachtete, was vom Haus und dem Besitz La Bebella geblieben war.

Manchmal wandte er den Blick von der Steinbalustrade, wo Lydia gelehnt hatte, und schaute abwechselnd zur einst geschäftigen Kleinstadt La Caldera, dann in die andere Richtung zum frostigen Hochland, wo er geboren worden war. Lydia kletterte die unregelmäßigen Stufen zur Bibliothek hinauf, wo Legionen von Kakerlaken geschwelgt und nichts außer Fetzen und Staub hinterlassen hatten, und durch die stumpfen Zederntüren, die auf einen der vielen Balkone führten, beobachtete sie jede Bewegung, die Cristóbal machte.

Das Haus umstand drei Seiten eines Platzes; Diego lag

wie aufgebahrt an einem Ende, sie stand am anderen, blickte auf Cristóbal und die verkrusteten Reste des Momboy und dahinter die stillgelegte Fabrik und Mühle. Eine Seite des Hauses war offen, die hohen, weißgekalkten Veranden gingen alle direkt auf ein Viereck, das früher einmal ein symmetrisch angelegter Rosengarten gewesen war, von hohen Toren und einer Mauer umschlossen. Jetzt hingen die Tore schief in den Angeln, und die Lükken, die sie in der Hofmauer bildeten, glichen nichtverheilten Wunden, durch die der verdrängte Sand und Verfall hereinwehten, um zu bleiben.

Die gebrannten orangefarbenen Ziegel des unebenen Daches loderten wie Freudenfeuer zum Himmel. Lydia blickte auf das lange Flammenviereck, und die Angespanntheit in ihrem Gehirn wich vor dem Glutofen des Dachs zurück. Sie mußte noch eine Kachel des alten Goldfußbodens holen und sicher im Jeep verpacken, und sie mußte Diego noch irgendwie die Haupttreppe hinuntertragen. Die Bibliothek, die an sich aus zwei großen Räumen bestand, war ihr Turm gewesen, ihr Refugium seit nunmehr zehn langen Jahren. Ihr Flüstern füllte die Risse in der Wand, die hohlen Balken und die Fledermausnester unter den Regalbrettern wußten, wie sehr ihr fehlte, was verloren und vorbei war. Der ganze Raum schien in einem Widerhall ihres Kummers zu weinen und zu seufzen.

Und doch, dachte sie, wären zehn Jahre eine lange Zeit für Cristóbal? Sie nahm es an, wußte aber nicht, wie lang. Sie wußte nicht, daß hinter seiner unwandelbaren Maske jeder Tag eine Qual war. Weder erfaßte sie, wie sehr er unter dem schlecht-amputierten Bein litt, noch, daß der Tod des Tals sein eigenes langsames Sterben war. Mit der Beharrlichkeit des geborenen Bauern war er landlos durch das Tal gewandert, hatte jeden Halm und jedes Detail der Berge und Felder beobachtet, die er so gut kannte. Selbst als die Feldfrüchte noch mühelos wuchsen, hatte er Zeiten vorhergesehen, wenn die Hügel unfruchtbar und verlassen sein würden und Wüste entstünde, wo Wälder gewesen waren. Er selbst würde schließlich so sehr welken und vertrocknen, daß nicht einmal die Geier seinetwegen blieben, er würde sich in Wirbel trockener Asche auflösen und von Sand bedeckt werden.

Als die Heuschrecken kamen, wußte nur er, daß die Hungersnot vorübergehen würde. Danach hatte er la comadre Matilde mit ihren Vorahnungen vom Untergang bedauert. Sie hatte jede Familie, die sie erreichen konnte, bedrängt, das Land zu fürchten, ohne zu ahnen, daß das Land selbst auch vernichtet werden würde. Er hatte über die Jahre die windschiefe Hütte von Matildes blinder Tante beobachtet. Ein junges Mädchen versorgte die alte Frau damals, und er erinnerte sich an sie im Regen. Er erinnerte sich lebhaft daran, wie das Tal war, wenn es regnete – der Regen schien verkrusteten Schmutz abzuwaschen und neue Bewegungsmöglichkeiten zu eröffnen. Wenn es regnete, atmete die ganze Welt auf.

Mit den ersten warmen Tropfen unterbrach ein Anfall nahezu mechanischer Geschäftigkeit den Alltagstrott. In jeder Hütte und jeder Familie traf man Vorbereitungen für den bevorstehenden Wolkenbruch. Eilig wurden Eimer und Schüsseln zum Auffangen der Tropfen herbeigeholt, Läden zugeklappt und die Bohnen bedeckt, die über Stangen zum Trocknen hingen. Berge von Kaffee wurden in Schuppen geschafft, die bunten Banner trocknender Wäsche zusammengeworfen und in Hängematten gestopft. Dann machten es sich alle bequem, und ein leiser Strom des Wohlbehagens begann sie zu durchsickern. Der erste Regen entlud sich wie im Zorn, und nicht alle, die den ersten Schauer begrüßt hatten, waren noch da, um dem letzten Lebewohl zu winken. Von den sehr Alten und Jungen erlagen immer einige den Erkältungs- und Fieberkrankheiten der Regenzeit, andere starben an den vielen Arten von Ruhr, die das nasse Wetter mit sich brachte. Von den Tagen, an denen es regnete, und jedes Jahr war in zwei Jahreszeiten aufgeteilt, die trockene und die nasse, war der Monat Mai der nasseste. Es gab sogar einen Namen für die Krankheit, die um diese Zeit auftrat – die *mayera* –, und sie erschien in den Akten bei vielen Kindern als Todesursache.

La comadre Matildes Tante wurde älter, die Trübung ihrer blinden Augen wurde blauer, doch sie starb nicht. Cristóbal erinnerte sich, wie er eines Nachmittags vorübergegangen war und sie an der gekalkten Wand ihrer vollgestopften Veranda hatte kauern sehen. Sie war dorthin von dem Mädchen, das sie pflegte, geschleppt worden, um sie herum hingen ihre Kleider und Unterröcke zum Trocknen. Da sich die Anzeichen eines Gewitters mehrten, war ihre Pflegerin nach Hause gelaufen, um zu helfen, die eigene Hütte abzudichten, und die alte Frau hatte zusammengesunken und still unter ihrem Baldachin aus feuchter Wäsche gelegen. Ihre Beine waren so bleich und knochig geworden, wie es die Beine einer Greisin unter wächsernen Arthritisknoten nur werden können. Sie war mit der Wäsche ins Freie gebracht worden, und niemand hatte daran gedacht, sie wieder hineinzubringen. Ihre Knie und Handgelenke waren zu schwach, um mehr als ein paar Meter zu kriechen, und sie konnte ihre eigene Tür nicht finden. Sie rief nach dem Mädchen, das zu weit weg und außer Hörweite war; und sie rief nach Matilde, die überhaupt nicht in der Nähe war; doch als Antwort kam nichts als das Grollen des Gewitters und ein so heftiger Regen, daß sie kaum atmen konnte. Wenn sie den Mund öffnete, um zu schreien, drohten die dicken Wassertropfen sie wie eine Ente zu ertränken. Sie hatte oft Enten ertrinken sehen, in ihrem eigenen Element. Sie hoben den Kopf, als wollten sie für den Regen danken, und wenn sie den Schnabel in Anbetung öffneten, erstickte das Regenwasser sie. Daher hörte die alte Frau auf zu rufen und beschwerte sich statt dessen halblaut über die Nachlässigkeit ihrer Nichte. In den langen Stunden, in denen sie bis auf die Haut durchnäßt wurde, verfluchte sie Matilde – die ihr Leben für sie gegeben hätte – und deren Gleichgültigkeit – obwohl Matilde an niemandem hing, nur an dieser blinden Tante.

Matilde erfuhr nie, wie übel ihr die Abwesenheit an jenem Tag genommen worden war. Sie wußte auch nicht, daß ihre Tante wieder zum Kind wurde, als sie von stundenlangem schwerem Regen zu Boden gepreßt und geschlagen wurde. Nur Cristóbal sah ihren abgemagerten Körper und Schädel an den Boden gepreßt, dem Gewitter und ihrer pflichtvergessenen Pflegerin ausgeliefert. Er sah voraus, daß das Mädchen kommen und sie wieder hineinschleppen würde, er sah voraus, daß die alte Frau später, trotz Matildes Suppen und Bemühungen, sterben würde; er wußte, daß ihr Körper nur noch ein Haufen Geschwulste sein würde und daß Matilde ohne die Tante verloren sein würde.

## IV

Cristóbal sah sich um, prüfte das Ausmaß der Dürre. Die Geier waren nirgends zu sehen, er vermutete, daß sie den alten Benito freizukratzen versuchten. Oben im großen Haus sah er, wie Lydia die Bibliothekstüren zu schließen versuchte, und er sah sie flüchtig, als sie langsam zu Diegos Zimmer ging. Er, Cristóbal, hatte seinen Verwandten Diego schon Jahre nicht mehr gesehen, aber vor seinem geistigen Auge konnte er ihn reglos auf seinem Bett liegen sehen, und er spürte, daß in Diegos Kopf das gleiche Gefühl des Schrumpfens war wie in seinem eigenen, nur daß sein eigener Hinterkopf auf Dauer aufgebrochen war.

Lydia öffnete beide Flügel der Doppeltür, die zu Diegos Zimmer führten, dann nahm sie einen Stapel Kleider aus den Schubladen und Regalen seines improvisierten Ankleideraums und trug sie zu seinem Bett. Es schien ihr ausgeschlossen, daß es keine neun Monate her war, daß sie in ähnlicher Haltung in ihrem Arbeitszimmer gestanden und er, von einem Schlaganfall getroffen, nach ihr gerufen hatte, und daß er sich seither weder bewegt noch gesprochen hatte. Nur die Wölbung ihrer Schwangerschaft bewies, daß Diego nicht immer so hilflos gewesen war. Seine ganze Arbeit, seine Gedanken und Träume waren über die leeren Felder verstreut und dort begraben, niemand – wenn man ihn jetzt ansah – würde je wissen, wie nah daran er gewesen war, das Tal zu retten. Niemand hatte härter gearbeitet, damit der Fluß weiterfloß. Er hatte das Land mit jenem Respekt behandelt, der ihm zukam. Er hatte eine wahre Revolution von Methoden und Techniken gesät. Er hatte die Berghänge terrassiert, um die Erosion aufzuhalten, er hatte dem Boden Kalzium und Phosphate gegeben; er hatte für Nitrate gesorgt, und die grünen Blätter waren so grün geworden, wie sie es vor hundert Jahren gewesen waren.

Diego hatte gegen die Waldbrände gekämpft und das Abholzen der Bäume, und er hatte gegen die Lethargie gekämpft, die Müßiggang in jedes Feld gepflanzt hatte. Er hatte mehr als Haciendado gekämpft denn als Idealist; einige Stadtbewohner hatten sich geweigert, den Tod seines Vaters zu betrauern, und Diego hatte sein Leben nicht aufs Spiel gesetzt, um das ihre zu verbessern, sondern um das Land zu retten. Bevor er Lydia kennenlernte, hatte er den Sturz der Regierung betrieben, und während seines folgenden Exils in London hatten sie sich kennengelernt.

Über ein halbes Jahrhundert lang hatte eine Reihe korrupter Regierungen die ländlichen Gebiete ruiniert, das Land systematisch verwüstet, vernachlässigt und seinen natürlichen Reichtum vernichtet. Sie interessierten sich nur für die Ölfelder in Maracaibo und am Orinoco. Wie Maria Candelaria taten sie für Flitter alles. Unter ihren gefühllosen Augen wurden Güter aufgegeben, trockneten Flüsse aus. Sie brauchten keine Bäume mehr, sie hatten die exotischen Früchte, die täglich aus Mexiko und Miami herbeigebracht wurden. Sie lockten die Bauern vom Land in die Städte, wo sie hungerten, während die Felder unbestellt blieben. Sie tyrannisierten die Wirtschaft des Staates mit ihrem kurzlebigen Öl. Aber in den letzten Jahren hatte es nur ein Gesetz gegeben: das der Dürre. Die Dürre diktierte, das Land gehorchte. Der Boden wollte sich nicht regenerieren, der Fluß versagte seine Fülle. Ein Feld nach dem anderen kapitulierte und lag rissig und brach unter der geißelnden Sonne. Selbst die Disteln, die überall dicht gestanden hatten, warfen ihre Stacheln und Kletten ab und starben, und ihr Samen war unfruchtbar.

Lydia zog ihren Mann an, so gut sie konnte, hob seinen Körper unter den Knien an, um das Gewicht zu mindern. Er lag wie ein spanischer König des dreizehnten Jahrhunderts, das Gesicht so blaß, daß es leuchtete, und mit den traurigen Augen eines Spaniels. Sie zog ihm den traditionellen cremefarbenen Leinenanzug an, der seit langem aus der Mode war; sie war sicher, daß Diego seine Heimat gern so verlassen hätte, in dem, was einmal Nationaltracht gewesen war. Dann nahm sie aus der staubigen Schreibschatulle seines Großvaters den Siegelring der Familie. Er war immer vom ältesten Sohn an den ältesten Sohn weitergereicht worden, und Diego war in direkter Linie der

Erstgeborenen der letzte Erbe. Eine seiner Hände verkümmerte langsam, die andere aber war so zart und fest wie immer. Er wäre gern Konzertpianist geworden, und als Kind hatte er abwechselnd seine Lieblingsstücke gespielt und das Haus zwischen Chopinsonaten und dem Beben von Tschaikowskys Klavierkonzert Nr. 1 hin und her gewiegt. Er war sehr begabt gewesen, aber als er zwölf Jahre alt war, hatte seine Mutter ihm verboten, das Instrument jemals wieder zu berühren, und der Flügel wurde vom Salon zum Fledermauskot in die Ställe verbannt und schließlich dem Heim für unverheiratete Mütter geschenkt. Diegos Mutter war der Meinung, für einen Jungen sei es unmännlich und unnatürlich, Klavier zu spielen. Noch jetzt, an der Schwelle der mittleren Jahre, lauschte Diego mit verklärtem Entzücken dem Konzert Nr. 1, das Lydia ihm so oft vorpielte, bis die Schallplatte zu einer glatten Plastikscheibe abgewetzt und die Musik zu einer undeutlichen Abfolge der lauteren, von langsamem Surren unterbrochenen Noten geworden war.

Diego erwähnte seine Mutter selten, sie hatten nichts als den Namen, das Blut und ihre Leichtgläubigkeit in Gelddingen gemeinsam. Sie war zehn Jahren nach seinem Vater gestorben, bei einem Skiurlaub in Bariloche, und aus Loyalität zu ihm erinnerte sich Diego lieber nicht an ihre Fehler und parierte Lydias Fragen stets mit einem entschiedenen:

»Er liebte sie.«

Diego war immer das Kind seines Vaters gewesen, und nur seins. Lydia wußte, daß es Zeit war, ihn nach unten zu bringen, sie ging allein hinunter und holte die Plane, um ihn einzuwickeln. Sie blickte zum Himmel und sah, daß es bereits zehn Uhr war, sie würde sich beeilen müssen – Cristóbal erwartete sie.

V

Als sie hergekommen war, nannten die Kinder der Hacienda Cristóbal »El Coco«, den Wilden. Er sprach oder bettelte nie, und er war über jede Einmischung verärgert, wie freundlich sie auch gemeint war. Niemand wußte, was er aß oder wie er lebte, und nur wenige erinnerten sich noch, wer er war. Sein Haar war verlaust, seine Kleidung zerlumpt – er hatte sich entschieden, außerhalb ihrer Gemeinschaft zu leben, und es gab dort keinen Platz für ihn. Er blieb meist unbemerkt, wenn er die vielen Meilen von La Caldera zum Hochland trottete. Er hatte seinen Weg durch die Kaffeeplantagen mit ihren schattenspendenden Palmen genommen, er hatte gesehen, wie sie dem Zuckerrohr gewichen waren. Dann hatte er sich den Weg zwischen Mühlen, Fabriken und langen Maultierkolonnen hindurch gebahnt. Unter der vom Gebirge zerstückelten Sonne hatte er seinen Weg zwischen den stillgelegten Schornsteinen hindurch genommen, die die Bukare-Bäume und den Adlerfarn überragten. Er hatte das Momboy-Tal in der Zeit des Übergangs von Reichtum zu Ruin durchstreift.

Im Kopf hatte er eine Landkarte, und er war, wie Cristóbal Colón, von seinen Reisen besessen. Seine Westindischen Inseln waren die Anden seiner Geburt, sein Spanien die Hacienda La Bebella. Er konnte weder Gold noch Edelsteine zwischen den beiden transportieren, aber er brachte Trost, und allein seine Anwesenheit verbürgte Loyalität. Er wollte keinen Lohn, folgte auf seinen Streifzügen nur der eigenen Berufung. Cristóbal fragte sich, ob Lydia wußte, daß sie die letzte Überlebende war; sogar ihre Farm war eine der letzten, die starb. Weiter oben im Tal hatte die Dürre schon vor vielen Jahren jedes Feld und jeden Hof vernichtet.

Er erinnerte sich an den Blauton ihrer Kohlfelder zwischen den nackten Felsen. Jedes Fleckchen, das überhaupt Erde hatte, wurde bestellt, und die Bauern folgten ihrem Pflug, teilten das Joch mit ihren rauhhäutigen Ochsen. Die Männer, die das Hochland bestellten, führten ein spartanisches Leben, und es war immer die eigene harte Arbeit gewesen, die sie am Leben erhalten hatte. Doch als die Dürre kam, konnte noch so viel Arbeit ihre Ernte nicht retten. Die Berge von Kompost, die sie in die Erde gruben, vertrockneten, wurden vom Wind in Verwehungen und Furchen geweht. Das ganze Klima änderte sich, und die Kartoffeln, die sie pflanzten, wollten ohne den Nebel und Frost früherer Zeiten nicht wachsen. Auf ihren gepflügten Flächen mühten sich die Bauern in Wollumhängen, der trockenen Erde zu helfen, ihre verkümmerten Blätter hervorzubringen, sie weigerten sich standhaft, diese Umhänge auszuziehen und damit ihre Niederlage einzugestehen, also leugneten sie sowohl die Hitze wie auch ihren Kummer. Ihre Söhne würden nie eine richtige Ernte kennen – nur die verkümmerten, unregelmäßigen Knollen, die sie aßen und aufhoben. Die Fässer und Kisten, die sie so viele Jahre lang halbjährlich gefüllt hatten, wurden langsam geleert, um ihren aussichtslosen Kampf zu verlängern. Verwirrt durch die Veränderungen und das unaufhaltsame Schwinden ihrer Vorräte, plagten sie sich und warteten, sagten ihre Ängste dem Wind und den Felsen, und Alkohol wurde ihr einziger Trost.

Sie tranken, um ihre Erschöpfung zu ertränken und ihren Verlust zu lindern, traurig tranken sie auf die Geburt ihrer Kinder, sie wußten, daß deren Erbe aus dem Tiefland kommen würde und nicht von ihnen. Sie waren voller Schuldgefühle, sie gezeugt und damit dem Verhängnis preisgegeben zu haben. Sie verkümmerten und vertrockneten zu zottigen Vogelscheuchen, sie durchkämmten die

Berge, ernteten ihre mageren Früchte und was das Feuer hergab. Als sei die Dürre nicht genug, standen Feuer rundum an jedem Horizont, sie waren gezwungen, von diesen Halbkreisen aus Asche und Schlacke umgeben ihr Land zu bestellen und Unkraut mit gleicher Entschiedenheit zu pflegen, mit der sie es früher gejätet hatten.

Sie tranken, bis sie in ihren leeren Ställen benommen waren, sie stolperten nach Hause, vorbei an den niedrigen Dächern der leeren Scheunen, wo früher einmal ihre Kartoffelernte gelagert und eingesackt worden war. Alles war ein War-einmal, sie taumelten durch einen Nebel von War-einmal, bis der Nebel in ihren trüben Köpfen war. Es war nicht derselbe Nebel, der ihre Jugend geheimnisvoll begleitet und ihren Fingern Frostbeulen beschert hatte; es war wie der dichte Qualm von frischem Holz, der würgte und haftenblieb. Das Leben zog sich hin für sie, und Cristóbal erinnerte sich, mit welcher Erleichterung sie gestorben waren. Einzig der Tod erlöste sie von dem langen Krieg, in dem sie sich nicht ergeben wollten und den sie nicht gewinnen konnten. Sie gingen wie er, fast unbemerkt, da ihre Verwandten besinnungslos und zu ausgetrocknet waren, um zu weinen, statt Tränen lagen auf ihren roh gezimmerten Särgen nur Spinnweben im Altweibersommer, und aus ihren Gräbern wuchs Solanum. Oft hatte er das tödliche Nachtschattengewächs zertreten und mit seinem Stab nach der Tollkirsche gestoßen, und die Bauern lagen auf einem seiner Lieblingsfriedhöfe, außerhalb des Bergdorfes Timotes.

## VI

Die Sonne zog gleichmäßig über die verbrannten Hügel, und Lydia sah auch ohne Zifferblatt, daß sie sich beeilen mußte. Selbst wenn die Straßen noch in gutem Zustand wären, würde sie zwölf bis zwanzig Stunden brauchen, um ans Meer zu kommen. Der hintere Teil des Jeeps war mit Benzinkanistern, Wasser und Kürbissen vollgeladen. Das zerschlissene Segeltuchdach war zurechtgezurrt und festgebunden, quer über dem Vordersitz lagen außer ihrer alten Winchester noch ein kleiner Colt und eine abgesägte, doppelläufige Flinte. Das Handschuhfach war mit Patronen gut gefüllt, und sie hatte Streichhölzer, Schnur, Lebensmittel, Messer sowie Ersatzteile eingepackt, soweit sie ihr notwendig erschienen. Nun blieb ihr nur noch, Diego zu holen.

Ihr war, als beobachteten die Geier sie allzu genau, also ließ sie ihr Tuchbündel fallen, nahm das Gewehr, drückte den Kolben fest an ihre Schulter, zielte und schoß einen der Vögel ab, die anderen flatterten hinterher, zeterten in einem Sprühregen zerfetzter Federn. Jetzt wußte Lydia, daß sie so viel Zeit hatte, wie sie brauchten, bis die Knochen des Vogels abgenagt waren, um ihren Mann nach unten zu tragen. Es blieben nur die Stufen. Lydia hatte sie den ganzen Morgen gemieden. Sie bedeuteten eine allzu definitive Endgültigkeit. Sie hatten in ihrer Phantasie riesenhafte Ausmaße angenommen und waren fast zu hoch geworden, um sie zu erklimmen. Als sie in dieses Haus gekommen war, hatten ihre Größe und Pracht sie ungemein beeindruckt, und ihr geäderter grüner Marmor hatte sich ihrer Erinnerung eingegraben. Selbst die Stufen bargen viele Erinnerungen, die leichten Vertiefungen in den Stufen waren in jahrhundertelangem Gebrauch von ihren und anderen Füßen ausgetreten worden.

Diego aber würde diese Treppe weder hinabgehen noch -fallen wie so viele vor ihm. Er würde ganz anders hinunterkommen: Er würde von Lydia nach unten geschleppt werden. Sein Körper war zu schwer, als daß sie auch nur versucht hätte, ihn zu tragen, vor allem konnte sie jetzt keine Fehlgeburt riskieren, daher wickelte sie ihn in die alte Plane und zog ihn hinunter. Sie hielt ihn an den Schultern und ließ seine Beine schleifen und auf die Stufen schlagen. Er kam nach unten wie der tote General nach dem Massaker, und nur Lydia war noch da, um ihm zu helfen. Es gab kein Geländer, und Lydia hatte Mühe, nicht zu fallen. Sie zuckte zusammen, wenn Diegos Körper auf die Stufen schlug, und sie konnte fast spüren, wie er blaue Flecken bekam.

Sie war jetzt zu traurig, um die verblichenen Porträts an den Wänden zu betrachten, und sie schenkte den vielen geschlossenen Türen keine Beachtung, die sie passierte, während sie sich mit Diegos Gewicht abmühte. Sein Körper hatte in dem Staub und Schmutz eine breite Spur hinterlassen. Sie ging an den Türen vorüber wie an den Gräten eines Stockfischs: Marmorsalon und Gästezimmer, Spielzimmer und das ewig leere Kinderzimmer, Arbeitszimmer und Matildes Zimmer, Vorratskammer, Speisekammer und Küche, Speisesaal und die Wohnhallen mit den hohen Türbögen, die ineinander übergingen, sie alle gingen von einer Seite des Rückgrats ab, während die breite, säulenbestandene Veranda zu einem völlig abgestorbenen Innengarten und Gruppen lebloser Bäume führte.

Das Haus war zu einem Stundenglas geworden, das große Tor dessen Taille. Sand trieb in stetem Rieseln von der Hacienda in die Hallen, bis es schien, als seien die Felder leer und die Hallen voll. Es war nichts mehr zu tun, und Lydia hatte Abschiednehmen immer gehaßt. Sie wuchtete Diegos Körper nach hinten in den Jeep, so gut sie konnte, und stellte fest, daß ein Teil von ihm unweigerlich herausrutschte, sobald sie den anderen drinnen hatte. Aber nach einigem Ziehen und Zerren gelang es ihr doch, ihn zwischen die Sitze zu klemmen. Cristóbal war immer noch an der Straße neben dem Haus und konnte sie daher nicht sehen, aber Megan, ihr letzter Beagle, hatte sie durch die Gitter des Arbeitszimmers unverwandt beobachtet. Im Blick der Hündin lagen sowohl Sehnsucht als auch Vertrauen, und sie scheuchte ihre mageren Rippen durch die Halle, krabbelte auf den Rücksitz und drehte und wendete sich um Diegos Gesicht herum, bis sie einen bequemen Platz für sich gefunden hatte.

Megan war Lydias einzige Begleiterin aus der Heimat in diesem fremden und neuerdings unfruchtbaren Land: Sie war vor zehn Jahren mit ihr aus England gekommen, eingesperrt in einem Schafsverschlag auf dem Oberdeck der *Montserrat*, des spanischen Schiffs, das sie über den Atlantik geschaukelt hatte. Jetzt war ihr Fell stumpf, ihre Ohren und Flanken voller Narben von Entzündungen und Würmern, sie war nur noch ein Schatten jenes preisgekrönten Tiers, das sie einmal gewesen war. Als die Dürre begann, hatte Megan ihren eigenen Feldzug begonnen: Sie war zur Expertin im Aufstöbern von Eßbarem geworden und hatte sich an Echsen, Geckos und Fliegen gemästet. Sie fraß zahllose Fliegen, und später mästete sie sich mit wäßrigen Bohnen, Palmschleim und Getreidekäfern.

Als alle im Wagen waren, ließ sie den Motor an. Sie hatte ihn am Vortag mehrfach angelassen, hielt aber dennoch die Luft an, gespannt, ob er anspringen würde. Dann fuhr sie, nach einem einzigen letzten Blick zurück, den holprigen, nahezu unpassierbaren Pfad zur Straße hinunter. Der Jeep schlingerte, ihre beiden Passagiere wurde von einer Seite zur anderen gegen die festgezurrten Benzinkanister geworfen. Auf halbem Weg blieben die Räder in einer Sandverwehung stecken, und sie mußte den Wagen mit den Händen und einer Schaufel befreien. Die Auffahrt von der Straße zum Haus war knapp eine Meile lang und von abgestorbenen Avocadobäumen gesäumt. Als sie schließlich die Straße erreichte, war Cristóbal schon aufgestanden und ging bergauf davon. Sie konnte nur seinen Hinterkopf mit der gewaltigen Haarmähne und den Stab sehen, der ihm eine nahezu übernatürliche Größe verlieh. Vor ihm her flog eine Schar Geier, die drehte und ihr folgte, als sie abfuhr. Sie schienen zu wissen, daß Cristóbal nicht sterben, sondern langsam austrocknen würde, und die Dürre in ihrem Schlund ließ sie kehrtmachen, um Lydia zu folgen und den Beltráns.

## VII

Lydia fuhr in Richtung La Caldera und hielt nur einmal an, um einen Geier aus dem Schwarm abzuschießen und damit seine Brüder von Diego und sich selbst abzulenken. Sie passierte die Plaza Bolívar und den anderen Platz mit der Statue des Generals Mario und den verfallenen Stadthäusern; sie passierte eine verlassene Straße voller Schutt und Lehm nach der anderen. Selbst die Türen und Fenster der Kathedrale waren zerstört, in ihrem offenen Mittelschiff lag etwas, das einer Sanddüne glich. Am Markt flatterten bunte Segeltuchfetzen, die geplünderten Stände waren umgeworfen. An den überraschendsten Stellen lagen Knochen und Schädel, viele Türen an vielen Häusern waren verbarrikadiert und mit einem schwarzen Kreuz bezeichnet, wie bei der Pest. Der ganze Ort war verlassen. Lydia ließ die Stadt hinter sich und den Friedhof, der ihren Rand säumte und mit den zahllosen armseligen Neuzugängen aus allen Nähten platzte. Die Straße führte sie bergab, an einer leerstehenden Kaserne vorbei zu einer breiten Brücke über das trockene Bett des Momboy, dann folgte sie der Straße wieder hinauf auf den Berg bei La Caldera. Es war ein unvermittelt hochgelegener Punkt auf der Strecke, die langsam zum Meer hinunterführte, und da dort einmal ein Gefängnis gestanden hatte, war er als Kalvarienberg bekannt. Lydia schoß einen weiteren Geier herunter und erkaufte sich mit dessen Tod Zeit; sie ließ den Motor laufen und stieg aus dem Auto, um einen letzten Blick auf das Tal zu werfen, das sie nun verließ.

Wandte sie sich dem Hochland zu, sah sie zu ihrer Rechten die Mauer der Kaserne von Escuque, wo das Massaker stattgefunden hatte, und auf einem Berg hoch darüber, als Silhouette gegen den Himmel, stand das Skelett jener Magnolie, die Diegos Großvater als Dankeszeichen für all jene gepflanzt hatte, die ihm geholfen hatten. Zu ihrer Linken sah sie den hohen Kamin ihres eigenen Fabrikschornsteins in der Sonne. Er war seiner Zeit der höchste Schornstein in den Anden, und er stand wie ein Kenotaph für alle, die für die Hacienda ihr Leben gegeben hatten. Als letztes sah sie auf einem fernen Felsvorsprung Cristóbal stehen, wie eine Statue aus Stein; die Sonne schien ihn direkt zu bescheinen, so daß seine zottige Haarmähne zu flammendem Gold wurde, und um seinen Kopf lag ein sonderbarer Heiligenschein.

Trotz der Entfernung konnte Lydia ihn ganz deutlich sehen, ja deutlicher als je zuvor, und plötzlich war ihr, als bestünde dieser Heiligenschein aus Knochensplittern. Er wandte sich um und ging fort, und er nahm den sonderbaren Kopfschmuck eines lebenslangen Hungers mit; denn die Knochen waren die fortgeworfenen Gräten des Stockfischs, den sie in den Zeiten des Überflusses gegessen hatten; es waren die Knochen, die vergilbte Nägel ausgegraben hatten, als die Dürre einsetzte, um sie noch einmal zu kochen; es waren die Knochen, an denen alte Männer gesaugt und gesabbert hatten, als sie auf ihren Disteln herumkauten. Es waren ihrer aller Knochen, es waren Porzellansplitter, es waren auch geheime Zauberknöchelchen, und Cristóbal hatte sie in seinem aufgebrochenen Schädel lange Zeit aufgehoben. Jetzt war niemand mehr da, der sie sah, er hatte sie abgeschüttelt, und Lydias letzter Anblick des Tals bestand aus diesem verkrüppelten Mann, dessen geistige und körperliche Stärke das Land mit der gleichen Sicherheit beherrschte wie seine Vorfahren vor ihm. Er war ein Teil der Berge: Der heiße Sand würde ihn beerdigen, und erst dann würde er seinen Stab niederlegen und seinen Marathon beenden. Unterdessen spürte Lydia, wie sich das Kind in ihr drehte und glitt, bis das Gewicht seines Kopfes tief in ihrem Schritt lag, und es schien ihr symbolisch, daß es sich bodenwärts senkte, bevor es das Land seiner Ahnen verließ; es war wie ein gutes Omen für ihr Kind, dem soviel Geschichte aufgebürdet wurde, bevor es überhaupt geboren war.

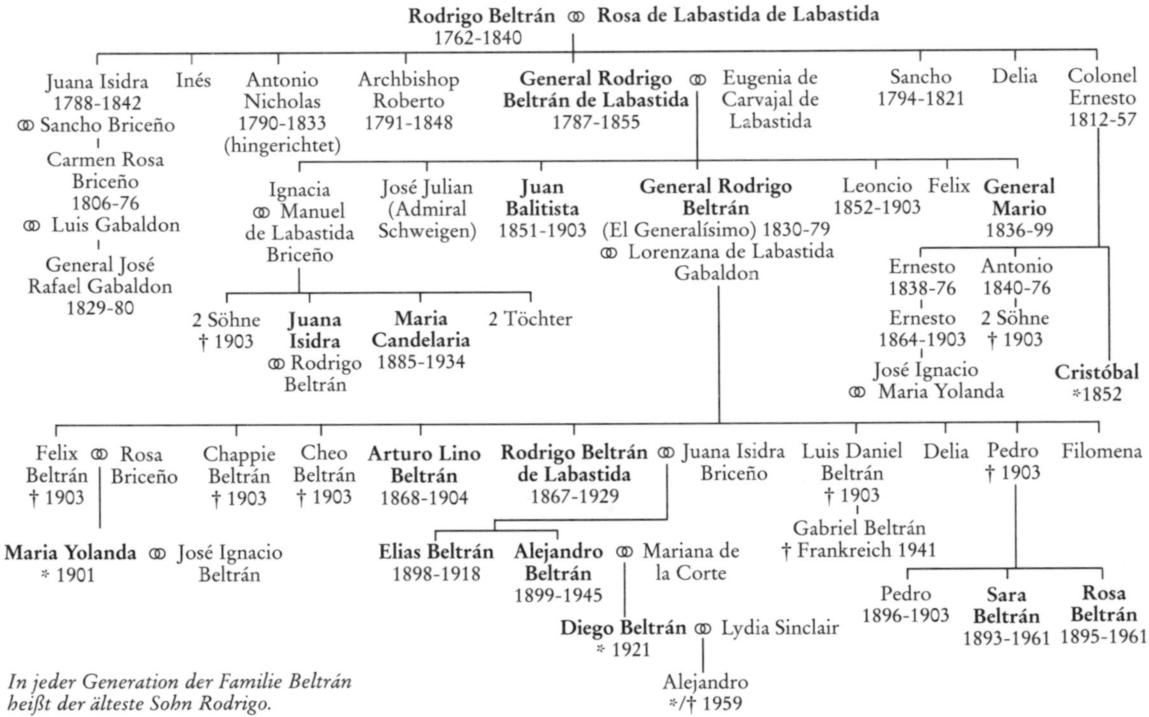


*In jeder Generation der Familie Beltrán heißt der älteste Sohn Rodrigo.*

INHALT

*Lisa St Aubin de Terán*
*Ihre Bücher im Insel Verlag*

Joanna
Roman
auch suhrkamp taschenbuch 2456

Ein Haus in Italien

Venedig
Die vier Jahreszeiten
Mit Fotografien von Mick Lindberg